KB076936

줄과 짐

JULES ET JIM

by Henri-Pierre Roché

에디션D 시리즈
06

줄과 짐
JULES ET JIM

—

앙리 피에르 로셰 지음·장소미 옮김

III
세 상 끝 까 지

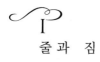

I
줄과 짐

I

줄과 짐

1907년 무렵이었다.

파리에서 외국인이었던 작고 통통한 독일인 줄이 겨우 안면만 있을 뿐인 크고 호리호리한 프랑스인 짐에게 카자르 무도회(1892년부터 1966년까지 파리에서 매년 봄에 열리던 가장 무도회―옮긴이)에 입장하게 해달라고 부탁했다. 짐은 줄에게 초대장을 구해주고 그를 의상대여소로 데려갔다. 줄이 옷가지들을 살며시 뒤져 소박한 노예의상을 골랐을 때 짐과 줄 사이에 우정이 피어났고, 이 우정은 줄이 유머와 부드러움이 가득 담긴 눈을 공처럼 휘둥그렇게 뜨고 얌전히 사람들을 구경하기만 하던 무도회에서 돈독해졌다.

다음 날, 두 사람은 처음으로 진정한 대화를 나눴다. 줄은 파리에 여자가 없었고 한 명쯤 사귀기를 희망했다. 짐은 여럿이었다. 짐이 줄에게 젊은 음악가를 소개시켰다. 처음엔 조짐이 좋았다. 줄은 일주일간 약간의 연애감정을 느꼈고, 여자 역시 마찬가지였다. 이윽고 줄은 그녀가 지나치게 지적이라고 여겼고, 여자는 줄을 냉소적이고 뜨뜻미지근하다고 여겼다.

줄과 짐은 매일 만났다. 밤늦도록 서로에게 모국의 언어와 문학을 가르쳤고, 모국의 시를 소개하고 함께 번역했다. 그들은 느긋하게 대화를 나누었다. 두 사람 다 이토록 주의 깊은 청자를 만나본 적이 없었다. 얼마 못 가 그들도 모르는 사이에 카페의 단골들이 두 사람의 특별한 관계에 대해 숙덕거리게 되었다.

짐은 유명 인사들이 드나드는 문학카페로 줄을 데려갔다. 이곳에서 줄은 두루두루 호감을 샀고 짐은 이를 흐뭇해했다. 이 카페들 중 한 곳에 짐의 여자 친구가 있었다. 예쁘장하고 자유분방한 아가씨로 카페에서 새벽 6시가 될 때까지 시인들보다 더 잘 버텼으며, 추종자들에게는 한시적 애정을 도도하게 나누어주었다. 그녀는 모든 면에서 무법자적 기질을 드러냈으며 두뇌회전이 빠른 덕에 판단력이 정확했다. 세 사람은 함께 만났다. 그녀는 줄을 곧잘 당황시키곤 했다. 그녀 생각에 줄은 착하지만 얼간이 같았고, 줄의 생각에 그녀는 명석하지만 냉혹했다. 그녀가 줄을 위해서 너무 착하기만 한 여자를 소개해주었다. 줄은 이 여자를 너무 착하기만 하다고 생각했다.

이제는 줄을 위해 할 수 있는 것이 없다고 느낀 짐이 친구에게 직접 찾아보라고 조언했다. 하지만 아직 불완전한 불어 실력 때문인지 줄은 늘 실패했다. 짐이 줄에게 말했다.

"문제는 언어가 아닐세."

짐이 기본수칙을 설파하자 줄이 말했다.

"자네의 구두며 권투글러브를 아무리 빌려줘 봤자 소용없네. 나한텐 다 너무 크니까."

줄은 짐의 만류에도 불구하고 직업여성들과 접촉했지만 만족감을 느끼지 못했다.

줄과 짐은 다시 시 번역과 토론에 몰두했다.

II
짐의 뮌헨 행

그 사이, 꽤 연로하지만 아직 건재한 줄의 모친이 아들을 만나기 위해 파리로 왔다. 줄은 걱정이 이만저만이 아니었다. 줄의 모친은 옷가지를 죄다 꺼내 행여 단추 떨어진 옷이 있지는 않은지 검사했다. 어머니는 저녁 식사를 위해 줄과 짐을 최고의 식당으로 데려갔고, 두 사람 모두 르댕고트(승마복에서 유래된, 길이가 길고 허리를 몸에 꼭 맞게 조인 예복—옮긴이) 크헤트를 착용하기를 원했다. 줄에겐 상당한 노력을 요하는 일이었다.

줄의 모친이 떠났다.

그로부터 석 달 후 어느 비오는 밤, 줄이 가구 딸린 자신의 방 두 칸짜리 아파트에서 짐을 위해 즉흥적으로 저녁 식사를 준비했다. 짐은 무심코 세라믹 오븐을 열었다가 그을음이 엷게 내려앉은 줄의 실크해트를 발견했다. 줄이 흐뭇해하며 말했다.

"거기선 날 귀찮게 하지 않겠지. 그을음의 보호까지 받고 있으니."

짐이 대답했다.

"난 자네 엄마가 아닐세, 줄."

두 사람은 주로 작은 비스트로에서 요기를 했다. 그들의 주요 소비품은 시가였다. 그들은 서로를 위해 최상품의 시가를 골랐고, 콜레트의 팬터마임을 모방한 공연이 열리던 콩세르 마이욜 카바레나 괴테 몽파르나스 뮤직홀을 출입했다(유명작가 콜레트는 배우 친구의 권유로 뮤직홀에서 중동색이 짙은 팬터마임을 공연했다—옮긴이).

줄은 짐에게 모국과 모국의 여자들에 대해 장시간 이야기했다. 그중 루시라는 여성을 사랑했고 청혼했지만 거절당했다. 이것이 그가 파리로 떠나온 이유였다. 하지만 그는 파리로 떠나온 지 6개월 만에 귀국해서 그녀를 다시 만나고 돌아왔다.

줄이 말했다.

"다른 여자가 하나 더 있네. 제르트뤼드라고 자유롭게 사는 여자고 아들이 하나 있어. 이 여자는 날 이해해주지만 진지한 상대로 여기지 않지. 자, 여기 이 여잘세."

줄이 지갑에서 제르트뤼드의 사진을 꺼냈다. 밀려오는 얕은 파도에 둘러싸인 해변에 나체로 누운 사진이었다. 그녀의 엉덩이 부근에는 한 살 난 아들이 바다를 마주한 채 철옹성처럼, 큐피드처럼 앉아 있었다.

"하나 더. 리나라는 여자야. 루시를 사랑하지 않았다면 어쩌면 이 여자를 사랑했을지도 모르네. 자, 리나는 이렇게 생겼어."

줄은 둥근 대리석 테이블에 연필로 느릿느릿 간략하게

여자의 얼굴을 그렸다.

짐이 이야기를 계속하며 이 그림을 흘깃 쳐다보고는 줄
에게 말했다.

"자네와 함께 떠나겠네."

"이 여자들을 만나러?"

"응."

"좋았어!"

짐이 테이블을 사고 싶어 했지만 카페 주인은 식당 테이
블 열두 개 전체가 아니라면 팔고 싶어 하지 않았다.

III
세 미녀

줄은 몇 가지 준비를 위해 짐보다 여드레 먼저 뮌헨으로
갔다. 그의 세 여인과 함께 2년을 보냈던 곳이다.

줄은 짐을 위해 마음씨 좋은 지인의 집에다 커다란 방
두 칸을 얻었다. 그리고 짐에게 세 여자한테는 짐에 대해 각
기 다르게 설명했노라고 알렸다. 혹시 여자들끼리 대화하다
가 짐에 대한 이야기가 나오더라도 같은 사람인 줄 모르게
하기 위함이었다.

줄은 짐이 도착하자 제일 먼저 리나한테 소개했다. 리나는 카페의 테이블을 사려 했던 이야기를 알고 있었다.

짐과 어여쁜 말괄량이 소녀 같은 리나는 차와 케이크를 다 먹기도 전에 일찌감치 의견의 일치를 보아 줄을 놀라게 했다. 그 내용은 이러했다.

a) 짐은 줄이 리나에게 묘사한 것과 전혀 딴판이다.
b) 리나는 줄이 테이블에 그린 것과 전혀 딴판이다.
c) 짐과 리나는 서로를 상당히 괜찮다고 생각하지만 줄의 시간과 아울러 그들 두 사람의 시간을 절약하기 위해 단언하건대, 기대와 달리 두 사람은 서로 첫눈에 반하지 않았다.

줄이 말했다.
"나로서는 당신네 두 사람의 기민함과 명료함이 부러울 뿐이군."

다음은 루시와 제르트뤼드 차례였다. 줄은 동네의 가장 현대적인 바(bar)에서 두 여자에게 동시에 짐을 소개했다.

여자들이 외투를 벗자 대조적인 외모가 드러났다. 그들은 옅은 색 목제 테이블에 앉았다. 곧바로 테이블보가 깔리고 요상한 모양의 컵들이 놓였다.

입가에 행복하고 수줍은 미소를 띤 줄이 세 사람에게 자신의 가슴속에 그들이 있노라고 고백했다.

조금도 어색하지 않은 채 즐거운 분위기가 흘렀다.

짐이 솔직한 생각을 드러냈다.

"줄, 대체 어떻게 하면 이런 여성 두 분을 한데 모을 수 있는 건가? 이토록 다르면서도 이토록……"

그는 문장을 끝맺지 않았다. '아름다운 여성들을'이란 말은 침묵으로 전달되리라 생각했고, 두 여자는 이 침묵을 들었다.

기쁨으로 얼굴이 붉게 달아오른 줄이 대답하려고 했다. 제르트뤼드가 한 손을 들어 올려 줄을 제지하더니 말했다.

"줄은 우리가 마음을 터놓고 모든 걸 얘기할 수 있는 친구이자 우리의 감독관이에요. 상상력은 풍부하고 인내심은 가히 천사급이죠. 우리를 자기의 소설 속에 등장시키는가 하면 우리를 위로하고 골탕 먹여요. 우리에게 수작을 걸기도 하지만 부담을 주진 않죠. 줄이 잊어버리는 유일한 한 가지가 있다면 바로 자기 자신이에요."

짐이 외쳤다.

"정말 멋진 찬사군요!"

루시가 고개를 살짝 들어 올리며 거들었다.

"게다가 줄이 불렀다 하면 우리는 이렇게 달려오죠."

줄이 나름의 야릇한 방식으로 리나와 짐의 만남이 실패에 그쳤음을 알렸다. 하지만 리나가 이미 두 여자에게 전화를 넣어놓은 터였다.

제르트뤼드가 말했다.

"물론 리나와 짐 선생은 어울리지 않아요. 리나는 응석받이 철부지고, 짐 선생은 그런 걸 좋아하지 않으니까요."

줄이 물었다.

"그럼 짐이 어떤 걸 좋아하는데요?"

루시가 심드렁하게 받아쳤다.

"그건 두고 보면 알게 되겠죠."

루시의 근엄한 목소리가 짐에게 두 번째로 깊은 인상을 남겼다. 그는 두 여자 사이에 앉아 있는 것이 불편했다. 두 여자를 동시에 볼 수 없었기 때문이다. 두 여자 모두 시야에서 한시도 놓치고 싶지 않았다.

모든 것이 꿈결처럼 시작되었다.

줄은 자신이 좋아하는 포도주를 마시자며 일단 이렇게 모인 이상, 박애주의에 입각하여 남자니 여자니 따지지 말고 술자리를 즐기자고 사뭇 고압적인 어조로 제안했다. 술을 마시며 남자와 여자가 팔짱을 끼고 테이블 밑에서 서로의 발을 부딪는 너무 뻔하고 관례적인 제스처를 피하자는 것이었다. 요컨대 그들이 현재 하고 있는 짓을 멈추자는 거였다. 한껏 흥이 오른 줄이 솔선해서 자신의 발을 거뒀다.

짐의 양발은 아직 각각 제르트뤼드와 루시의 발에 닿은 채였다. 루시가 먼저 조용히 자신의 발을 치웠다.

루시는 중세적 아름다움을 풍겼다. 이마가 넓은 그녀는

매사에 여유로운 태도를 잃지 않았고, 매 순간에 스스로 만들어낸 가치와 의미를 부여했다. 그녀의 코와 입과 턱과 이마엔 어릴 적 종교행사 때 그녀가 대표했던 지방의 긍지가 어리어 있었다. 유서 깊은 부르주아 가문 출신인 그녀는 그림을 공부했다.

제르트뤼드는 서른 살로 그리스적 아름다움의 소유자였고 운동신경을 타고났다. 그녀는 배우지 않고서도 스키 경기에서 우승하는가 하면, 달리는 열차에서 뛰어내리며 가뿐하고 정확하게 착지했다. 대체 근육 조직이 어떻게 이루어졌는지 궁금할 지경이었다. 그녀는 네 살배기 아들을 홀로 키웠다. 애아버지는 없었다. 제르트뤼드는 아버지란 존재 자체에 믿음이 없었다. 생계는 삽화를 그리며 이럭저럭 이어갔다. 귀족 출신인 그녀는 자신이 속한 계층으로부터 따돌림을 받았지만, 예술가들에게는 존중과 사랑을 받았다.

그들의 저녁 시간이 굽이치는 강물처럼 흘렀다. 모두가 노래를 불렀고, 이쪽저쪽에서 재기가 번득이기 시작했다. 그들에게는 다음의 공통점이 있었다. 돈에 대한 상대적 무관심과 운명은 항시 신(제르트뤼드에 따르면 신이라기보다는 악마)의 손에 달렸다는 자각.

줄은 다변에 달변이었다. 하지만 새벽 2시경이 되자 그는 인간과 인간 심리에 대해 다소 지나치게 전문가연하기 시작했으며 친구들의 말에 간간이 도 넘은 농담으로 응수했다. 어쩌면 단둘이서는 감히 할 수 없는 말들을 공개적 자리에서 감행한 것은 아니었을까. 그는 두 여자 친구와 자기 자신을 가볍게 조롱했고 짐에게도 위험수위로 빈정거렸다. 그는 친구들에게 자신도 입장했는지 확신할 수 없는 천국의 문을 연 것은 아닐까? 그런 예감은 있었을까? 취기와 함께 한껏 흥이 오른 그의 찬사에 이제는 공격적 언사가 살짝 뒤섞였고, 그가 신에게 신의 피조물에 대해 장황한 충고를 늘어놓는 단계에 이르자 참기 힘들 지경으로 곤혹스러워졌다.

줄이 담배 파는 아가씨를 따라 달려 나갔을 때 제르트뤼드가 유감스러워하며 말했다.

"줄이 자기가 벌인 술자리를 망쳐버렸군요. 노상 이런 식이라니까요."

루시가 어쩌겠느냐는 표정으로 고개를 주억거렸다.

마지막 15분 남짓은 줄의 횡설수설로 흘러갔다. 그는 친구들에게 말할 기회를 주지 않은 채, 별반 효과 없는 과장되고 과시적인 이야기들을 쉼 없이 떠벌렸다. 이런 그를 보는 것이 괴로운 세 친구의 마음속에 그를 빼놓고 다시 만나고 싶다는 욕망이 움텄다.

짐으로서는 이제껏 이런 모습의 줄을 알지 못했지만, 곰곰 생각해보건대 그간 미녀들 없이 단둘이 나누었던 대화에서도 이미 줄의 도취적 성향이 엿보였던 터였다.

줄과 짐은 제르트뤼드와 루시를 각각 집 앞까지 데려다 주고 나서 넓은 공원을 거닐었다. 새벽빛이 희붐하게 드러나기 시작했다. 줄은 평정을 되찾았다.

짐이 외쳤다.

"기막힌 밤이었네! 정말이지 아찔한 꽃다발이더군, 그 두 송이 꽃들을 합해놓으니 말이야! 어찌 그리 성스럽게 사랑스러울까, 어찌 그리 속되게 사랑스러울까! 이젠 제르트뤼드와 루시를 동시에 만나는 건 별로일세……."

줄이 말했다.

"이해하네. 둘 중 누가 더 마음에 와 닿던가?"

짐이 대답했다.

"난 아직 얼떨떨하다네. 그걸 아는 건 급하지 않아. 자네는 어떤가, 줄?"

"루시한테 청혼한 적이 있어. 다시 시도할 거고. 루시한테 거절당했을 때 제르트뤼드한테 위로를 받았지. 제르트뤼드와 그녀의 아들을 데리고 이탈리아 해변에 갔거든. 몸은 나한테 빌려주었지만 사랑을 주진 않더군……. 그거 아나, 짐? 루시를 만났을 때 난 겁이 났어. 이 사랑에 빠져들고 싶지 않았지. 그런데 루시가 산을 오르다가 발을 다쳤고, 내가 치료하는 걸 허락해주었지. 나는 루시의 발을 붕대로 싸

매고 끄르면서 영영 회복되지 않기를 바랐다네."

짐이 대꾸했다.

"난 루시의 손까지는 구경했네."

줄이 말을 이었다.

"회복되지 않은 건 바로 나였지. 루시가 회복되자 나는 감히 남편이 되겠노라고 나섰어. 거절하더군. 하지만 '안 돼요'라고 하던 목소리가 아주 희미해서 나는 아직까지도 희망을 버리지 않고 있다네."

IV
제르트뤼드

짐은 루시한테 선을 그었다.

보름 뒤, 짐의 구애를 험난하면서도 흥미롭게 만든 끝에 제르트뤼드는 그의 여자가 되었다. 그녀는 일주일에 한두 번씩 저녁 때 짐을 만나러 왔다. 너그러운 여자였다. 그녀는 인생을 신과의 끊임없는 게임으로 간주했고, 그녀가 짐에게 쏟아내는 인생 이야기는 마를 줄을 몰랐다. 그녀는 신과의 게임에서 패자였다. 비록 짐은 이따금 눈꺼풀이 내려앉는 것을 느끼긴 했지만 두 사람은 잠드는 법이 없었다. 제르트뤼드는 정작 자신은 짐에게 크게 주의를 기울이지 않은 채 짐의 경청 태도를 만끽했다. 나폴레옹에게 홀딱 빠져 있던 그녀는 엘리베이터에서 나폴레옹을 만나서 임신을 하고 다시는 그를 못 만나게 되기를 상상했다.

그녀가 말했다.

"우리의 친구 줄도 더할 나위 없이 매력적인 남잔데 말이에요. 내가 아는 어떤 남자보다도 여자를 잘 이해해주죠. 하지만 막상 여자를 품을 때는…… 여자를 너무 사랑하거나 충분히 사랑하지 않는다고 할까요. 정신적이어야 할 때와 관능적이어야 할 때를 영 못 맞추죠. 내가 도와주려고 했지만 소용없었어요. 루시는 줄한테 그저 인내심 많은 우상이에요. 줄은 탐험가에 시인이지만 남편으로서는 그 부드러움이 채무만 될 뿐이죠."

제르트뤼드와 짐은 동이 틀 무렵에 숲 속을 산책하는 것으로 그들의 밤을 끝냈다. 그들은 세를 낸 사륜마차로 제르트뤼드의 잘생긴 네 살배기 아들을 데리러 갔다. 제르트뤼드의 아들은 늙직한 마부 옆에 앉아 금발을 휘날리며 고삐를 쥐고 말을 달리게 한다든가 채찍을 철썩 휘두르며 욕설을 내지르는 것을 배우곤 했다.

그런 다음 짐은 집으로 돌아와 낮 시간에 잠을 청하며 제르트뤼드가 했던 이야기들을 곱씹었다.

줄은 제르트뤼드와 짐에게 일일이 보고를 받았고 두 사

람을 될 수 있는 한 자주, 하지만 각각 만났다. 그는 이 사람과는 저 사람에 대해, 저 사람과는 이 사람에 대해 이야기하면서 그들의 기쁨을 나름의 방식으로 즐겼다.

V
줄과 루시

줄은 짐과 루시와 함께 숲 속을 거니는 낭만적인 소풍을 계획했다. 그는 동화를 꾸며냈다. 루시가 요정이었다. 그녀는 한 손은 줄과, 다른 손은 짐과 잡고 걸었다. 유아적이며 매혹적인 한때였다. 짐은 루시의 손의 촉감이 좋았다. 이 갑작스런 친밀감으로 인해 두 사람 사이에 어색한 기운이 감돌았다. 줄은 들떴지만, 언어 폭격을 퍼붓지는 않았다.

짐은 작은 소포를 받았다. 그는 주소의 고상한 글씨체를 알아보고는 적이 놀랐다. 루시가 그에게 편지를 썼다.

"당신과 단둘이 만나고 싶어요. 내일 밤 10시경에 우리 집으로 올 수 있어요? 여기 아파트 정문 열쇠를 동봉합니다."

이 도시에서는 밤에는 아파트 정문을 잠그고, 주민들은 제각각 열쇠를 보유하고 있었다.

짐은 전에 없이 방 안을 서성였다. 그는 열쇠를 호주머니에 넣고서 줄과 루시를 생각했다.

 루시 집의 작은 거실은 그녀가 직접 그린 간소한 벽화로 아름답게 꾸며져 있었다. 루시는 짐을 덤덤하게 맞았다.
 그녀가 말했다.
 "그동안 우리는 줄 없이 만날 기회가 전혀 없었어요. 당신한테 줄에 대해 이야기하고 싶었죠. 당신네 둘은 우정으로 똘똘 뭉쳤으니 당신의 도움을 받았으면 하거든요. 줄이 내 고향으로 갈 거예요. 우리 아버지께 결혼 승낙을 받겠다는 희망에서죠. 난 그렇게 놔두지 않을 셈인데, 그때 당신이 줄의 곁에 있어줬으면 해요. 줄이 차마 자기 입으로 당신한테 부탁하지는 못할 테니까요."
 짐이 물었다.
 "왜죠?"
 "음…… 제르트뤼드 때문이에요."
 짐이 대답했다.
 "그러죠."
 루시는 짐에게 차를 대접했다. 그녀의 세련된 대화 주제며 동작이며 목소리, 이 모든 것에서 아늑하고 심온한 전통, 수용한 의무감, 명상적인 분위기가 풍겼다. 짐은 루시가 미모를 차치하고라도 얼마나 줄에게 필요한 여자인지를 절감했다. 그녀는 줄과 결혼할 생각이 전혀 없었고, 그렇기에 줄의 고통을 가능한 한 최소화하고 싶었던 듯했다. 그들은 줄에 대해, 그의 시에 대해 이야기를 나누었다.

　루시는 줄을 위해 직접 필사한 그의 시 몇 점을 간직하고 있었다. 이보다 더 아름다운 육필원고는 있을 수 없었다. 줄은 오직 그녀의 필체를 통해서만 자기의 시가 세상에 태어나는 기분을 맛보았다. 눈에 띄는 장식이나 흠결 없는 완만한 글씨가 거무스름한 종이의 미세한 굴곡을 따라 일필휘지로 또박또박 쓰였다.

　게다가 루시가 필체와 일관된 목소리로 줄의 시 중 하나에 새로운 옷을 입히기까지 하자 짐은 줄이 부러웠다. 그녀를 이루는 모든 것이 일관적이었다.

　어찌하여 줄은 그를 이 성역으로 인도한 것일까?

　짐은 루시에게 그녀가 그린 그림을 보여달라고 청했다. 그림들은 소박하고 조화로웠다.

　짐은 꼼짝할 수 없는 처지가 되었다. 자정이었다. 하지만 루시에게 정중하게 작별 인사를 했다.

　루시는 고향으로 돌아갔고, 제르트뤼드는 아들과 한 남자 친구와 함께 시골로 가버렸다.

VI
루시와 짐

여드레 후, 줄과 짐은 루시에게 향하는 작은 완행열차 칸에 단둘이 몸을 실었다. 여섯 시간의 여정. 줄은 특유의 느긋함을 잃지 않았지만 들떠 있었다. 그가 짐에게 간밤의 꿈에 대해 이야기했다.

"자네하고 나, 우리 둘이서 허물어져 가는 집의 높은 담벼락 위를 조심조심 걷고 있었네. 여차하면 가시덤불로 떨어질 판이었지. 자네가 앞서 가고 나는 등 뒤로 루시의 손을 잡고서 자네를 따랐어. 저 멀리에 제르트뤼드와 다른 사람들이 있었고. 자네가 담벼락 가장자리에 이르렀네. 더 이상 앞으로 나아갈 수 없었지. 나도 따라서 걸음을 멈췄는데 눈앞이 어질어질하더군. 자네가 방향을 틀어 되돌아오지 않을까 생각하려는데, 돌연 자네가 장대높이뛰기라도 하듯 훌쩍 뛰어내렸어. 물론 장대도 없이 말이야. 비명이 들렸지. 하지만 자네는 이미 여섯 걸음 정도 떨어진 맞은편 벽에 서서 웃고 있더군. 나는 그때 깨어났네."

말을 마친 줄이 바로 물었다.

"도미노 게임 하겠나?"

이 게임을 좋아하지 않는 짐이 대답했다.

"그러세."

줄이 가방에서 모친이 준 매우 납작한 도미노 패들을 꺼냈고 그들은 장시간 게임을 했다. 짐은 전력을 다했지만 번번이 줄이 이겼다. 아직 두 시간이 더 남았다.

따라서 줄은 루시와의 관계에 대해 처음부터 이야기하기 시작했다. 그녀가 한 남자 때문에 얼마나 불행하고 아팠는지, 자신이 어떻게 그녀를 보살피고 차츰차츰 희망을 품게 되었는지를. 짐은 번민에 휩싸인 채 줄의 사랑의 견고함을 목도했다.

줄은 작은 마을 주변을 탐방하는 것으로 첫날을 보냈다. 하지만 루시의 집 근처는 얼씬도 하지 않았다. 그는 이 집을 어느 겨울밤 몇 시간 동안 단 한 번 보았을 뿐이었다. 줄과 짐은 루시의 집을 방문하기 전에 창가에서 책을 읽는 루시를 (필시 그녀가 창가에 머무는 일은 없을 테지만) 멀리서 훔쳐볼 수 있기를 기대했다. 그들은 좁은 오솔길과 정원의 높은 담장들 사이를 걸었고, 루시에게 들키지 않기 위해 정자 밑에서 고개를 숙인 채 차를 마시며 어떤 집을 흘금거렸다. 하지만 잠시 뒤에 다시 보니 이 집은 실재하지 않았다. 줄은 이 뜬눈으로 꾼 꿈에 아찔한 현기증을 느꼈다. 집이 도처에서 보였다. 그들은 걸었다. 온몸이 땀범벅이었다.

다음 날, 그들은 예정된 곳인 정원 한가운데로 난 하얀 탄탄대로 끝자락에서 루시를 만났다. 짐은 백발이 환하고 언변이 아직 녹슬지 않은 루시의 부친한테 소개되었다. 루시는 조용히 부친을 보필했다. 모든 것이 계획대로, 빈틈없이 진행되었다.

루시는 줄과 짐을 위해 마을 밖의 아름다운 언덕에 있는 통나무 여인숙에 커다란 방 두 개를 예약했다. 이 언덕에서는 그녀의 집이 보였다. 작은 망원경을 통해 서로 수신호를 주고받을 수 있는 거리였다.

그들은 루시가 정해놓은 이 틀 안에서 그녀를 만날 기회를 기다리며 지냈다. 매일 그녀를 찾아갈 수도 있었지만, 그녀의 부모를 너무 부담스럽게 한다거나 작은 마을에 너무 많은 얘깃거리를 제공하지는 말아야 했다.

그들은 루시의 집에 종종 초대되었다. 짐은 정원에서 테니스 경기를 할 때는 빛이 났으나 지루한 거실에서는 빛이 바랬다. 어떻게 해서든 루시 부친의 마음에 들고 싶었던 줄은 그 반대였다. 널찍한 집은 루시의 언니들과 조카들, 하인들, 혈통 좋은 개들로 꽉 차 있었다. 좀처럼 모습을 드러내지 않는 루시의 모친이 집안의 모든 것을 관장했다.

줄과 짐은 엿새 여정으로 왔다가 여섯 주를 머물렀다. 줄은 불안한 도취 상태였지만, 청혼을 감행하지 않았고 루시도 그의 의욕을 북돋지 않았다. 이대로 얼마나 아름다웠던지! 루시의 남동생이 집에 왔다. 호리호리하고 운동신경이 발달한 대학생이었다. 그들 네 사람은 배낭을 지고 나무가 울창한 산으로 소풍을 갔다. 온종일 돌아다니다 보니 때로는 줄이 루시와, 때로는 짐이 루시와 단둘이 걷게 되었다.

줄의 사랑을 줄기차게 접했던 탓일까? 루시를 감싸는 이 안온한 시골 가정생활의 광휘 때문일까? 아니면 단지…… 루시 때문에? 짐은 자기도 모르게 점차 루시에게 빠져들었다. 줄은 전혀 모른 채, 루시의 남동생은 알고서, 루시 본인도 아마 알고서, 이런 짐을 도왔다.

어느 날, 짐 곁에서 숲길을 걷던 루시가 걸음을 늦추더니 발을 여유 있게 감싼 장화의 끈을 다시 묶고는, 저 멀리서 줄과 그녀의 남동생이 여인숙으로 들어가는 것을 보며 짐에게 말했다.

"좀 앉도록 하죠. 시간이 충분해요. 당신 생각을 듣고 싶어요."

짐이 대답했다.

"그럼, 말하죠. 줄은 사실 지금 나름대로 행복하기 때문에 이 시간을 연장하고 싶어 할 뿐이에요. 당신을 목가적인 방식으로 자주 만날 수 있으니까요. 희망 속에 살고 있죠."

"당신도 내가 줄과 결혼하기를 바라나요?"

"줄을 위해서는 그렇습니다. 하지만 당신을 위해서는, 아니에요."

"줄을 위해서도 **그건, 아니에요.** 난 줄한테 나쁜 아내가 될 테니까요. 난 줄의 시를 흠모하는 데다, 줄은 선하고 매력적인 사람이에요. 하지만 기어이 나랑 결혼하려고 하는 것에는 나도 모르게 화가 치밀어요.

짐, 나도 실은 줄을 만나기 전에 실연의 아픔을 크게 겪었어요. 줄이 벌써 말했을지도 모르겠군요. 그래서 줄의 고통이 어떨지 잘 알아요. 당신은 그 사람 친구예요. 내가 그를 도울 수 있게 날 도와줘요. 아니, 그냥 날 도와줘요."

루시는 떨리는 기다란 손을 짐에게 내맡겼다. 눈가엔 눈물이 그렁그렁했다. 짐은 잠자코 그녀를 자신의 너른 품에 안아 올렸다. 그녀의 몸은 거의 충격적일 만큼 가벼웠다. 그는 그녀를 데리고 옆으로 누운 나무둥치로 가서 앉고는 그녀를 자신의 무릎에 앉혔다. 침묵이 흘렀다. 그는 그녀의 얼굴을 가까이서 바라보며 줄을 생각하려고 애썼다. 하지만 입술을 간질이는 루시의 머리카락이 느껴졌다.

짐이 물었다.

"그를 아직도 사랑합니까?"

"누구요?"

"첫 남자요."

"아마도요. 하지만 점점 멀어져가요. 그러다 잊게 되겠죠. 당신은요, 짐?"

"저, 뭐요?"

"당신도 사랑을 했잖아요, 짐. 영원한 사랑을요. 그게 느껴져요. 왜 그녀와 결혼하지 않았죠?"

"그렇게 되지 않았어요."

"그녀는 어디에 있죠?"

"프랑스에요."

"어떤 여자인가요?"

"맑아요, 그녀도요."

짐은 루시의 팔에 힘이 들어가는 것을 느꼈다.

"아직 사랑하는군요. 그녀도 당신을 사랑하나요?"

"네, 하지만 뜨문뜨문 만나요, 둘 다 자유로운 몸인데도요."

"괴롭히지 말아요, 짐……."

"그리고 새로운 사람이 있습니다."

"누군가요?"

"당신이 마음에 들어왔어요, 루시. 당신을 만나는 것이 즐거워요. 내가 줄을 잊을까 봐 두렵습니다."

"잊어선 안 되죠. 줄한테 알려야 해요."

다시 침묵이 자리 잡았다. 루시가 읊었다.

알레 다스 나이겐 (Alle das Neigen)

폰 헤르젠 주 헤르젠 (von Herzen zu Herzen)

아크 비 소 아이겐 (ach wie so eigen)

샤페트 다스 슈메르젠 (schaffet das Schmerzen)

"해석해보세요."

짐이 말했다.

"이쪽, 저쪽으로 기우는 모든 심장들이여, 오! 맙소사, 맙소사! 이들이 만들어내는 고통이라니."

루시가 빙긋 웃으며 말했다.

"괜찮네요. '맙소사, 맙소사!'가 덧붙긴 했지만요."

그녀가 돌연 물었다.

"제르트뤼드는요?"

"제르트뤼드는…… 그녀와는 서로 좋은 시간을 보냈죠."

바람에 실려온 루시의 곱슬머리가 짐의 입에 걸렸다. 루시가 기다란 목을 굽혔고 그 바람에 두 사람의 입술이 그녀의 머리카락을 사이에 두고 맞닿았다.

그녀가 천천히 몸을 일으켰다. 그들은 나머지 두 사람에게 합류했다.

다른 날에도 산책이 이어졌다. 짐의 가슴은 부풀었고, 루시의 얼굴엔 다시 화색이 돌고 기쁨이 어렸다.

여름이 쏜살같이 지나갔다. 짐은 루시에게 청혼하며 그녀의 대답에 상관없이 자신의 마음은 여전히 그녀에게 향해 있을 거라고 덧붙였다. 루시는 감동받았으며 아마 자신이 그와 결혼하는 일은 절대 없을 것이고 이로 인해 그들의 깊은 우정이 훼손되지 않기를 바란다고 대답했다.

예상했던 결과임에도 안색이 창백해진 줄은 루시의 손등에 키스하고는 짐을 찾아갔다.

그가 짐에게 말했다.

"짐, 루시가 날 원하지 않네. 이대로 그녀를 잃을까 봐, 그녀가 내 인생에서 완전히 떠나버릴까 봐 두려워. 짐, 그녀를 사랑하게, 그녀와 결혼해, 내가 그녀를 계속 볼 수 있도록 해주게. 내 말은 자네가 혹시 그녀를 사랑한다면 내가 장애물이라는 생각을 버리라는 거네."

짐이 말했다.

"루시와 나, 우리가 어디까지 와 있는지 말하겠네."

짐은 줄에게 그간의 나날에 대해 이야기했다.

줄의 얼굴이 환해졌다. 짐은 놀랍고도 기뻤다. 줄이 짐에게 말했다.

"어쩐지 지난번에 자네와 루시가 한편이 되어 루시의 남동생과 조카와 함께 테니스 경기를 했을 때 보니 꼭 부부 같더군."

줄은 루시를 찾아가서 말했다.

"짐한테 얘기 들었습니다."

줄은 루시에게 조심스럽게 축하를 전했다. 그는 루시와 짐의 옹호자를 자처했다. 루시가 말했다.

"우리의 애정은 이제 막 싹텄을 뿐이에요. 신생아처럼 조용히 내버려두는 게 좋아요."

어느 날 저녁, 줄이 루시와 짐에게 말했다.
"나의 자살 이야기를 들려줄까 하는데."
두 사람은 귀를 바짝 세웠다. 안 그래도 이 영역에서 뭔가 줄이 걱정되던 차였다.
줄이 이야기를 시작했다.
"열다섯 살 때였습니다. 죽기로 결심했죠. 방문을 걸어 잠그고 침대 밑에 책을 쌓은 다음 그 위에 알코올램프를 올려놓았어요. 내 화형대를 만들었다고 할까. 버너에 불을 붙이고는 침대에 편안히 누워서 면도칼로 손목을 확 그었어요(그는 그들에게 하얗고 가느다란 흉터를 보여주었다). 피가 솟구쳤어요. 처음엔 마구 흐르더니 이내 멎었지요. 난 그대로 기절했어요. 정신이 들었을 땐 머리맡에 어머니가 보이고 손목엔 붕대가 감겨 있었죠. 의사도 와 있었고요……. 침대가 잘 타지 않았지만, 아무튼 요리사가 내 방문 위쪽 틈새로 비어져 나오는 연기를 발견할 정도는 됐어요. 사람들이 문을 부쉈죠."
루시가 물었다.
"어머니는 뭐라고 하시던가요?"
"일절 아무 말씀 없으셨어요."
짐이 물었다.

"현명하게 처신하신 걸세. 몇 층짜리 건물이었나?"

줄이 대답했다.

"6층."

짐이 말했다.

"그야말로 화려한 화형대가 될 뻔했구먼."

루시가 말했다.

"줄, 당신은 아마 당신의 꿈 때문에 목숨을 내놓으려던 거겠지만, 하마터면 위층의 어린아이들까지 타 죽게 할 뻔했어요."

줄이 당황스러워하며 말했다.

"어이쿠, 거기까지는 미처 생각을 못했습니다."

줄은 또 다른 일화를 이야기했다.

"열 살 때였어요. 학교에 가려면 황톳마루가 있는 작은 벌판을 지나야 했고, 당시 사내 녀석들은 이 황톳마루를 건너는 걸 좋아했지요. 어느 날 아침 여기서, 헤르만이라는 친구 한 놈이 내 책가방을 낚아채 땅바닥에 내동댕이치더니 내 얼굴을 정면으로 후려치며 말했어요. '넌 더러운 유대인이야.' 난 영문도 모른 채 코피를 흘렸고, 그날 저녁에 어머니한테 설명을 들었죠. 이후에도 헤르만은 그 황톳마루에서 종종 날 공격했어요. 꼭 거기에서만요. 의식과도 같았죠. 사실 길을 조금만 돌아가면 그 황톳마루를 피할 수 있었지만, 난 그러지 않았어요. 내심 헤르만이 좋았던 것도 같고요."

짐이 물었다.

"그 친구 자체가? 아니면 그 친구가 자네를 때렸기 때문에?"

줄이 대답했다.

"둘 다."

줄이 루시에게 말했다.

"짐은 그리 똑똑하지 않아요. (루시가 눈썹을 치떴다.) 똑똑할 필요가 없죠. (루시가 안도했다.) 오직 자기의 후각만을 믿는 사냥개랑 똑같다고 할까요. (루시가 빙긋 미소 지었다. 신이 난 줄이 비유를 발전시켰다.) 벼룩을 찾느라고 아예 코가 문드러졌다니까요. (그들은 폭소를 터뜨렸다.)"

루시가 말했다.

"사람 눈을 한동안 똑바로 응시하다가 그 사람 어깨에 양발을 척 얹고는 혀로 핥으며 그대로 밀어 쓰러뜨리죠!······ 그리고 주변을 빙빙 돌면서 누울 자리를 찾는 거예요. 정착하려면 아마 수년은 족히 걸릴걸요."

줄이 물었다.

"그 친구를 기다릴 겁니까?"

루시가 대답했다.

"그거야 두고 봐야죠. 아무튼 그이 덕에 다시 사는 기분이에요."

전날 저녁, 루시는 줄과 짐에게 이듬해 봄에 파리로 그들을 만나러 오겠노라고 약속했다.

줄이 말했다.

"이쯤에서 두 사람한테 용서를 구해야겠군요. 난 아직 희망을 버리지 않았거든요. 시간은 충분하니까. 난 루시가 병이 나고 버려지고 흉해졌으면 합니다. 그래야 내가 거두고 헌신적으로 돌볼 테니까."

루시가 희미하게 미소 지으며 말했다.

"그러지 말란 법도 없겠죠."

돌아오는 열차 안에서 짐은 줄에게 루시와 자신의 관계가 결혼할 만큼 무르익지 않았다고 털어놓았다. 그녀가 과연 남편과 자식을 건사하는 데 합당한 여자일까? 짐은 그녀가 현실적인 행복을 단 한 번도 느껴보지 못했을 거라고 생각했다. 그에게 그녀는 흰옷을 입은 근엄한 수녀처럼 보였다. 그는 그녀를 품에 안으면서도 얼떨떨한 기분이었다. 그녀는 모두에게 환영(幻影)이었고 어쩌면 한 사람만을 위한 여자가 아닐지도 몰랐다.

이렇게 해서 줄의 사랑이 절대적인 반면, **그들의** 사랑은 상대적인 것으로 정리되었다.

VII
마그다

파리로 돌아오고 나서 수 주가 흐르자 줄은 반발심이 생겼다. 루시에게서 벗어나고 싶었다. 그는 다시 파리 여자들에게 관심을 기울였으며, 짐의 도움을 받아 주요 일간지의 구혼란에 광고를 냈다. 광고에 응답한 여자들 중, 정직하고 야무진 줄리에트라는 아가씨가 줄을 만나러 왔다. 줄은 그녀의 흰색 스타킹과 광택이 흐르는 구두와 찌르는 듯한 날카로운 시선과 빈틈없는 두뇌회전에 감탄했다. 그들은 그녀를 데리고 연극공연을 보러 갔다.

줄은 줄리에트에게 청혼할 것인지 말 것인지 스물네 시간 동안 고민했다. 그가 짐에게 말했다.

"청혼만이 내가 그녀를 공략할 수 있는 유일한 방법이라네. 대신 한 번이면 그걸로 족하지."

루시의 그림자가 어른거렸다. 그는 청혼하지 않았다. 줄리에트는 더는 줄을 만나러 오지 않았다.

줄은 사촌형으로부터 장문의 편지를 받았다. 아들이 하나 있는 스물다섯 살짜리 과부 친구가 파리에 가는데, 줄이 같이 시간도 보내주고 파리 중심가의 라탱 구역도 안내해주었으면 한다는 내용이었다.

여자도 줄에게 기다리고 있다는 편지를 보냈다.

줄은 짐을 점심에 초대하여 두 통의 편지를 보여주었다. 두 사람은 여자와 약속된 시간이 되기를 기다리며, 그녀가 묵고 있는 호텔 앞의 튈르리 정원을 거닐었다. 줄이 말했다. "이번엔 왠지 이 여자와 잘될 것 같은 예감이 드네."

성당의 괘종시계가 울렸다. 줄은 호텔로 발걸음을 재촉했다.

다음 날 아침, 줄이 짐에게 이야기했다.

"부드럽고 기분 좋은 여잘세. 기품도 느껴지고 노련해 보여. 재능 있는 음악가라네. 난 벌써 조금 빠져들었어. 혹시 그 여자는 내가 마음에 안 드는 건 아닐까? 오늘 밤, 우리와 콘서트에 같이 가겠나?"

짐이 대답했다.

"내가 과연 필요할까? 둘만 있는 게 훨씬 나을 걸세."

줄이 재차 권유했다.

"아니, 아니, 내가 그녀한테 자네 얘기를 했네. 자네를 만나고 싶어 해. 암, 그렇고말고! 난 자네가 필요하네."

하여 짐은 두 사람과 동행했다.

줄이 짐을 소개했다.

마그다는 줄이 묘사한 대로였다. 자신의 노래에 열정적이었으며 현학적이지 않으면서 박식했다. 그들은 함께 저녁 식사를 했다. 그녀는 줄을 마음에 들어 했고 짐을 친구처럼 대했다. 뭔가 매력적인 데가 있는 여자였다.

짐은 '드디어!'라고 생각했다.

한 달 가까이 지났을 무렵, 마그다는 줄에게 몸을 허락했다.

'드디어!' 짐은 재차 생각했고, 두 사람이 자주 어울리는 모습에, 줄이 행복해하는 놀라운 광경에 감탄해 마지 않았다. 마그다는 삶의 터전을 바꾸었고, 아름다워졌으며, 내심으로는 상(喪)을 벗었다.

하지만 불안한 기미들이 있었다. 줄이 《에페소스의 과부(남편 장례를 치르는 중에 육체의 유혹에 빠지는 과부 이야기—옮긴이)》에 대해 시를 쓰는가 하면, 또다시 다른 사람은 가만히 있는데 스스로 자신을 불리하게 만드는 퇴행적이고 곤혹스런 언행을 언뜻언뜻 내보였다. 어느 이슥한 밤, 괴테 거리의 한산한 카페에서 줄이 단언했다.

"중요한 건 여자의 정절이에요. 남자의 정절은 부차적인 거라고."

짐은 그가 루시를 두고 하는 말이 아닌지 자문했다.

마그다의 안색이 납빛이 되었다.

그녀가 외쳤다.

"당신네들 둘 다 머저리예요!"

짐이 응수했다.

"그럴지도요. 하지만 난 아무 말도 안 했습니다. 난 줄이 새벽 2시에 떠드는 소리 전부에 동의하지 않아요."

마그다가 받아쳤다.

"그렇다면 반박하세요!"

짐이 이행했다.

"난 그렇게 생각하지 않네."

줄이 놀라는 것 같았다. 마그다가 말했다.

"자, 잘 봤죠!"

그녀는 버릇없는 아이를 단속하듯 줄의 팔을 붙들고는 카페를 나섰다.

이후 줄과 마그다가 어울리는 모습이 뜸해졌다. 짐은 비록 자기 일로 바쁘긴 했지만, 매일 줄을 만나러 갔다.

어느 날 아침, 줄이 짐에게 말했다.

"마그다가 자기가 카페에서 화낸 것 때문에 자네가 뿌루 퉁해 있다고 생각하네. 오늘 밤에 마그다 집에서 에테르를 한번 흡입해볼까 해. 어떤지 궁금해서 말이야. 자네도 와서 저녁 식사를 함께 하자는군."

줄은 짐이 거절할까 봐 두려웠다.

짐이 말했다.

"고맙네, 갈게. 하지만 에테르는 조금만. 난 썩 좋아하지 않거든."

그들은 불을 피운 커다란 벽난로 앞에서 땅바닥에 앉아

저녁 식사를 했다. 작은 페르시아 볼들에 음식이 담겼다.

마그다가 자기 나라의 전채들을 직접 준비했다. 줄이 시를 세 나라의 언어로 명랑하고 우렁차게 낭송했다. 마그다가 즉흥적으로 피아노 반주를 넣었다. 밖에서 세차게 후드득거리는 빗줄기에 실내가 한층 아늑했다.

에테르 시간이 되었다.

그들은 에테르 병으로 탈지면을 적신 뒤 코로 깊이 들이마시기 시작했다. 짐은 육체적 이상을 느꼈다.

그들 중 누군가 말했다.

"웃겨."

나머지 둘이 말했다.

"웃겨."

뇌 전체에 상쾌한 기운이 휘몰아치고 귓속에서 쌩쌩 소리가 났다. 이루 말로 다할 수 없는 극도의 안락감. 몸이 가죽 부대처럼 둥실 부풀었다. 초반의 거슬리는 냄새는 필수적이었다.

마그다는 반응이 활발했다. 짐은 절반쯤만 풀어졌다. 줄은 자신을 완전히 놓아버리고 솜과 약물을 마구 소비했다.

흐느적거리는 사지를 지탱할 쿠션 수가 부족해졌다. 줄이 마그다의 널따란 침대로 가자고 제안했고, 받아들여졌다. 마그다와 짐이 각각 침대의 양 가장자리에 자리 잡고서 줄을 가운데로 오게 했지만, 줄이 완강하게 마그다를 가운데로 밀었다.

이제는 어둠 속에서 탈지면 소비가 계속되었다. 침묵이 흘렀다. 벽난로 속에서 불꽃이 일었다.

돌연 작은 재앙이 벌어졌다. 줄이 느닷없이 작금의 세태를 개탄하면서 여자들의 이중성에 대해 터무니없이 날선 비판을 쏟아냈다.

짐이 애원했다.

"오늘 밤에 제발 심리학은 그만, 줄!"

마그다가 물었다.

"나도 해당되나요?"

줄이 낄낄거리며 대답했다.

"물론. 모든 여자가 다 해당돼요."

그는 계속해서 자기 자신과 마그다를 조롱하면서, 상투성과 기발함이 뒤섞인 말을 늘어놓았다. 짐과 마그다가 제지하려 했지만 소용없었다. 짐이 몸을 일으키려 하자 마그다의 손이 다가와 말렸다. 그녀는 귀를 틀어막았다. 줄이 잠시 침묵하더니 이윽고 마그다의 한 손을 가져가 손가락을 하나하나 벌렸다. 그녀는 다정한 애정의 표시를 기대하면서 손을 내맡겼다. 줄이 그녀에게 몸을 숙이며 귀에 대고 무언가를 중얼거렸다. 에테르에 취하지 않았다면 짐 앞에서 하지 않았을 행동이었다.

마그다가 한숨을 내쉬더니 말했다.

"불 켜요, 짐."

짐이 둥그런 전기 스위치를 눌렀다. 카페에서보다 더 일그러진 마그다의 얼굴이 드러났다.

그녀가 명령했다.

"나가요, 줄!"

줄은 벌레를 괴롭히며 흡족해하는 어린애의 얼굴이었다. 장교의 과부인 마그다의 단호한 명령에 줄은 군인처럼 움직였다. 그는 침대에서 내려와 빌린 실내가운을 벗은 뒤 재킷을 걸치고 신발을 신고서 거실로 나갔다. 짐과 마그다에게 아파트 문이 열리고 닫히는 소리가 들려왔다.

짐이 줄을 따라 나가기 위해서인 듯 엉덩이를 들썩였다. 마그다가 짐의 품에 안겼다. 감정이 격해 있었다. 그녀가 그를 부둥켜안았다.

짐이 말했다.

"마그다, 당신은 지금 줄한테 복수하고 싶은 겁니다. 나중에 후회하게 될 거예요."

마그다가 대꾸했다.

"전혀요! 다른 남자보다는 차라리 당신이 나아요!"

'그건 그래, 나하고가 차라리 덜 심각할 거야.' 짐은 생각했다.

"이렇게 말고요!"

그녀가 외치고는 그의 옷을 벗기기 시작했다.

그들은 거칠 것 없는 하룻밤을 보냈다. 에테르에 취하고 줄에게 자극받은, 감정이 거의 배제된 하룻밤. 아무런 앙금도 남기지 않고 멋지게 불사른 이단적 정열이라고 할까.

아침에 짐의 품에서 깨어난 마그다가 말했다.

"혹시 줄이 이걸 바란 건 아닐까요?"

"줄은 에테르에 취해 있었어요."

"네, 하지만 그 어느 때보다 줄다웠죠. 자신의 말이 어떤 결과를 가져왔는지 그 사람이 안다면! 부탁건대, 우리가 한 걸 그대로 얘기해주세요."

짐은 줄의 집으로 갔다. 줄은 자신이 왜 쫓겨난 것인지 아직도 어리둥절해했다. 짐이 자초지종을 가감 없이 설명했다. 그는 이 문장으로 말을 맺었다. "키스는 한 번도 안 했네." 사실이었다.

줄은 마그다의 집으로 가서 사과했다. 마그다는 사과하지 않았다. 두 사람은 이로써 사건을 매듭짓고 새로이 밀월을 즐겼다. 그들은 전과 다름없이 짐을 자주 만났으며 세 사람 사이에는 어떤 어색함도 없었다.

줄과 마그다는 프랑스 남부의 미디지방에서 휴가를 보냈다. 그들은 짐에게 몽환적이고 매우 다정한, 감동적인 사진을 보냈다. 짐은 줄이 마그다와 잘되리라는 희망을 품었다.

여행에서 돌아오고 얼마 지나지 않아 줄이 짐에게 말했다.

"마그다가 좋긴 한데, 내 감정이 좀 습관적인 것 같아. 진짜 사랑이 아니야. 마그다는 나의 젊은 어머니이자 상냥한 딸이라네."

짐이 말했다.

"아름답군!"

"내가 꿈꾼 사랑은 아닐세."

짐이 물었다.

"그런 사랑이 존재하기는 할까?"

"물론일세. 루시에 대한 내 감정이 있잖나."

'그건 자네가 그녀를 소유하지 못했기 때문이야.' 짐은 이 말을 속으로 삼켰다.

줄이 이어 말했다.

"게다가 내가 날 잘 아는데, 난 아마 어떤 여자가 날 사랑한다면 절대 용서하지 않을 걸세. 날 사랑한다는 건 타락했다거나 타협했다는 걸 의미하니까…… . 루시는 용케 빠져나갔지. 그녀는 나의 아주 작은 부분도 받아들이지 않네."

짐이 말했다.

"모든 남자들이 그렇게 생각할 수 있네."

줄이 대답했다.

"응, **생각할 수는 있겠지**. 하지만 난 정말 그렇게 **생각하는 걸**."

"그렇다면 대단하고 존경스러운 일일세. 어떤 의미로는 조금은 순교 같은 거니까. 그게 바로 자네 인생의 핵심일세. 혹시 루시가 자네를 사랑한다면……"

줄이 대답했다.

"그렇다면 더 이상 루시가 아닐 걸세."

여덟 달이나 지속되었다. 줄과 마그다는 여덟 달 동안 지극히 잘 지냈다. 루시의 편지가 날아들었다. 돌아오는 여름에 파리에 오겠다는 것이었다.

줄은 마그다에게 루시에 대해 확실히 밝히기로 마음먹었다. 이제껏 루시의 존재에 대해서만 언급한 정도여서 마그다는 과거라고만 믿고 있을 터였다.

줄은 마그다에게 예전에 침대 밑 알코올램프에 불을 붙였을 때처럼 경건하게, 진실을 알렸다.

이틀 뒤, 마그다는 모국으로 돌아갔다.

몇 달 뒤 그곳에서 마그다가 편지를 보내왔다. 그녀는 안정적이고 너그러운 진짜 남자와 재혼했으며, 지금 행복한 데다 줄에게 아무런 원한도 없고 외려 그 반대라는 내용이었다.

줄은 화가들의 카페에서 짐과 함께 오딜이라는 열여덟
살짜리 북유럽 아가씨를 만났다. 오딜은 이 카페 근처에 있
는 줄의 집에서 그들과 함께 차 마시기를 즐겼다. 이혼녀였
고, 흑인 어린애처럼 프랑스어를 구사했다. 즉 직설적이고,
투박하며, 유머가 넘치고, 천진스러웠다.

"나, 여기 남자 여자들 생활 하나도 이해 안 가. 우리나
라랑 반대야. 여기 사람들, 자기들 원할 때 섹스해. 그거 중요
해. 나, 여기 사람들 배우고 싶어."

당시 마그다와 잘 지내던 줄은 오딜에게 아무 다른 마음
없이, 다만 그녀를 재미있다고 여겼다. 그는 집에 놀러온 오
딜을 새끼 고양이처럼 대하면서 함께 도미노 게임도 하고 엉
뚱하게 비튼 프랑스어도 가르쳤다. 그녀가 수업을 잘 따라오
면 당시엔 꽤나 비쌌던 파이프 모양의 빨간 사탕을 상으로
주었고, 그녀는 사탕을 아지작아지작 깨물어 먹었다.

하루는 오딜이 카페에서 줄과 함께 목청 높여 입씨름을
벌였다.

"뭐라고! 나, '엉덩방아 양을 찧다', 이렇게 말하고, 당신,
'엉덩방아 군을 찧다', 이렇게 말한다고? 세상에! 당신, 남자

들은 엉덩방아 군이고, 나, 여자들은 엉덩방아 양이라니. 나, 놀리는 거야?"(화자나 명사의 성별에 따라 관련 명사나 형용사의 형태가 변하는 프랑스어의 특성을 이용해 줄이 엉터리 프랑스어로 장난친 것을 오딜이 알아차렸다—옮긴이)

카페의 모든 단골들이 그녀 편이었다.

어느 날, 줄의 집에서 오딜이 줄에게 말했다.

"카페 사람들 모두 나, 가르치고 싶어 해. 나, 그거 싫어. 나, 짐이 가르쳐주는 거 좋아. 당신 생각, 어때?"

줄이 대답했다.

"짐은 좋은 선생님이야."

"짐, 나, 어떻게 생각할까?"

줄이 오딜의 어투를 흉내 내어 대답했다.

"짐, 당신 눈, 입, 머리칼, 하얀 살결, 전부 다 예쁘다고 생각해."

"짐, 나, 가르치고 싶어 할까?"

"짐, 당신, 가르치고 싶어 해."

"정말, 정말?"

"정말, 정말."

"당신, 나, 가르치는 거 싫어?"

"나, 당신 가르치는 거 싫어."

"왜 싫어?"

"나, 다른 여자, 가르치고 싶어."

"나, 그 여자 알아?"

"당신, 그 여자 몰라."

'나, 왜 그 여자 몰라?', 오딜은 이렇게 물으려다가 시간을 보더니 화제를 돌렸다.

"짐, 오늘, 차, 마시러 와?"

"짐, 와."

"만일 필요하면, 오늘 나하고 짐, 당신 방 빌려줄 수 있어?"

"나, 빌려줄 수 있어."

"우리만 쓸 수 있게 완전히?"

"완전히."

"나, 신호하면 당신, 나가?"

"나, 나가."

"당신, 화, 전혀 안 나?"

"전혀."

줄과 오딜은 도미노 게임을 했다. 짐이 도착했다. 그들은 차를 마셨다. 이윽고 오딜이 광대가 되어 줄을 상대로 그를 유혹하는 연극을 시작했고, 짐도 내용을 모르는 채로 연극에 참여했다. 짐은 첫눈에 오딜이 마음에 들었다. 줄은 서커스 단장 역할을 했다. 오딜이 그에게 고민을 털어놓으며 질문했다.

줄은 오딜의 연기에 얼마 못 가 폭소를 터뜨렸다. 그가 배를 잡으며 외쳤다.

"그만! 그만!"

짐이 대신 대사를 쳤다. 그 역시 흑인 여자애의 어투를 흉내 내며 장난스럽게 대사를 읊었지만, 내심으로는 진지했다. 오딜은 바로 이 비밀스런 그의 진심에 힘입어, 자신의 진심을 숨긴 채 연기를 계속해 나갔다. 그녀가 짐에게 외쳤다. "새로운 사람이여!" 실은 이 대사를 치는 그녀의 속뜻은 "멍청한 사람이여!"였는데, 지난번 줄과의 프랑스어 수업 때 읽은 폴 클로델의 희곡『황금머리』전반부에 '새로운'과 '멍청한' 이 두 단어가 병치되어 쓰인 것이 기억나 응용한 것이었다. 비록 줄만이 이 중의법을 이해했지만 이제 그가 나가줘야 할 시간이었다. 오딜은 점점 빠르게 쏟아져 나오는 짐의 횡설수설과 대담한 질문이 절정으로 치닫자 줄에게 눈썹으로 최종 신호를 보내며 손가락으로 문을 가리켰다. 순간, 줄은 조금 서글퍼졌다.

오딜이 짐에게 말했다.

"우리, 이불 속에 숨어."

그녀는 이 말과 함께 영원히 짐의 품에 안겼다.

줄은 자정 무렵에 집으로 돌아왔다. 식탁엔 저녁을 간단히 때우고 남은 음식이 정갈하게 정돈돼 있었고, 침대에선 오딜의 신선한 체취와 그녀의 가방 속을 늘 굴러다니는 유행하는 영국 비누 냄새가 코를 휙 스쳤다.

다음 날, 줄과 짐이 줄의 집에서 일을 하고 있자니 열린 창문을 통해서 "와! 와!" 쾌활한 탄성이 들려왔다. 오딜이 건장한 동향 남자와 함께 지나가고 있었다. 그녀는 맨발에 굽낮은 샌들을 신고, 기다란 검정색 스페인 망토에 구세군 모자를 연상시키는 짙은 남색의 커다란 밀짚모자를 쓰고 있었다. 그녀가 금발에 싸인 해맑은 얼굴을 그들 쪽으로 들어 올리더니 가르릉 소리를 내며 웃었다. 안쪽 깊숙한 곳까지 들여다보이는 건강한 목구멍과 기다랗고 하얀 목이 그들의 눈에 들어왔다.

"이따 봐!"

오딜이 그들에게 외쳤다.

그녀는—마음이 동하면—줄의 집을 자주 찾았고, 언제든 환영받았다. 짐은 그녀가 왜 그녀를 에워싼 자기 나라의 많고 많은 잘생긴 젊은 남자들을 제쳐두고서 자신을 선택했는지 의문이었다.

줄이 짐의 의문을 풀어주었다.

"오딜이 얘기했잖나. 자네한테서 라틴문화를 배운다고. 천박하지 않으면서도 잘못된 수치심이 없는 자유분방한 생활 방식 말이야. 오딜은 직감이 탁월하고 자기한테 필요한 게 뭔지 아는 여자야. 오딜 나라 여자들은 파리에 와도 자기

나라 남자들과 특급호텔에 머물면서 무난하고 일반적인 것
들만을 즐길 뿐이지."

짐이 말했다.

"나를 정말 그렇게 라틴인이라고 할 수 있을까? 내 증조
부는 북유럽 출신이고, 난 증조부를 빼다 박았네. 더구나 내
가 오딜의 동향 친구들보다 훨씬 크기까지 해."

"자네 혈통의 바로 그 부분 때문에 오딜이 자네를 가깝
게 느끼는 걸세. 또 자네가 오딜의 나라에서 꽤 오랫동안 살
았다는 점도 한몫했을 거고."

"도통 종잡을 수 없는 여자로구먼!"

"내가 자네보다 더 오딜과 이야기를 나눌 시간이 많았잖
나. 얘기를 들어보니 부친은 귀족 출신이고, 모친은 서민 출
신이더라고. 그래서 중간이란 걸 모르네. 보아하니 수업을
해달라는 데도 있는 것 같아."

"수업? 오딜한테? 뭘 가르치는데?"

줄이 대답했다.

"셰익스피어."

어느 날, 오딜이 짐을 그녀의 집으로 데리고 갔다. 짐은
그녀에게 집이 있는 줄 몰랐다. 소박한 동네의 오래된 건물
에 위치한 방 세 칸짜리 아파트였다. 아파트는 막다른 골목
에 면해 있었다. 처음에 본 방 두 칸은 텅 비어 있었다. 엷은

색 마루판이 말끔했고, 구식 꽃무늬 벽지가 발라져 있었다.

세 번째 방은 벽에 흰 칠을 했고, 맨바닥에 커다란 매트리스 침대 하나만 놓여 있었다. 이불에는 자수가 수놓아져 있었다. 두 사람이 너끈히 잘 수 있는 넉넉한 잠자리였다. 베개들은 나란히 놓이지 않고 포개져 있었다.

검은 대리석 벽난로에는 인형들이 일렬로 앉아 있었다. 바닥에는 매트리스에서 손이 닿을 거리에 털이나 깃털이 달린 동물인형들이 조르르 놓였다. 대부분 흰색이었고 낡은 것과 반짝거리는 새것이 섞여 있었다. 이 분야에서 기술이 뛰어난 런던이나 파리에서 생산된 것들이었다.

오딜은 침대에 앉아 동물인형들을 관찰했다. 그녀는 늘 혼자 있는 것처럼 행동하고, 오직 자기가 하고 싶은 일만을 했다. 줄과 짐은 오딜의 바로 이런 면을 존중했고, 이것이 오딜이 그들과 함께 있는 걸 편안해하는 이유였다.

오딜은 동물인형들과 며칠 헤어져 있고 난 뒤에는, 하나하나 차례로 붙잡고서 이야기를 나누는 눈치였다. 바닥에 앉아 벽에 등을 기댄 채 이런 오딜을 바라보던 짐은 어린 소녀와 유아실에 온 듯한 기분에 휩싸였다. 메에, 하는 울음소리를 내는 흰 양에 얼룩이 묻은 것을 발견한 오딜은 휘발유를 조금 뿌리고서 입고 있던 흰색 실크 잠옷 소매로 문질렀다. 그러고는 편지 한 통을 태웠는데 그 바람에 흰 양에 불이 붙었다. 오딜은 침대 커버로 양을 감싸고 이리저리 굴렸다. 짐은 화재가 발생하는가 싶었지만, 그걸로 끝이었다.

짐은 이웃에 사는 할머니가 청소를 해준다는 것, 오딜이 이 집에서 몇 달간 살았다는 것(아마 남편과 함께), 침구와 인형과 동물인형들을 제외한 모든 가구를 이웃이나 고물상에 팔아버렸다는 것, 이러는 편이 훨씬 바람직하며 나머지 세간들도 트렁크 하나만 남긴 채 청산해버리리라는 것 등을 오딜의 이런저런 말 속에서 알게 되었다.

마침 짐은 오딜과의 만남을 위해 호텔방보다는 임시 거처를 찾던 참이었다. 그는 기꺼이 이 아파트와 그 밖의 것들을 죄다 구매하고 계약서를 작성했다. 이 황량한 거처보다 오딜을 더 포근하게 감싸줄 곳은 없으리라. 하지만 이곳은 그녀가 막 이별하고 난 유령들로 가득 차 있었다. 짐이 오딜과 동물인형들 옆의 침대로 와서 드러눕는 것은 절대 안 될 일이었다.

오딜은 짐의 도움을 받아 벽장과 부엌을 뒤졌다. 그녀가 내용물이 꽉 찬 병 하나를 내밀었다.

"나, 이거 가져가!"

짐이 물었다.

"뭐지?"

오딜이 심각한 표정을 지었다.

"황산염. 이거, 거짓말쟁이 남자 눈에 뿌려. 그 남자, 언젠가 돌아와. 나, 이거, 그래서 갖고 있어. 나, 이거 카페에서 배웠어. 여자 모델들이, 판사들, 항상 친절하고, 많이 벌주지 않는다고 그랬어."

짐은 이 모든 짐들에 섞여 병이 깨질 수 있고 그러다 발을 델 수도 있으며 황산은 아무 데서나 살 수 있다고 타일렀다. 오딜이 대꾸했다.

"응, 그러나 나, 뿌려버린다고 맹세한 이 병하고 똑같은 거, 아니야."

오딜은 결국 고집을 꺾고서 마지못해 개수대에 병의 내용물을 비웠다. 배수구에서 거품이 뽀글뽀글 일었다.

짐은 오딜이 이웃들에게 웃가지며 매트리스를 파는 모습을 아무 참견 없이 잠자코 지켜보며 웃음이 새나오는 것을 간신히 참았다. 숨겨진 노련한 협상가 오딜을 줄과 함께 볼 수 없는 것이 못내 한스러웠다.

오딜과 함께 몰려다니는 잘생긴 청년 무리 중 하나가 그들의 저녁 식사에 짐을 초대했다. 짐은 그를 잘 알지는 못해도 호감을 느끼고 있던 터라 초대에 응했다.

오딜이 말했다.

"안 돼. 나, 친구 뒤섞는 거 싫어."

그녀는 혼자서 저녁 식사 자리에 갔다.

오딜이 줄에게 설명했다.

"그 친구들, 나, 숙녀처럼, 잘 대해. 짐, 마찬가지야. 하지만 방법, 달라. 나, 친구들과 짐, 나 대하는 거, 서로 보는 거, 싫어. 그 친구들, 아마 짐 방법, 바꾸고 싶어 할 거야."

오딜은 늘 짐과 함께, 짐에게 매우 흥미로운 방식으로 프랑스어를 공부했다. 그녀는 자기가 원할 때 불쑥 나타나 세상 만물에 혼자 키득거렸고, 생각을 소리 내어 표출했다. 그들은 그녀의 어록을 작성해보려 했지만 그녀가 하도 자주 출몰하는 바람에 이 생각을 접어야 했다.

IX
사구에서

오딜과 짐은 보름 동안 바닷가에서 지내다 오고 싶었다. 오딜이 줄을 '가져가고' 싶어 했고, 짐도 바라는 바였다. 줄로서도 더할 나위 없는 제안이었다.

세 사람은 열차의 이등칸에 즐겁게 몸을 실었다. 삼등칸이 없었기 때문이다. 그들은 암스테르담까지 가면서 유쾌하게 즐겼고 열차의 카페칸에서는 더없이 진지했다. 오딜과 줄은 이렇게까지 도미노 판을 크게 벌여본 적이 없었다.

바닷가 근처의 집은 부동산중개소에 더는 나와 있지 않았다. 짐은 자전거로 해안을 따라 이틀을 달린 끝에 꿈에 그리던 작은 집을 찾아냈다. 사구들 사이에 숨어 바람을 견디는 외딴집. 집이 안팎으로 온통 하얗고, 가구도 하나도 없었다.

짐은 자정이 넘어서야 그들이 묵고 있는 작은 호텔로 돌아왔다. 그가 사다리 계단을 기어올라 선실 같은 그들의 방에 들어가자, 오딜이 잘 개켜진 그의 잠옷에 볼을 묻고 잠들어 있었다.

불빛 때문에 잠에서 깨어난 오딜이 소리쳤다.

"나, 얌전해, 나, 혼자서 잘 잤어!"

줄이 들어와서 검지를 위로 쳐들며 받아쳤다.

"왜냐하면 나, 내 침대에 당신, 원하지 않았으니까."

오딜이 말했다.

"당신, 멍청이, 당신, 당신 침대에서 자고 싶은 나, 이해 못했어. 나, 내 동물들 없이 자는 거, 혼자 자는 거, 싫어하기 때문인데……. 그러나 나, 짐 위해서, 얌전해!"

줄이 응수했다.

"하지만 나, 어쩌면, 얌전하지 않았을 거야!"

오딜이 분노한 눈초리로 줄을 쏘아보았다.

그들은 작은 집에 자리 잡고서, 매트리스 두 개와 의자 세 개, 테이블 한 개, 냄비들을 대여받았다. 오딜과 짐이 아래층에 유일하게 있는 커다란 방에서 잤고, 줄이 다락방을 썼다. 작은 부엌이 욕실도 겸했다.

오딜은 나름대로 살림꾼의 면모를 보였다. 그녀는 일주일에 두 번 바닥을 물청소했다. 하지만 그 후엔 바닥에 무화과 껍질이며 바나나 껍질이며 복숭아씨를 버려서 밤이면 미끄러지기 일쑤였다. 그녀는 이렇게 주장했다.

"안 더러워. 내 말 맞아, 나, 청소하니까."

줄과 짐은 나란히 파이프를 입에 물고 시장에 가서, 채소와 우유가 든 장바구니를 들고 돌아왔다. 이때가 그들 둘만의 시간이었다. 어부들이 집으로 찾아와 생선을 제공했다. 오딜은 안쪽에 커다란 구멍이 뚫린 잠옷 차림으로 어부들을 맞았고 그들에게 놀라운 이야기들을 떠벌렸지만 어부들은 단 한마디도 알아듣지 못했다. 세 사람은 마을 사람들에게 '세 미치광이'라는 별칭으로 알려졌지만, 이것만 제외한다면 평판이 나쁘지 않았다.

처음엔 천국 같은 생활이었다. 오딜은 늘 신이 나 있었다. 짐은 밤에는 금발에 몸을 담갔고 낮에는 바다에 몸을 담갔다. 줄은 오딜과 몇 시간 동안 놀다가 다락방으로 올라가 소설을 집필했고, 그럴 때면 오딜의 침입을 막기 위해 출입구에 의자를 놓아두었다.

아침이면 줄은 오딜과 짐에게 카페오레와 버터를 발라 구운 빵을 침대까지 가져다주었다. 그는 그들의 사랑이 매력적이긴 하나 허기를 물리도록 채웠으니 짧을 것이라고 생각했다. 날이 갈수록 오딜의 밤은 짐이, 낮은 줄이 차지했다.

식사 중에 더러 짐이 고단해하면, 오딜은 짐에게 고약하게 굴었고 줄이 자기편을 들지 않는 것에 분통을 터뜨리며 두 사람을 싸잡아서 비난했다.

"부르주아들, 시시한 예술가들, 아무것도 아닌 작가들."

줄과 짐은 껄껄 웃었다. 줄이 응수했다.

"아마 당신 말이 맞을 거야. 우린 우리가 할 수 있는 걸 하는 거야."

오딜에게 파리와 모국에서 편지들이 날아들었다. 그녀는 편지 내용에 대해 말하지 않았지만, 이 편지들을 받고 나면 줄과 짐을 대하는 태도가 엄격해졌다.

어느 날, 오딜이 어부한테서 살아 있는 커다란 바닷가재 여섯 마리를 사고 싶어 했다. 훌륭했지만 비쌌다. 짐이 그들의 빠듯한 예산으로는 어렵겠다며 양해를 구하자 오딜은 구두쇠라고 몰아붙이며 성을 냈다. 그녀는 검박한 생활에 대한 두려움은 없었지만 이따금 몽상적 일탈을 위해 돈을 몰아서 써버리는 데 익숙했다. 이를테면 파리나 런던에서 벌어지는 경마에 우편으로 돈을 거는 식이었다.

세탁소 여자가 옷을 잃어버렸다고 찾아왔을 때에도 오딜은 강력하게 그녀 편을 들었다.

오늘 아침, 오딜은 여느 날과 다름없이 파도를 따라 바닷속을 이리저리 떠다녔다. 하지만 넓은 모래사장에서 점점 멀어지더니 지평선에서 작은 점이 되면서 사라져버렸다. 줄과 짐은 둘이서 점심을 하고, 이어 저녁 식사를 했다. 그들은 처음엔 대수롭지 않게 여겼다. 오딜이 돌발행동을 하는 가운데서도 나름의 한계를 넘지 않았기 때문이다.

밤이 되자 누군가 가볍게 문을 두드렸다. 수영복 차림의 오딜을 양쪽에서 둘러싼 경찰 두 명이었다. 그녀는 이곳에서 한 시간가량 떨어진 해수욕장까지 헤엄쳐 갔고 시가지로 들어가 수영복 차림으로 뛰어다녔다. 시내에서는 수영복 차림으로 활보하는 것이 금지되었던 터라 오딜의 행동은 인파를 불러 모았다. 경찰은 이번엔 오딜을 구금하지 않겠지만, 다음번에는 짐과 줄에게 이 불법행위에 대한 책임을 묻겠다며 그때는 벌금이 부과되고 추방령이 떨어질 것이라고 경고했다.

오딜은 태평하기 이를 데 없는 표정으로 줄이 통역하는 내용에 지대한 관심을 보였다. 둘 중 더 젊은 경찰이 말했다. "미친 건지, 아니면 아주 영악한 건지."

그들이 떠났다.

이제 오딜이 자신의 일탈에 대해 깔깔거리며 수다를 늘어놓을 차례였다. 그녀는 장난감 가게도 구경하고 아이들과 이야기도 나누었다면서 결론지었다.

"부르주아 동네 여자들, 못생기고 질투 많아. 남자들이나, 쳐다보니까, 그 여자들, 이렇게 말했어. 보헤미안 여자, 감옥에 보내버려."

그들은 이 사건에 대해 더는 언급하지 않았다. 이따금 오딜이 난데없이 두 동거인을 상대로 전쟁을 선포했을 뿐.

어느 날, 복수에 목마른 오딜이 줄의 도덕심을 기필코 무너뜨리려고 했으나, 성공하지 못했다. 짐은 아무 잘못도 하지 않았지만 그도 그의 몫의 벌을 받았다. 즉 이번에는 그가 다락방으로 올라가야 했다.

오딜은 두 남자를 독살하기로 마음먹었다. 그들이 운명의 오믈렛에 입을 대려는 순간, 그녀가 말했다.

"이거, 맛, 안 이상해? 당신들, 당신들 요리사 믿어? 당신들, 그녀 자존심, 짓밟았어. 당신들, 그녀 화난 거, 이해 안 가? 그녀, 착해. 그래서 이렇게 말해. 그거, 먹지 마!"

하지만 그들은 복통과 설사를 일으켰다.

이럭저럭 보름이 끝나갔다. 그들은 대도시를 지났고 오딜은 이곳에서 나막신 네 켤레를 샀다. 줄과 짐은 아이스크림을 먹는가 하면 상점의 쇼윈도를 구경하면서 오딜을 방치했다. 그들이 오딜을 발견했을 때, 스페인 망토를 두르고 어깨엔 줄줄이 펜 나막신을 걸쳐 멘 그녀가 거리의 가수처럼 사람들에게 둥그렇게 둘러싸인 채, 분을 삭이며 그들을 예의 바르게 나무라고 있었다.

"나, 뭐요? 당신들, 뭐 원합니까? 당신들, 왜, 나, 동물,

식물처럼 쳐다봅니까? 당신들, 아무것도 구경 못 했어요? 당신들, 많이, 교양 없어요! 당신들, 계속 그러면, 나, 경찰 부릅니다. 나의, 뭐, 신기합니까? 코? 입? 망토? 나막신? (그녀는 사람들한테 삿대질을 했다.) 당신들, 짐과 줄, 돌아오면, 당신들 얼굴 때릴 겁니다. 틀림없이!…… 아, 저기 와요!"

아무도 그녀의 말을 알아듣지 못했다. 줄과 짐이 나타났고, 밀집한 군중이 길을 내주었다. 세 사람은 기차역으로 향했다. 그들을 뒤따르던 어린아이들이 뿔뿔이 흩어졌다.

파리로 돌아오자 오딜은 동향 친구들을 다시 만나 한시름 놓았고, 보름 동안 어디론가 사라졌다. 다시 나타난 그녀는 줄과 짐을 포옹했다. 그녀가 다시 출몰하기 시작했지만, 빈도수가 전보다 뜸했다. 그녀는 종종 자정 무렵에 짐을 카페로 불러내어 갖고 있던 유리병을 맡겼다. 그녀는 적정 배합 비율을 찾아냈다.

줄은 오딜에게 루시가 곧 파리에 온다고 알리면서 며칠 동안 찾아오지 말라고 당부했다.

X
파리에 온 루시

루시는 줄네 집 소파에 비스듬히 누워 쿠션에 등을 기댔다. 그들은 나직하게 이야기를 나누었다. 예전 분위기가 되살아났다.

초인종이 울렸다. 줄은 응답하지 않았다. 초인종이 다시 더 크게 울렸다. 이웃이 무슨 일인지 보러 나왔고, 줄의 집 문이 재빨리 열렸다. 망토를 걸친, 루시보다 훨씬 금발인 오딜이 나타나 집 안에 들어서더니 문을 잠갔다.

"아! 당신, 루시 맞지요? 줄, 당신 왔다고 나, 못 오게 했어요. 그래서 나, 일부러 왔어요! 나, 당신 많이 많이 궁금했어요! 나, 당신 알아서 좋습니다. 비록 당신, 나 알아서 좋지 않아도……. 당신, 줄, 좋은 친구입니까? 아니면 애인입니까?"

줄이 제지했다.

"그만 됐어. 오딜, 우리 좀 내버려둬."

오딜이 대답했다.

"나, 절대, 안 내버려둬."

줄이 오딜에게 달려들어 한 팔로는 등을, 다른 팔로는 뒷무릎을 번쩍 들어 올려 문가로 데려갔다. 오딜은 문을 통과하며 손과 발을 휘휘 저어 저항했다.

오딜이 비명을 질렀다.

"와! 당신, 저 여자 사랑해! 이번 한 번, 진짜 남자야! 힘세, 당신, 나, 거의 한 대 쳤어!"

줄은 오딜을 아파트 복도에 내려놓고서 집으로 들어가 자물쇠를 채웠다.

루시가 요청했다.

"오딜 얘기를 해봐요."

줄이 이행했다. 처음엔 짐과의 관계는 언급하지 않았다. 하지만 루시가 짐작했다. "참으로 생기발랄하고 당돌한 아가씨예요. 짐이 제르트뤼드한테보다 더 저항하지 못했을 게 뻔해요!"

사실 짐은 루시가 자신과 오딜과의 관계를 알길 바랐다. 따라서 줄은 이야기했다.

루시는 줄과 더불어 간간이 웃음을 터뜨리기도 하면서 진지하게 귀를 기울였다. 그녀가 말했다.

"다 같이 차 한잔 마시고 싶군요. 짐과 오딜이 다음 주에 시간을 낼 수 있을까요?"

줄이 대답했다.

"아무렴요."

줄에게 쫓겨난 오딜은 카페로 달려가 짐을 기다렸다.

오딜이 짐에게 말했다.

"놀랄 노자야. 나, 줄 집에서 루시 봤어. 줄, 그 여자 앞에서 나 때렸어. 그 여자, 대장이야! 그 여자, 소파에서 하나도 움직이지 않아. 말도 하나도 안 해. 눈썹도 하나도 까딱안 해. 그 여자, 나보다 강해. 오늘, 그 여자, 이겼어. 그러나나, 복수해!"

말을 마친 오딜이 카페에서 달려 나갔다.

짐은 그 장면을 봤어야 한다고 생각했다. 줄과 루시가나중에 이야기하리라. 오후에는 우선 줄이 자기 집에서 루시와 단둘이 만나고, 짐은 저녁 식사 후에 루시의 하숙집으로 찾아가기로, 그들 사이에 합의가 이루어졌다.

짐은 문득 어서 루시를 만나야 한다는 욕구에 사로잡혀서 그녀의 하숙집으로 향했다. 그는 작고 조용한 하숙집 안으로 들어가 루시의 방으로 가기 위해 2층짜리 목제 계단을오르기 시작했다. 그는 루시 방의 위치를 알고 있었다. 창문에 불이 켜진 것을 보았다.

뒤에서 그를 따라잡기 위해 후다닥 뛰는 소리 비슷한 인기척이 나더니 누군가 그의 양다리를 붙들었다. 오딜이었다.오딜은 줄의 집에서 루시를 기다렸다가 하숙집까지 미행한뒤, 짐과 카페에서 만나 이야기하는 동안 의혹을 품었다. 그녀는 카페 근처에 숨어 있다가 문제의 하숙집까지 짐의 뒤를밟았고 그를 따라 이렇게 안으로 들어온 것이었다.

계단에 앉은 오딜이 짐을 향해 눈을 치떴다. 그녀의 파란 눈망울이 자기의 술수가 성공한 것에 대한 만족감과 결연함으로 번쩍거렸다. 그녀는 그에게 아주 중요한 질문을 시작했다.

"당신, 루시 만나러 가?"

"응."

"아니, 당신, 못 가. 당신, 나하고 있어. 오늘 밤, 당신 여자, 나야. 당신, 루시 사랑해?"

"나, 루시, 친구야."

짐은 오딜의 팔에서 다리를 빼내려고 했고 그 바람에 오딜이 한 계단 올라서게 되었다. 그는 그녀의 팔을 풀려고 애썼다.

"당신, 짐, 내 말 잘 들어! 만일 단지 친구면 왜, 루시, 교육 잘 받은 여자처럼 당신, 거실에서 안 만나? 왜 자기 방에서 만나? 나, 나하고 거실에서 만나면 허락해. 만일 나 빼고 당신, 그 여자 방에 올라가면, 나, 곧바로 소동 일으켜. 루시, 당신 정부이고, 나 불쌍한 당신 약혼녀라고 소리 질러. 나, 바락바락 소리 질러. 그러면 루시, 평판 안 좋아."

짐은 오딜이 능히 그 모든 걸 감행하리라고 확신했다. 그녀는 이 동네에서 미치광이 취급을 받는다 한들 잃을 것이 없었다. 하지만 루시는 잃을 것이 많으리라. 그는 빠르게 판단했다. 오딜이 루시의 비밀을 알게 해선 안 된다, 그걸 남용할 터. 짐은 오딜의 대담성을 재미있어하며 항복했다.

"오케이. 하지만 루시가 기다릴 테니 메모를 남겨야겠어."

오딜이 짐의 말을 따라 했다.

"오케이."

짐은 거실에서 메모를 썼다.

친애하는 루시, 불행히도 오늘 밤 당신께 나의 경의를 바치지 못하게 됐음을 알립니다.

오딜이 짐의 어깨너머로 훔쳐보며 말했다.

"아주, 아주 좋아. 이제 가."

그녀는 하숙집 경비에게 편지를 맡기고 짐에게 팔을 맡긴 채 집까지 갔다.

짐은 생각했다. '루시하고 난 시간이 있어. 오딜과는 곧 끝나게 될 거야.' 그는 오딜에게 이끌려 갔다.

다음 날 아침, 짐은 줄을 찾아가 간밤의 일에 대해 이야기했다. 줄이 루시 대신 애석해하며 엄하게 말했다.

"자네, 줏대가 많이 부족하구먼."

짐이 대답했다.

"많이."

"오딜이 나한텐 감히 그러지 못했을 걸세."

줄은 루시 앞에서 완력으로 오딜을 쫓아낸 것을 자랑스

러워했고, 짐은 줄이 믿기지 않는 그 행동에 놀라워했다.

줄이 말을 이었다.

"난 여자들한테 너무 많은 걸 바라고, 정작 얻는 건 아무것도 없네."

짐이 물었다.

"마그다는?"

"날 바꾸고 싶어 했지. 내가 자기한테 맞추길 바랐어. 자네는 여자들을 얻지만 여자들도 자네를 소유하는군."

"그렇다네. 공평하지. 하지만 과연 누가 한 여자를 진짜 소유하는 걸까? 그녀를 갖는 자가, 아니면 그녀를 바라보는 자가?"

줄이 대답했다.

"둘 달세."

오후에 짐은 루시를 만나기 위해 줄의 집으로 갔다. 줄은 짐과 루시가 단둘이 있을 수 있도록 바로 외출했다. 루시는 간밤에 짐이 메모를 남긴 것에, 더욱이 들은 바에 의하면 그가 '여자를 대동한' 것에 적이 놀랐다. 계단 장면은 하숙집의 누구도 보지 못했다.

짐은 감히 루시의 얼굴 근처로는 접근하지 못하고 손등에 키스했다. 그는 스스로를 벌하기 위해 권투장에서 가열한 시합을 벌이고 온 참이었다. 바로 샤워했음에도 몸에 밴 오딜의 체취가 아직 느껴졌다. 루시를 마주하자니 후회스러

왔다. '줏대가 없다고, 줄도 말했지…….' 그는 루시에게 오딜에 대해 이야기했다. 가감 없이, 은연중에 루시보다 오딜을 낮추면서.

루시가 말했다.

"아니, 그렇지 않아요. 무척 예쁘고 즉흥적인 아가씨던 걸요."

짐은 루시가 자신에게 품고 있는 감정을 느꼈다. 그녀 앞에서 그를 자숙하게 만드는 감정이었다. 루시의 인내심 또한 느껴졌다. 그를 거의 두렵게 만드는 태도였다.

줄이 돌아와 분위기를 흥겹게 이끌었다.

권투 시합에 녹초가 된 짐이 카펫에 잔디처럼 누워도 되겠느냐고 양해를 구했다. 루시가 허락했다. 그의 한쪽 어깨가 바닥에 닿았고 다른 쪽도 거의 닿을락 말락 했다.

"드디어 이 천하무적 레슬러의 양어깨를 바닥에 닿게 할 절호의 기회가 왔군요!"

줄이 외치며 짐에게 다가가 몸을 기울였다. 루시가 말했다.

"응원할게요."

줄이 조심스럽게 물었다.

"그래도 괜찮겠나, 짐?"

짐이 애정 어린 목소리로 말했다.

"그럼."

줄이 공중에 떠 있는 짐의 한쪽 어깨를 향해 있는 힘껏 달려들었다. 짐이 옆으로 구르며 줄을 쓰러뜨리더니 줄의 양 어깨를 바닥에 대고 눌렀다. 줄이 짐을 자랑스러워하며 말했다.

"하, 이걸 경계했어야 하는데. 자넨 기막힌 예술가야!"

짐이 말했다.

"아닐세, 아직 초본걸."

루시가 물었다.

"권투 말인가요?"

짐이 대답했다.

"권투요? 아직 방어만 하는 정도예요. 권투를 체스만큼이나 좋아하죠."

놀랍게도 루시는 짐이 권투하는 것을 보고 싶어 했다. 그러니까 그녀에게도 이런 면이 있었단 말인가?

이날 밤, 짐은 자기 집, 즉 어머니 집에서 잤다. 그는 어머니와 아파트를 반씩 쓰고 있었다. 이곳에는 근처에서 사귄 여자 중 누구도 불러들이지 않았다. 줄과 짐은 대화 장소로 이곳의 분위기를 탐탁스레 여기지 않았다. 하지만 일하는 장소로는 짐에게 이만한 은신처가 없었다. 이곳에 있으면 오딜조차 그를 방해하지 못했다.

그는 어머니에게 루시를 소개할 생각이었다.

루시는 줄에게 이야기한 대로 오딜을 포함하여 다 같이 차 마시는 자리를 마련했다. 신이 난 오딜은 파리의 풍습을 확실히 익히기 위해 짐 앞에서 연습했다.

그들은 국제적 분위기의 제과점에서 차를 마셨다. 오딜은 좋은 학교를 다니다 그만 둔 이야기를 주절거리며, 반은 이국의 공주처럼 반은 길거리의 아이처럼 굴었다. 루시가 오딜에게 주도권을 양보했고 오딜은 이를 남용했다. 루시만큼이나 기름한 오딜의 얼굴엔 푸른 정맥 한줄기가 얼비쳤고 말투에선 세련된 음색이 흘렀다. 하지만 표정은 야생적이었다. 그녀가 호가스(윌리엄 호가스, 당대 생활상을 그려 인간의 본성과 시대의 병폐를 풍자한 18세기 영국 화가—옮긴이)의 〈새우 파는 소녀(shrimp girl)〉를 닮은 반면, 루시는 괴테가 사랑한 어린 소녀를 닮았다.

줄과 짐은 오딜이 행여 좌중에, 특히 루시에게 유해한 말 폭탄을 터뜨리는 것은 아닌지 조마조마해하면서도 유쾌하게 즐기는 가운데, 롤러코스터를 탄 것 같은 한 시간을 보냈다.

짐을 두고 루시에게 품었던 오딜의 질투심은 거의 가라앉았다. 루시가 완벽하기도 했고, 루시를 향한 줄의 사랑을 보았기 때문이기도 했다.

나중에 오딜은 루시가 매우 아름답지만 모험을 두려워한다고 말했다.

짐은 루시의 차분한 손을 보았다. 오딜은 무언가를 집어

올리려는 듯 집게 같은 작은 손을 부단히 놀렸고, 관심을 끌기 위해 무엇이건 과장했다. 이런 어릿광대 놀음은 처음엔 대단하게 느껴지지만, 그녀가 색연필을 열 번 정도 쓱쓱 놀려 그려내곤 하는 자화상처럼 나중엔 한계가 느껴지고 거의 외우는 수준이 된다.

줄은 오늘 밤의 대화에서 재기가 번뜩이고 간결했다. 제르트뤼드와 보냈던 날 밤을 떠올리며 루시는 제르트뤼드가 말했듯 줄은, 너무 '힘들게 살게' 내버려 두면 안 된다고 생각했다. 오늘은 오딜이 제르트뤼드의 역할을 담당하고 있는데, 루시의 눈에는 제르트뤼드의 경우와 다르지 않게 오딜도 짐에게 지속적인 관계가 되지 못할 것처럼 보였다.

일단 마음을 놓은 줄과 짐은 오딜의 무례한 질문과 루시의 파비우스 식(제2차 포에니 전쟁에서 한니발에 맞서 소모전으로 승리한 파비우스 막시무스 장군의 전술을 빗댄 표현—옮긴이) 답변들을 즐겼다.

줄은 루시에 대한 짐의 은밀한 배려를 느꼈고 무감할 수 없었다.

오딜이 짐에게 말했다.

"당신, 내 전남편, 만나면 좋겠어."

짐이 대답했다.

"그러지."

오딜은 짐을 길고 좁은 작업실로 데려갔다. 전면이 유리로 된 공간이었다. 오딜의 전남편은 매우 젊었고 유약한 편이었으며, 말씨가 빠르고 정확했다. 짐은 그가 싫지 않았다. 그들은 함께 차를 마시고 체스를 두었다. 게임은 무승부로 끝났다. 오딜은 체스에 대해 전혀 아는 바가 없으면서도 훈수를 두었다.

전남편이 짐에게 말했다.

"오딜한테서 선생 얘기를 들었어요. 오딜 인생에서 선생이 차지하는 자리에 대해서도요. 축하드립니다. 다만 미리 말씀드리자면 며칠 전에 오딜과 저, 우리가 실은 지난 시절을 돌아보고…… 우리의 부부관계를 다시 이어보자는 이야기를 할 기회를 가졌습니다."

순간, 짐의 눈앞에서 스툴이 뒤로 미끄러져 나가더니 오딜이 용수철처럼 튀어 올라 양손을 거의 수평이 되도록 앞으로 쭉 뻗은 채 전남편에게 달려들어 목을 움켜잡으며 쓰러뜨

렸다. 그 바람에 석유램프가 바닥으로 굴렀으나 불이 꺼지지
는 않았다. 짐은 램프를 주워 제자리에 올려놓았다. 이제 전
남편은 바닥에 엎드려 있고 오딜이 그 위에 올라타 말했다.

"너, 아무 말 안 한다고 약속했어!"

그가 대꾸했다.

"어쨌든 해버렸어."

그는 오딜의 양손을 떼어내며 제압했다. 두 사람이 몸을
일으켰다. 그가 차분하게 옷의 먼지를 털었다.

두 남자는 머뭇거리며 악수를 나누었다. 오딜은 짐과 함
께 작업실을 나섰다.

이 사건으로 짐은 오딜이 그에게 그녀의 애인들을 숨기
고 싶어 한다는 것을 확신했다.

오딜은 그녀가 묵고 있는 호텔로 짐을 데려갔다. 가는 도
중에 그들은 저녁거리를 샀다. 식료품상과 과일상의 흰색이
며 회색의 작은 꾸러미들로 종이봉투가 불룩해졌다.

날이 쌀쌀했다.

"불 활활 피우자."

오딜이 말했다. 그녀는 옷을 벗고서 알몸으로 맨바닥에
앉더니 다리를 벌려 발을 벽난로의 양다리에 얹고는, 양동
이에서 번들거리는 석탄 덩어리들을 한가득 움켜쥐고서 석
탄에게 중얼중얼 말을 건네며 맞부딪쳐 깨뜨렸다. 카펫에 검
은 파편들이 점점이 흩뿌려졌다. 요란한 소리와 함께 순식간

에 불길이 높이 치솟았다. 그동안 양손으로 몸 여기저기를 문지른 오딜은 검정을 뒤집어썼다. 그녀는 짐에게 전등을 끄라고 부탁한 뒤 불길에 얼굴을 갖다 대고 이쪽저쪽으로 고루 돌려가며 데웠다. 어찌나 불길 가까이 바짝 다가갔는지 행여 데는 것이나 아닌지 짐이 두려울 정도였다. 오딜은 빗자루로 석탄 파편을 쓸고는 알몸인 채로 2층 욕실로 달려갔다.

그녀는 깨끗해져서 돌아왔다. 청초해 보이기까지 했다. 그녀가 침대에 누워 짐을 불렀다. 그러고는 그녀의 전남편을 잊게 만들기 시작했다.

짐은 생각했다.

"불 피우는 것도 거창하기 짝이 없군. 하여간 뭐든 했다 하면 끝장을 보는 여자라니까. 줄이 그랬지, 거의 동명이인이 될 뻔한 옹딘(영혼이 없다고 알려진 북구 신화 속 물의 정령 '운디네'의 프랑스식 발음—옮긴이)처럼 오딜도 영혼이 없다고. 정말 휴식이 따로 없군!"

짐과 줄은 루시와 오딜을 카자르 무도회에 데려갔다. 루시는 여사제 복장을 했고, 오딜은 라피아 야자수로 몸의 주요 부위만을 가린 밀림의 여자로 변신했다. 이런 파티는 상상조차 하지 못했던 오딜은 처음에는 잔뜩 위축되어 짐의 팔을 꼭 붙들고 놓지 않은 채 벌린 입을 다물 줄 몰랐다. 그러다가 남자들의 어깨에 올라타 군중 속에 우뚝 솟은 일부 여자들처럼 짐의 어깨에 올라탔다. 짐은 양쪽 귀에 오딜의 허벅지로 인한 압박감을 느끼면서 점점 불어나는 인파 속을 헤집고 다녔다. 오딜이 생기를 되찾고 쉴 새 없이 주절거리기 시작했다.

건장한 두 청년이 대화를 나누며 오딜을 흘금거리는 것이 짐의 눈에 띄었다. 오딜이 그들에게 신호를 보낸 듯했다. 그들이 다가와 짐에게 인사했다. 한 명은 미국인이었고, 다른 한 명은 부유한 러시아 귀족으로 왕자 복장을 하고 있었다. 둘 다 의상도 훌륭했고 근육도 훌륭했다. 그들은 혹시 짐이 힘들면 오딜을 대신 무등 태워주겠다고 제안했다.

짐이 물었다.

"어떻게 할래, 오딜?"

오딜이 냉큼 대답했다.

"나, 여기서 제일 큰 말 세 마리 다 가지면, 물론 좋아. 원할 때마다 바꿔 탈 수 있잖아!"

이렇게 해서 오딜은 미국인과 러시아인의 어깨에 번갈아 올라타 원하는 곳을 구석구석 휘젓고 다니다가, 이따금 짐에게 돌아와 그의 어깨를 타고 무도회장을 한 바퀴 휘 돌았다. 짐은 생각했다. '탁월한 선택이야.' 그는 줄과 루시의 곁으로 다가갔다. 세 사람은 한무리의 사람들이 땅바닥에 둥그렇게 원을 그리고 둘러앉아 레즈비언 쇼를 구경하는 부스 안으로 들어갔다. 루시는 처음엔 벌거벗은 여자들이 기이한

결투를 벌이고 있다고만 생각하며 이해하지 못했다. 그러다 자세히 관찰하며 상황을 파악하자 탄식을 흘리며 줄과 짐에게 다른 데로 가자고 말했다.

오케스트라가 벌써부터 유명한 행진곡을 힘차게 연주하고 있었다. 화려한 마차 행렬이 시작되었다. 그중 나체 행렬이 본보기를 제공했다. 옷들이 여기저기서 뜯겼다. 미국인과 러시아인은 이미 라피아 야자수가 뜯겨나간 오딜 옷의 남은 천 쪼가리를 사수하기 위해 사력을 다했다. 이곳에 온 여자들은 대부분 파리의 모든 모델들, 자유로운 영혼들, 예술가들, 루시와—그녀는 이곳에 완전히 동화되지 못했다—같은 여행자들이었다.

루시는 이목을 끌었지만 그녀의 옷에 접근한 손은 단 하나였고 이마저도 줄과 짐에 의해 저지당했다. 두 남자와 함께 하는 이 모든 경험이 즐거운 루시의 입가에서 놀란 미소가 떠나지 않았다.

오딜을 무등 태웠던 두 남자가 오딜 없이 짐을 찾아와서, 오딜을 데리고 자기들 친구들과 함께 저녁 식사해도 되느냐고 정중하게 물었다.

짐이 말했다.

"오딜이 원한다면요. 하지만 조심하십시오, 와인이 과하면 탈이 잘 나니까요."

러시아인이 대답했다.

"조심하겠습니다. 그녀의 밤도, 우리의 밤도 망치고 싶지 않으니까요."

미국인이 덧붙였다.

"더불어 선생의 밤도요."

루시와 줄과 짐은 조용하고 간단하게 저녁 식사를 마쳤다. 루시가 오딜을 걱정하자 줄이 말했다.

"오딜은 자기가 하고 싶은 걸 하는 것뿐이에요. 어디에 갖다놔도 안전한 여잡니다."

짐도 같은 생각이었다.

미인대회가 열렸다. 대부분 모델인 나체의 여자들이 몸에 매끄럽게 분칠을 하고 짙은 화장을 한 채 발코니에 마련된 연단 위로 약 15초 간격으로 차례차례 등장했다. 관중의 박수 강도로 모델들이 평가되었다. 짐은 저 멀리 자기 차례를 기다리며 줄을 선 여자들 틈에서 오딜을 발견하고는 깜짝 놀랐다. 그는 얼굴을 숨기며 오딜에게 다가갔다. 오딜은 표정이 굳어 있던 탓에 낯설어 보였다. 그녀가 아직 걸치고 있던 손바닥만 한 천 조각을 누군가 잡아 뜯었고—대회 규정이었다—그녀는 조명이 쏟아지는 무대로 떠밀렸다. 그녀가 비너스 여신의 조신한 자세를 취하자, 누군가의 손이 그녀의 손을 거둬냈다. 체념한 그녀는 긴장한 탓에 온 신경이 곤두선 채 잠시 무대에 서서 조명을 받았다. 그녀의 섬세한 미모는 이 장소에서는 빛을 덜 발했다. 이런 화려한 배경엔 강렬한 형체미가 요구된다. 그녀에게는 미처 노래할 시간조차 주어지지 않았다. 박수와 휘파람이 터져 나왔고 짐은 그 속에서 러시아인의 목소리를 구별해냈다.

줄이 감탄했다.

"용기 한번 가상하군!"

루시는 오딜을 동정했다. 짐은 생각했다. '저 우아한 몸과 가짜 천사의 얼굴이 얼마 못 가 내 손을 떠나겠군. 저 여잔 눈썹 하나 까딱하지 않고 날 떠날 거야.'

술 취한 사람들이 울부짖거나 빽빽 고성을 질러댔다. 다시 춤이 시작되었다. 커플들은 자리를 떴다.

짐은 더는 오딜과 마주치지 않기를 바라며 무도회장을 한 바퀴 돌았다. 오딜은 보이지 않았다. 짐은 생각했다. '교훈을 얻었기를!' 루시는 오딜이 보이지 않는 것을 애석해했다. 줄은 루시 곁에서 보내는 이 밤이 행복했다. 두 남자는 루시를 집까지 데려다 주었다.

다음 날 저녁, 오딜이 카페에 나타나 짐의 곁에 와서 앉았다.

"당신, 왜 나 다른 남자랑 떠나게 했어?"

"어느 남자, 오딜?"

"러시아 남자."

"당신이 원했으니까, 오딜."

"나, 원했어, 왜냐하면 당신, 말리지 않았으니까."

"나, 당신 절대 안 말려, 오딜."

"당신, 나 사랑 안 해."

"나, 내 방식으로 당신 사랑해."

"당신 방식 때문에 나, 러시아 남자랑 잤어. 어떻게 생각해?"

"난 당신이 8시 전에는 나타나지 않을 줄 알았지."

"그 남자, 끝내줘. 훌륭한 애인이야, 아주아주 끝내줘."

"왜 그 남자랑 더 같이 있지 않았어?"

"나, 이걸로 충분하다고 생각해. 나, 내 방 다시 보고 싶었어."

오딜은 짐에게 유리병을 건넸다.

과연 이것을 거절해야 할까? 아니다, 그는 그다음을 알고 싶었다. 만일 이제껏 그한테만 유리병을 맡겼던 오딜이 그가 보는 앞에서 다른 남자한테 유리병을 건넨다면 어떤 기분일까? 그녀는 그에게 그녀의 일부분만을 내주었다. 하지만 이것은 그도 마찬가지였다. 그녀는 지배적이고 질투심 많은 애인을 원했을까? 그런 남자라면 쉽게 찾을 수 있었으리라. 짐, 그는 이 러시아인을 질투했지만, 자신이 자유롭기를 바라는 만큼 오딜도 자유롭게 내버려두었다. 그녀가 그에게 돌아온 것은 바로 이 점 때문이기도 했다.

오딜은 자기 방으로 가자 짐에게 러시아인의 고급스런 명함을 보여주고는 요강에 휙 던져버렸다. 그녀는 요강을 깨끗이 씻어서 연애편지며 주소록이며 명함을 담는 통으로 사용하고 있었다. 그녀가 짐에게 진지하게 제안했다.

"러시아 남자, 지워버릴까?"

그들은 러시아인을 지워버렸다.

오딜은 동향 친구들과 자동차 여행을 떠났다. "아마 영원한 여행이 될지도 몰라"라는 말을 남긴 채.

XII
루시의 여행

루시와 짐은 무작정 둘만의 여행을 떠났다. 쥘이 차 안에서 먹을 싱싱한 과일이 담긴 작은 바구니를 열차칸까지 갖다 주며 배웅했다. 루시와 짐은 브르타뉴의 어느 마을에서 옛날식 여인숙을 발견했다. 여인숙 바로 맞은편에는 성당이 있었다. 여인숙의 2층 방은 T자를 그리는 두 개의 기둥으로 지탱되어 허공에 돌출해 있었다. 루시가 이 방을 썼다. 짐의 방은 아래층이었지만 그가 이곳에 있는 때는 드물었다. 커다랗게 울리는 종소리가 그들에게 잔잔한 감동을 주었다.

　루시와 짐은 무더위를 뚫고서 자전거를 달려 나무와 갓 지은 묘지로 둘러싸인, 언덕 위의 작은 교회에 이르렀다. 그들은 손을 잡고서, 생전에 온유하고 조화로웠을 것 같은 부부들의 뭉클한 묘비명을 읽으며 묘지를 거닐다가 이윽고 자리를 잡고 앉았다. 침묵이 흘렀다. 짐은 이 묘지를 차마 떠날 수 없었다. 이곳의 어느 무덤 속, 루시 옆에 누워 있을 수만 있다면. 하지만 돌아가야 했다.

　돌아오는 길은 길었고 때로 험했다. 루시는 힘을 적절히 안배하여 휴식을 취하기도 하면서 무난하게 따라왔다. 그녀는 짐의 예상보다 덜 허약했다. 하지만 짧은 두통을 일으키기도 했다. 짐은 생각했다. '만일 우리가 자식을 낳는다면 그 애들은 키가 크고 호리호리하고 두통이 있겠구나.'

　그들은 도시락을 챙겨 숲 속을 천천히 거니는 산책을 즐겼다. 루시가 음식들을 잔디 위에 펼쳤다. 짐은 어깨에 총을 멨는데, 이것을 사용하지는 않았다.

　그들은 혹시나 그들이 가정을 꾸린다면, 그들의 미래의 터전이 될 이상적인 시골집을 가구며 정원까지 상상하고 꾸미기를 즐겼다. 루시는 형태와 색깔까지, 짐은 형태까지만.

　그들은 아름다운 가죽 제품에 열광했고 이것으로 선물도 했다.

　짐은 루시를 데리고 남쪽 바다로 사냥을 떠났다. 그들은

나이 지긋한 선원과 함께 돛단배를 타고 바다로 나갔다. 짐의
사격 실력은 출중했다. 루시는 새들 중에서도 가장 가냘픈 새
만큼이나 가냘팠다. 짐은 상자 속에서 피범벅이 된 새들의 육
체를 보며 동정심에 사로잡혔다. 그는 사격을 중지했다. 루시
가 그를 바라보며 미소 지었다.

가벼운 사고가 발생했고 짐은 잠시 한쪽 눈이 파열된 것
이나 아닌지 두려웠다. 그가 다른 쪽 눈으로 루시를 힐끔거
리니, 그녀는 그럴 수만 있다면 거의 자기 눈이라도 빼줄 기
세였다.

그들은 소나무 숲 뒤쪽에 소규모로 형성된 농가를 발견
했다. 이곳에는 타지에서 흘러온 부부가 마을 전체의 허락
을 얻어 저렴하게 구할 수 있는 자그마한 신축 목조 가옥이
있었다. 집 안 침실에는 두 개의 커다란 붙박이 침대가 있었
고(짐은 오디세우스의 침대*를 떠올렸다), 벽난로도 설치돼 있었
으며, 감자를 심을 수 있는 모래 정원도 있었다. (*트로이 전쟁
을 마치고 귀향한 오디세우스는 아내 페넬로페가 그가 진짜 남편인
지 시험하기 위해 침대를 가져오게 하자, 그 침대는 땅에 뿌리를 내
린 올리브나무로 만들어 옮길 수 없다고 말함으로써 진짜 남편임
을 증명했다─옮긴이) 여기에 넘쳐나는 생선이 식량거리를 완
성했다. 짐은 그토록 바라던 단순한 생활이었건만 선뜻 움켜
쥘 열의가 나지 않았다.

루시는 육체적 사랑에 대한 두려움이 있었다.

짐은 수녀와 함께 있는 기분이었고, 그녀를 계속해서 사랑할 수 있을 것인지 의문이었다. 그녀는 좁고 확실한 길이었고, 그는 도약과 위험을 필요로 하는 인간이었다. 짐은 이를 자책했다.

어느 날, 루시와 짐은 강물에서 배를 타다가 기습적인 폭우를 만났다. 비바람에 물살이 역류했다. 짐은 전력을 다해 노를 저었지만 배가 앞으로 나아가지 않았다. 짐과 마주 앉았던 루시가 소리 없이 그의 뒤로 가서 여분의 노를 쥐고 차분하게 저었다. 그녀의 작은 도움이 강력한 효과를 발휘했다. 그들의 노는 단 한 번도 충돌하지 않았고 그들은 무사히 뭍으로 돌아왔다.

루시와 짐은 간간이 줄에 대해 이야기했다. 줄은 두 사람에게 보내는 편지에서 루시에게 자기와 함께 바닷가에서 며칠 보내자고 청했다. 루시가 말했다. "줄이 결혼 생각을 접은 게 확실하다면 좋을 텐데요." 짐은 루시가 응낙하기를 바랐다.

마지막 날이 되었다. 두 사람은 함께 겪은 소소한 행복들로 각인된 한 달을 보내고 난 터였다.

그들은 북받치는 슬픔을 억누르며 헤어졌다. 하지만 강요된 것은 아무것도 없었다.

루시와 떠나기 전날, 줄이 짐에게 말했다.

"바닷가에 가면 루시와 수영을 하게 될 텐데, 내 등과 가습이…… 털복숭이네(그는 이 말을 머뭇거리며 내뱉었다). 이걸 좋아하는 여자들도 있지만 루시는 틀림없이 싫어할 걸세. 업소까지 가기는 싫어서 혼자 해봤는데 잘 안 돼. 짐, 자네가 도와주겠나?"

줄이 호주머니에서 커다란 제모크림병을 꺼냈다.

짐은 그간 줄이 종종 알몸으로 샤워하는 자기를 흘금거렸고, 정작 줄 자신은 늘 몸을 숨겨왔다는 것을 깨달았다. 짐은 호리호리하고 매끄러운 루시나 오딜이나 자기와는 달리, 로마 병사처럼 작고 다부지며 곱슬곱슬한 검은 털이 무성한 줄이 보기 좋다고 생각해왔다.

줄은 왜 자기와 비슷한 스타일을 싫어할까? 왜 그를 좋아하고 그와 닮았으며 어울리는 한 쌍이 될 예쁜 사촌과 결혼하지 않는 걸까?

혹시 짐 자신도 루시가 그의 여동생과 외모가 너무 닮아서 그녀를 부인으로 맞아들이기를 그리 주저하는 것이 아닐까?

짐은 줄의 등을 면도하기 시작했고 재미를 들였다. 쫀득한 크림을 잘 개서 털 위에 고르게 펴 바르고 잠시 말린 다음, 꾸덕꾸덕해지면 한 번에 싹 떼어내야 했다. 줄이 점차로 훤해져갔다.

과연 루시의 감상은 어떠할 것인가? 알 수 없었지만, 짐은 줄이 그녀를 사로잡기를 바랐다.

루시와 줄은 평온한 한 주를 보냈다. 줄은 얌전히 굴었고, 루시는 이를 고마워했다. 그녀는 수영을 하고 나오면 줄에게 발을 내맡긴 채 말렸다. 줄은 그녀 곁에서 거리낌 없이 맨 상체를 드러낸 채 일광욕을 즐겼다. 그는 이웃 마을에 있는 만남의 집을 찾아가 금발아가씨에게서 허기를 달랬다. 그리고 다시 루시를 위해 시를 썼다.

루시는 줄에게 짐 걱정을 드러냈다. 그녀는 짐의 자유를 동경하면서도 두려워했다.

줄이 말했다.

"짐은 하고 싶은 일이 있으면 타인에게 피해가 간다고 생각하지 않는 한―그 생각이 틀릴 수도 있겠죠―자신의 즐거움을 위해 또 교훈을 얻기 위해 감행합니다. 언젠가 달관의 경지에 도달하기를 바라면서요."

루시가 물었다.

"그게 언제일까요?"

"그건 우리가 알 수 없죠. 그 친구도 마찬가지고요. 어쩌면 기적이 일어날 수도 있겠죠."

"당신은 짐을 순결하다고 여기나 봐요!"

"그렇고말고요. 정말 열정적인 사람들은 순결한 겁니다. 짐은 나보다, 대부분의 남자들보다 더 순결해요. 그 친구가 몇 달간 여자 없이, 여자를 찾을 생각조차 없이 지내는 걸 보았죠. 길에서 모르는 여자를 따라가는 일도 거의 없어요.

짐은 개성 있는 여자한테 호기심을 느끼고 숭배하죠. 단순히 관능에만 탐닉하지 않아요. 리나는 예쁘지만 개성이 없었죠. 그래서 짐이 바로 멀리했죠. 루시, 당신은 개성이 있어요. 제르트뤼드와 오딜도 마찬가지고요. (줄은 생각했다. 마그다는 개성이 있으려다 말았지. 나한테도 시효가 끝났으니까.) 당신은 단일해요, 짐도 그렇고요. 난 당신의 발, 머리칼, 입술에 차례대로 반하고 열광하죠. 고지식하고 직선적인 사람들은 전체만을 느낄 뿐이에요. 짐을 두고 여자만 보면 달려드는 호색한이라고 말하는 이들도 더러 있지만 내가 보기엔 여자들이 짐한테 달려드는 거예요. 당신이나 제르트뤼드나 오딜도, 짐이 선택하기 전에 먼저 그 친구를 선택했죠."

루시가 말했다.

"아니면 동시에?"

루시는 이어 줄과 짐에게 사진을 보여준 적이 있는, 고향에서 온 애인과 며칠 여정으로 산에 올랐다. 줄은 루시가 고향의 애인과는 짐과 같은 자연스런 친밀감은 없지만, 만일 짐이 없다면 그도 위험한 적수가 될 수 있겠다고 생각했다.

루시는 고향으로 돌아갔다.

XIII
고대 그리스의 미소

줄과 짐은 그리스로 떠났다.

그들은 몇 달 전부터 국립도서관을 출입하며 이 여행을 준비했다. 줄은 짐에게 필독서들을 소개했다. 짐은 책을 읽다가 지치면 줄을 찾아갔고, 그럴 때면 줄은 무너져 내린 신전의 도면들에 둘러싸여 원문의 지시대로 신전들을 재구성하곤 했다. 그는 고대 그리스를 갈고 닦아 현대 그리스를 이해했다.

줄과 짐은 최소한으로 꾸린 여행 가방에 똑같이 밝은 색 양복을 갖춰 입고서 출발했다. 그들은 프랑스 남쪽의 항구 도시 마르세이유로 가서 나폴리 행 여객선을 탔다. 짐은 배의 맨 앞쪽에서 몸을 비스듬히 기울인 채 뱃머리가 파란 바다를 가르는 모습을 지켜보았다. 줄은 가지고 온 두꺼운 책을 다시 읽다가 간간이 짐에게 다가가 중요한 내용을 설명했다. 그들은 같은 선실에 묵었다. 짐이 2층 침대의 위층을 사용했고, 밤늦도록 대화가 이어졌다. 그들은 우연히 같은 방에 묵게 되면 기뻐했지만, 늘 방을 따로 주문했다.

짐은 도리아 양식 건축물의 기둥머리 밑을 둥그렇게 두른 작은 사각 단면 장식에 흥미를 보였다.

나폴리의 수족관에서 짐은 일명 '비너스의 거들', 즉 빗해파리들을 보면서 감탄을 금치 못했다. 거의 보이지 않는 투명한 조직으로 이루어진 작은 생물체들이 물속에서 그 조직을 망토처럼 하늘거렸다. 빗해파리들의 허리께엔 무지개색 띠가 둘러져 있었다.

줄과 짐은 고대 박물관을 열심히 구경했고, 파에스툼에 가서 신전 세 곳도 둘러보았다. 그들에게 그리스의 기적이 시작되었다.

줄은 젊은 나폴리 여자 하나를 사귀었고, 그녀에게 꽃과 사탕을 보냈다.

이번엔 시칠리아. 줄과 짐은 먼저 팔레르모의 모자이크 장식을 본 뒤, 나귀를 제쳐놓고 걸어서 세게스타 신전에 갔다. 그들은 순례자가 된 기분이었고, 고대 그리스 유적의 아름다움에 기꺼이 고단한 하루를 바쳤다. 줄이 호메로스의 시를 읊었다. 셀리눈테에서 그들은 파리에서 도면을 공부했던 거대한 신전이 지진으로 인해 무너진 것을 보았다. 줄은 짐을 위해 이 신전의 원래 모습을 신이 나서 묘사했고, 짐은 무너지고 남은 신전을 바라보며 말했다.

"이렇게 안타까울 데가!"

그리고 시라쿠사의 아레투사 샘. 짐은 이 이름들이 마음에 들었다. 줄과 짐은 선실이 네 개인 남루하고 작은 그리스 행 화객선에 올랐다. 선실에서 치약과 기름 냄새가 풍겼다. 돌연 폭풍우가 몰아치더니 닷새간 지속되었다. 이제껏 뱃멀미라고는 몰랐던 짐은 속이 메슥거리고 머리가 아파오자, 책을 끼고 선실에 누워 지내며 음식을 일절 입에 대지 않았다. 줄은 행복과 절망을 번갈아 느끼며 매 끼니를 꼬박꼬박 챙겼다. 요리사가 그에게 말했다.

"아무튼 이 소고기 스테이크를 한 시간 동안이나 드셨으니 발전하신 겁니다."

태양이 크레타 섬 위에서 반짝거렸다. 그들은 잔잔한 바다를 가로지르며 남쪽으로 향하는 배 위에서 주위를 유심히 살폈다. 저 멀리 아주 조그맣고 파리하게 깜빡거리는 불빛을, 줄이 먼저 발견했다. 아크로폴리스였다.

줄과 짐은 아테네에서 고대 이교문명으로 충만한 한 달을 보냈다. 거의 그리스인이라도 된 기분이었다. 신전과 박물관의 아름다움이 그들을 한껏 부풀게 했다.

승리의 여신상을 보며 그들은 루시를 떠올렸다. 합각 위의 여전사는 제르트뤼드를, 꽃병 위의 춤추는 여인은 오딜을 떠오르게 했다.

그들은 땡볕 속을 걸어서 수니온 곶에 갔다. 짐은 먹지도 마시지도 않았고 담배도 피우려 하지 않았다. 이날, 줄의 인내심도 짐에게 필적했다. 티린스와 미케네에도 걸어서 갔다. 그들은 정교한 왕궁과, 성벽을 이룰 정도로 첩첩이 쌓인

돌들을 보며 충격에 가까운 감동을 받았다.

줄은 석상들을 쓰다듬으며 살아 있는 형상을 만지고 싶은 기분을 느꼈다. 두 사람은 줄이 첫날 거부한 뒤 오랫동안 찾아다녔던 나이 지긋한 안내자의 설명을 들었다. 어느 날, 그들은 아테네의 상류층이 결혼식을 올리는 유일한 바에서 밤을 보냈다. 이곳에는 그리스 여자들을 제외한 각국의 여자들이 모여들었다. 독일인임에도 그리스인의 분위기를 풍기는 한 여자가 젊은 시절의 제르트뤼드를 닮았다. 줄은 다음다음 날 정오에 그녀 집에서 만날 약속을 얻어냈다. 그는 이제껏 무성해지도록 방치한 자신의 가시 숲을 대대적으로 면도했다. 줄이 그녀의 집에 당도하자 하녀가 나와 말했다.

"부인께서 오늘 오전 9시에 귀가하셔서 깨우지 말라고 하셨습니다."

줄은 난감했다.

짐이 그에게 말했다.

"그 여자 생활 방식과 그리 마셔대는 샴페인을 감안하면 놀랄 일도 아닐세. 고의는 아닐 거야. 그저께 자네한테 상냥했지 않나. 오늘 밤에 또 나타날 걸세."

줄이 말했다.

"아니, 오늘이었어야 하네. 끝났어."

줄은 동향인인 대학동창을 기다렸다. 그는 유망한 화가

였다.

"부인이 그리스 여잘세."

줄이 짐에게 말했다.

알베르가 도착했다. 그는 줄보다 그리스를 더 잘 알았다. 장신에 갈색 머리칼이었고 잘생기진 않았지만 개성 있었다. 그는 줄과 짐에게 자신의 크로키와 사진들을 보여주었다. 그중 영웅에게 납치당하는 여신의 사진이 있었다. 여신의 고대 그리스의 미소가 그들을 사로잡았다. 여신의 석상은 최근에 발굴되었고 섬에 있었다. 그들은 함께 이 석상을 보러가기로 의견을 모았다.

의기투합한 세 남자는 아테네의 부르주아 여자들이 출입하는 공원의 테라스 제과점을 드나들었다. 그들은 고대 그리스적 얼굴을 찾았지만 허사였다.

세 남자는 펠로폰네소스를 함께 탐사했다. 알베르는 엄격하고 빈틈없는 교사였다. 줄과 짐은 그와 함께 모든 것을 철저히 관찰했다. 짐은 그를 존중했지만 그와 줄과의 관계를 질투했고, 자신의 이런 심리를 자각하고는 조심했다. 그는 알베르의 지식을 흡수했지만 알베르가 미소로 고수하는 독단적 태도를 좋아하지 않았다.

델포이에서는 주문한 수노새가 오지 않아 그들은 불쌍한 어린 나귀를 타고 아이의 안내를 받으며 산을 넘어야 했다. 구름이 낮게 깔리고 장대비가 쏟아졌다. 그들은 길을 잃었다. 딱딱한 안장 때문에 엉덩이가 배겼다. 그들은 허름한 외딴 여인숙에서 멈추었다. 벌써 수프 그릇에서부터 빈대 두 마리가 나왔다. 알베르는 빈대에 대비해서 가벼운 특수 부대 자루를 광대처럼 온몸에 뒤집어썼다. 그들은 시간을 죽이기 위해 포커게임을 하다가 어쨌든 잠이 들었고 다시 출발했다.

물 탓에 장티푸스가 발생했다. 여인숙에서 찻물을 덜 끓였다. 그들은 수지향 포도주를 마셨다. 짐은 이질에 시달렸고 그 때문에 예민해졌다. 점심을 먹을 때 알베르가 다시 한 번 자신의 세계관, 요컨대 자기 종족의 우월감을 드러냈다.

오랫동안 침묵하던 짐이 알베르에게 지금 한 말 취소하라며 폭발했다. 어쩌면 큰 싸움으로 번졌을지도 모르는 상황이었다. 줄의 차분한 존재감이 두 사람을 자제시켰다. 알베르는 움찔했고 짐도 예의를 되찾았다.

그들은 안개의 장난을 뚫고서 섬에 당도했고, 여신 석상이 있는 곳으로 달려가 한 시간을 보냈다. 석상은 기대 이상이었다. 그들은 한참 동안 말없이 석상 주위를 돌았다. 대기에 석상의 미소가 감돌았다. 강렬하고, 싱그럽고, 어쩌면 키스와 피에 굶주린 듯한 그 미소가.

그들은 다음 날이 되어서야 석상에 대해 이야기를 나누었다. 이제껏 그런 미소를 본 적이 있던가? 전혀. 언젠가 그런 미소를 만난다면? 무조건 따라가리라.

알베르는 여행을 계속했다. 줄과 짐은 새로운 발견에 충만해진 채 인간 가까이에 있는 신을 느끼며 파리로 돌아왔다.

XIV
까마귀 떼

파리가 그들을 부드럽게 맞아주었다. 오딜은 고국으로 영구 귀국했다. 줄은 작은 아파트에 세를 들었고, 짐과 함께 가구를 채워 넣었다. 짐은 줄이 원하는 커다란 더블침대의 도면을 그렸다. 높이가 낮고 양 가장자리가 반원형인 파리 최고의 침대였다.

줄은 여기에 누구를 들일 것인가? 두고 보도록 하자.

그들은 카페 출입에 싫증이 났다. 그들은 같이, 또는 각자 작업에 몰두했다. 줄의 신작 소설이 인기를 끌었다. 그는 이 소설에서 짐은 물론 루시를 알기도 전 시절에 만났던 여자들을 동화풍으로 묘사했다.

짐은 줄과는 별개로 한 프랑스 여자와 지속적인 만남을 가졌고, 줄은 이 관계에 끼어들려고 하지 않았다.

줄과 짐은 부르고뉴에 있는 짐의 모친 집에서 단둘이 한 달을 보냈다. 가을이었다. 그들은 갈색 낙엽들 사이를 걸어서 순례지로 유명한 베를레까지 순례하는가 하면, 사냥을 하기도 했다. 줄이 산토끼를 잡으면 짐이 이따금 죽여서 요리를 했다.

오후에는 멀리 눈 덮인 벌판까지 산책을 나갔다. 구름처럼 하늘을 뒤덮은 까마귀 떼가 벌판 위를 낮게 날았다. 짐이 줄에게 갈색 외투와 두건을 뒤집어쓰고 스무 걸음에 한 번씩 넘어지며 절뚝거리면서 달리다가 어느 순간 죽은 짐승처럼 움직이지 말아보라고 제안했다. 줄은 기꺼이 이 역할을 맡았고, 짐은 멀리서 몸을 숨긴 채 이를 지켜보았다. 커다란 원을 그린 까마귀 떼가 하늘을 빙빙 돌며 줄을 따랐다. 이 원의 가운데가 회오리를 그리며 낮아지더니 소용돌이의 꼭짓점이 줄을 향했고 줄은 이를 전혀 눈치 채지 못했다.

돌연 꼭짓점이 줄에게 가까워지며 까마귀 구름떼가 낮은 소용돌이를 형성했다. 금방이라도 줄에게 달려들 기세였다. 짐은 덜컥 겁이 났다. 이 짐승들이 줄을 뒤덮고 두건을 들어올려 그의 눈을 쪼는 모습이 그려졌다.

짐은 숨어 있는 구멍에서 뛰쳐나가며 발포했다. 까마귀 떼는 꿈쩍도 하지 않았다. 그는 달려가며 다시 총을 쏘았다. 까마귀들이 아쉬워하며 하늘로 날아올랐다.

줄은 까마귀들을 성공적으로 속인 것에 흡족해했다. 짐은 그로서는 도저히 이해가 가지 않는 줄의 순교자적 인내에, 이 상징적인 사건에 심란해졌다.

그들은 로마네스크 양식의 교회들을 둘러보았다. 이곳
에서 연상되는 루시가 아크로폴리스에서 떠오른 루시보다
더 그녀와 닮았다.

II
카 트 린

I

카트린과 줄

파리.

줄은 짐에게 모국에서 새로운 여자들이 온다고 알렸다.
이번에는 베를린 여자들이었다. 짐은 그녀들을 만나는 것이
썩 내키지 않았을 뿐더러 그저 조용히 일하고 싶었지만, 줄
이 그도 계획의 일부라며 적은 시간을 할애함으로써 자기들
에게 큰 도움이 될 거라고 설득했다.

여자는 셋이었고, 눈빛이며 입을 그저 가만히 두는 유형
들이 아니었다. 짐은 생각했다. '우리가 전혀 필요 없는 여자

들이야. 다들 나이에 비해 굉장히 노련해.' 여자들은 색깔을 드러내기 시작했고, 여드레 만에 파리를 알아버린 것처럼 보였다.

첫 번째 여자 사라는 키가 크고 검은 머리칼에 동양적인 엄숙미를 풍겼다. 두 번째 여자는 오동통하고 생기가 넘쳤으며 비엔나적인 아름다움을 발산했다. 세 번째 여자는 태양에 그을린 갈색 피부에 선명한 금발로 게르만적인 아름다움이 우러났다. 그녀들이 무도장에 한꺼번에 들어서면 장내가 술렁였다.

세 번째 여자 카트린은 **섬에서 본 여신 석상의 미소**를 갖고 있었다.

바로 그녀가 짐의 눈에 들었고, 줄은 줄대로 그녀를 단둘이 매일 만났다. 그는 그녀를 만날 때는 짐을 부르지 않았다. 한 달이 흘렀다.

줄이 짐을 찾아왔다. 그는 이제껏 카트린에 대해 침묵을 지켰고 짐은 이를 긍정적으로 해석했다. 줄이 짐에게 말했다.

"카트린과 나와 함께 7월 14일(프랑스 독립기념일—옮긴이) 밤 축제에 가세. 자네와 함께 가고 싶네……. 하지만…… (줄은 짐의 눈을 똑바로 응시하며 나지막한 소리로 한 글자 한 글자 천천히 발음했다.) 이 여자는 안 돼, 그렇지, 짐?"

짐이 대답했다.

"이 여자는 안 되네."

짐은 줄의 집으로 갔다. 카트린은 줄의 옷을 입고서 젊은 남자로 변장했다. 어깨가 넓고 엉덩이가 조붓한 그녀는 머리칼을 말아 올려 골프 모자 속에 숨기고 양손에는 커다랗고 누런 가죽장갑을 꼈는데, 그 모습이 씩씩한 개구쟁이 같았다. 모르는 사람이 보면 순간 소년으로 착각할 수 있을 정도였다.

줄이 짐에게 물었다.

"우리의 친구 토마 군일세, 어떤가? 오늘 밤에 데리고 나가도 되겠어?"

짐은 토마를 면밀히 살핀 뒤, 콧수염을 붙이고 바지를 더 밑으로 내리고 나서 말했다.

"이제 됐네."

토마가 외쳤다.

"거리로 나가서 시험해봐요!"

세 사람은 생 미셸 대로로 내려가 교차로의 무도회가 열리는 곳에서 멈춰 섰다. 줄과 토마가 함께 춤을 추었다. 여기저기서 토마를 알아보는 소리가 날아왔다.

"쳇, 계집애잖아!", "어이, 너 여자구나!" 등등.

하지만 카트린처럼 변장한 여자들이 더러 있었을 뿐만 아니라 줄과 짐이 그녀의 보디가드였다. 토마는 꿋꿋했고 성공을 거두었다.

짐은 줄이 자랑스러웠다.

카트린은 거침없고 쾌활했으며 말 속에 유쾌한 검을 내장한 좋은 동무였다. 그녀는 오딜보다 더 '코믹'했고, 덜 '익살'맞았다. 짐은 줄만큼이나 그녀를 존중했기에 그녀에게 확실한 선을 그으려는 노력이 필요 없었다. 카트린이 표정을 누그러뜨리기만 하면 그 즉시 그녀의 입가에 순수하고 냉혹한 고대 그리스의 미소가 어김없이 피어올랐다. 지극히 자연스러운, 모든 것을 표현하는 미소였다.

세 사람은 자주, 함께 만났다. 짐은 그들과 있는 것이, 줄이 그를 잘 받아주는 여자와 함께 있는 걸 보는 것이 기뻤다. 세 사람은 표정과 몸짓을 섞어 옛 프랑스 가요들을 함께 열창했고, 저녁이면 몽파르나스 묘지를 따라 달리기 시합을 하며 장애인을 흉내 내기도 했다. 카트린이 늘 이겼는데 신호가 떨어지기도 전에 먼저 달려 나갔기 때문이다.

이제 줄의 침대의 베개는 옆으로 나란히 놓였고 침대에서는 좋은 냄새가 풍겼다.

줄은 짐에게 카트린과 결혼하고 싶으며 그녀도 어느 아름다운 날에 거의 승낙 비슷한 대답을 했노라고 말했다. 질겁한 짐은 두 사람 모두를 위해 이렇게 외치고 싶었다. "잠깐! 조금 더 기다려!"

카트린이 줄 앞에서 짐에게 말했다.

"짐 선생님……"

줄이 끼어들었다.

"아니, 그냥 짐."

카트린이 정정했다.

"그냥 짐, 당신하고 얘기 좀 나누었으면 해요. 조언이 필요하거든요. 내일 저녁 7시에 우리가 잘 가는 카페의 1호실에서 만날 수 있을까요?"

짐이 줄에게 시선으로 묻자, 줄이 말했다.

"그러게, 카트린이 자네하고 얘기하고 싶은가 봐."

그는 어떤 내용인지 아는 것일까?

짐이 헐레벌떡 달려서 카페에 도착하니 7시 15분이었다. 낙천적 성격 탓에 평소대로 늦은 것이다. 그는 자신을 못마땅해하며 약속에 먼저 와서 기다리지 않은 것을 자책했다. 카페 안을 두리번거리며 카트린을 찾았지만 보이지 않았다. 그는 자리에 앉아 15분간 기다리며 생각했다. '카트린 같은 여자라면 능히 7시 정각에 정확하게 나타나서, 1분도 더 기다리지 않고 그냥 가버릴 수 있을 거야.' 생각이 점점 이 가능성으로 기울었다. 그는 기계적으로 신문을 집어 들어 읽다가, 다시 내려놓으며 생각했다. '카트린 같은 여자라면 능히 카페를 휘 훑으며 신문에 가려진 날 알아보지 못한 채 바로 나가버릴 수 있을 거야.' 그는 거듭 생각했다. '카트린 같은 여자라면…… 그런데 대체 카트린 같은 여자란 어떤 여잘까?' 그는 처음으로 카트린에 대해 본격적으로 생각하기 시작했다.

7시 반이었다. 그는 생각했다. '15분만 더 기다리자.'

그는 8시 10분 전에 카페를 나왔다.

짐보다 더 시간관념이 낙천적인 카트린은 미용실에 들러 머리를 감고 웨이브를 넣은 뒤, 8시에 머리에 베일을 쓰고서 카페 앞에 나타났다. 짐과 저녁 식사를 하려던 그녀는 실망했고, 10분을 기다리다가 가버렸다.

다음 날, 줄이 짐을 찾아와 이 사실을 전했다.

짐이 말했다.

"만일 카트린이 올 줄 알았더라면 자정까지라도 기다렸을 걸세."

줄과 카트린은 결혼식을 올리기 위해 그날로 고국으로 떠났다. 짐이 열차까지 두 사람을 배웅했다. 그는 카트린에게 묘하게 생긴 자그마한 휴대용 접이식 의자를 주며 발밑에 놓으라고 했다.

만일 카트린과 짐이 카페에서 만났더라면 모르긴 해도 사정이 또 달라졌으리라.

II
센 강에 뛰어들다

줄과 카트린은 독일에 도착하자마자 결혼식을 올리고 가족들에 대한 의무를 완수한 뒤 파리로 돌아왔다. 짐이 부부의 집으로 저녁 식사를 하러 갔다. 메로빙거 왕조풍의 커다란 침대(중세 메로빙거 왕조 시대에는 자다가 죽임을 당할 수 있다는 두려움 때문에 앉아서 자는 일이 흔했고, 따라서 침대도 넓으면서 길이는 짧고 가장자리는 둥글게 마감한 형태로 제작되었다—옮긴이)가 공식적으로 개시되었다. 줄은 행복해했고 모든 일을 도맡았다. 그는 마침내 진짜 남자가 되었다. 짐은 세탁물이며 집세며 보험이며 짐 가방 등을 훌륭하게 처리하는 줄을 보며 감탄을 금치 못했다. 다만 시간이 점차 지나면서 줄의 해결법이 실크해트를 오븐에 집어넣는 것과 같은 식이라는 것을 깨닫게 된 것이 아쉽긴 했지만. 카트린도 이 사실을 알았지만 눈썹 하나 까딱하지 않았다. 그녀는 줄에게 매사에 "오케이"라고 답했고, 그들의 삶은 만사형통으로 보였다. 만일 이 문제에 대해 그녀가 조금의 의혹이라도 내비쳤던들 그는 못내 괴로워했으리라.

그는 자기가 꿈꾸던 금발여인의 남편이었다.

짐은 카트린과 줄을 볼테르 부두에 있는 식당에 데려갔

다. 두 사람의 결혼을 축하하는 점심 자리였다. 그들은 각자의 엉뚱한 취향에 맞는 코스메뉴를 구성했다. 카트린은 총천연색 줄무늬가 있는 비단 드레스를 입었다.

줄이 짐에게 두 남자의 관심사이긴 하되 카트린한테는 거의 흥미롭지 않을 문학적 사건에 대해 이야기하기 시작했다. 짐이 화제를 카트린의 관심사로 전환하려 해보았으나 허사였다. 줄은 이미 발동이 걸린 데다, 그의 의식 속에는 카트린이 작가의 아내로서 이런 문제에 취미를 들여야 한다는 논리가 내재해 있었다. 카트린은 고대 그리스의 미소를 띤 채 시선을 내리깔고 있었다. 무슨 생각을 하는 것일까?

줄은 짐에게는 매력적인 대화 상대였으나 카트린을 불필요하게 희생시켰다. 왜냐하면 그들은 이미 셋이서 모두가 즐거운 대화를 나눈 적이 있었기 때문이다. 그런데 선량하고 겸손한 줄은, 그러는 대신 주도권을 휘둘렀고 뜻밖에도 이 태도를 견지했다. 그는 카트린을 거의 조련하다시피 했다. 짐은 마그다가 반발하던 날 저녁을 떠올리며 상념에 잠겼다. 카트린이 과연 이런 줄을 참아낼 수 있을까? 그녀는 마그다와는 다른 무기를 가졌는데. 줄은 어떻게 이렇게까지 선견지명이 없는 것일까? 과연 카트린이 어떤 반격을 가할 것인가? 이들의 사랑은? 짐은 두 사람을 생각하며 괴로워했다.

기나긴 식사가 끝날 무렵, 카트린이 센 강가를 거닐자고 제안했다. 세 사람은 옛 모네 수문을 따라 걷다가 베르 갈랑 광장 맞은편에 있는 부두를 거슬러 올라갔다. 줄은 여전히 쉴 새 없이 떠들었다. 돌연 카트린이 손가방을 내던지고 장갑을 벗더니 슬며시 그들 곁을 떠나 그대로 센 강에 뛰어들었다.

'오, 나의 예지력이여(Oh, my prophetic soul, 셰익스피어의 『햄릿』 1장 5막에 나오는 대사─옮긴이)!'

짐은 내부에서 울려오는 이 소리를 들으며, 카트린에게 정신적으로 보이지 않는 키스를 보냈다. 이 투신 장면은 그의 뇌리에 영원히 각인되었다. 오죽하면 그림을 그려본 적 없는 그가 다음 날 그림을 다 그렸을까. 그의 시선 깊은 곳에서 경탄의 빛이 번뜩였다. 적어도 이 여잔 모험을 두려워하지 않아!

줄은 물벼락이라도 맞은 얼굴로 카트린의 생사를 걱정했다. 짐은 불안하지 않았다. 카트린이 곧은 자세로 떨어지는 것을 본 데다 그녀의 수영 실력에 대해서는 익히 들은 바가 있었다. 그는 정신적으로 그녀와 함께 물속을 헤엄치며, 그녀가 줄을 겁주기 위해 최대한 멀리 가서 최대한 늦게 물 위에 모습을 드러낼 때까지 그녀와 함께 숨을 참았다.

갖가지 빛깔의 핀이 장식된 카트린의 밀짚모자가 강물에 홀로 떠내려 왔다. 시모가 선물한 것이었다. 몇 초가 흘렀다. 카트린을 잃었다고 생각한 줄이 짐을 돌아보았다. 짐이 기다리라는 신호를 보내고는, 이어 서른 걸음 남짓 떨어진 하류 쪽에서 물 위로 솟구쳐 오르는 금발을 가리켜 보였다. 카트린은 만면에 한결같은 미소를 지으며 방향을 틀어 강가로 헤엄쳐 왔다. 그녀가 힘겹게 다가오며 소리쳤다.

"드레스가 거치적거려요! 도와줘요!"

짐은 나룻배에 뛰어올랐지만 나룻배가 사슬로 친친 묶여 있었다. 그의 수영 실력은 카트린을 도울 수 있는 수준이 아니었다. 카트린이 정말 도움이 필요한 것은 아니라고 판단한 짐은 자신의 풍성한 레인코트를 벗어 한쪽 소매 끝을 잡고는 옷자락 끝부분이 물에 닿도록 길게 늘어뜨렸다. 카트린이 레인코트를 붙잡았다. 그는 부두 꼭대기에서, 사내끼로 물고기를 끌 듯 카트린을 끌어당겼다. 그녀는 몸을 번쩍 일으켜 쇠사다리를 사뿐사뿐 기어오르더니, 그들 사이에서 젖은 개처럼 몸을 흔들어 물기를 털었다.

카트린이 이를 딱딱 맞부딪치며 몸을 떨었다. 줄이 외투로 그녀를 감쌌고, 짐은 거리로 달려 나가 택시를 잡았다. 그는 신혼부부를 택시 안에 밀어넣고서 탁 소리가 나게 문을 닫은 뒤 기사에게 집 주소를 대주고는 멀어졌다.

다음 날, 짐은 줄과 카트린을 만났다. 그는 줄이 창백하고 말수가 줄었으며 덜 자신만만해 보이고 더 잘생겨 보인다고 생각했다. 카트린은 이탈리아 전쟁을 치르고 돌아온 겸손한 젊은 장군 같았다. 그들은 투신에 대해서는 언급하지 않았다.

줄의 모친이 신혼부부의 집에 왔다. 그들은 함께 프랑스를 일주했다. 어떠했을까? 그들은 이 여행에 대해 나중에야 짐에게 이야기할 수 있었다.

줄은 아파트를 처분했다. 가구들은 독일의 그들 집으로 운송되었다.

줄과 카트린은 고국 호숫가의 작은 집에서 살았다. 여자 아이가 태어났다. 짐은 대부가 되기 위해 독일로 출발할 채비를 했다.

짐이 출발하기 사흘 전, 전쟁이 발발했고, 이 전쟁이 두 친구를 3년 동안 갈라놓았다. 그들은 중립국을 통해 겨우 서로의 생사만을 확인할 수 있었다. 줄은 러시아 전선에 배치되었다. 그들이 전장에서 마주치지 않았을 가능성이 높았다.

III
1914: 전쟁
1920: 시골집

1919. 휴전. 줄과 짐의 서신 왕래가 재개되었다. 짐의 온갖 질문에 줄은 간단히 대답했다.

그러니까 직접 와서 보래도!

둘째가 태어났다. 여자아이였다. 짐은 줄에게 편지를 썼다.

어떻게 생각하나? 나도 결혼을 해야 할까? 자식을 낳아야 할까?

줄은 거듭 대답했다.

오라니까, 와서 보고 직접 판단하게.

카트린이 초청의 글을 덧붙였다.

6개월 뒤, 짐은 줄의 나라로 떠났다. 짐한테는 줄을 다시 만난다는 것이 그야말로 사건이었으므로 늦추고 늦춰왔던 터였다. 그는 라인 강 위를 흘러 다니며 여러 도시에서 정류했다.

그날이 왔다. 짐은 여인숙 1층 로비에서 줄을 기다렸다. 줄이 이곳에 오려면 넓은 벌판을 가로질러야 했다. 멀리서 그가 걸어오는 것이 보였다. 고단한 듯, 꿈을 꾸는 듯, 좁은 보폭으로 발을 끌면서 점점 가까워졌다. 그러니까 그는 이제 아내와 두 딸이 있는 가장이었고, 이 모든 전쟁을 치른 장년인 것이었다. 그가 저만큼 다가왔다. 그들은 다시 만나지 않을 수도 있었다. 짐은 줄을 바라보았다.

줄이 거의 여인숙 앞에 이르자 짐은 밖으로 달려나갔다. 그들은 네 번 얼싸안으며 볼키스를 했다.

중단되었던 기나긴 대화가 재개되었다. 두 사람은 서로를 나름대로 성숙해졌지만 변하지 않았다고 생각했다. 그들은 기다란 시가와 함께 육중한 사각 목제 테이블을 사이에 두고 이틀을 꼬박 함께 보냈다. 주로 전쟁 이야기였다. 줄은 자세한 가정사를 피했고, 짐은 무언가 순조롭지 않은 것 같다는 인상을 받았다.

다음 날, 카트린은 간이역의 결문에서 두 딸과 함께 짐을 기다렸다. 줄은 편집자를 만나기 위해 시내에 갔다(의도한 것일까?).

카트린은 흰색 정장을 입었고 금발은 둥그렇게 틀어 올려 망을 씌웠다. 양쪽 귓가에는 매끄러운 상아 볼이 달려 있었다.

짐은 카트린을 알아본 순간, 충격을 받았다. 그녀는 눈부시게 아름다운 여인이 되었다. 한층 선명해진 고대 그리스의 미소가 살며시 흔들리며 화살을 날렸다. 시선에서는 내공이 깃든 판타지와 담대함이 우러났고, 상체는 물 위에 뜬 유선형의 배 같았다. 그녀의 우아한 양손엔 각각 두 딸의 손이 들려 있었다. 좀 더 기품이 흐르는 큰딸 리스베트는 줄을, 작은딸 마르틴은 카트린을 닮았다.

카트린이 짐에게 인사했다.

"안녕하세요, 짐."

그녀의 저음이 그 밖의 것들과 어울렸다. 짐은 그녀가 카페에서 만날 약속에 아주 늦게 도착한 것 같은 기분이었다. 옷도 그를 위해 차려입은 것처럼 느껴졌다.

카트린은 짐을 목초 언덕과 소나무들로 둘러싸인 천연 공원 한가운데 있는 그들의 투박한 시골집으로 데려갔다. 짐의 매 식사는 그들의 집에서, 잠은 근처 여인숙에서 해결하기로 정해졌다.

짐에게 동화 같은 한 주일이 시작되었다. 줄이 매일 아침, 짐의 방으로 카페오레 한 병과 토스트와 순한 시가를 가져와 대화로 하루를 열었다. 줄은 아름다운 책을 써냈다. 그는 수도승의 분위기를 풍겼다. 줄과 카트린은 한방을 쓰지 않았다. 그녀는 그에게 상냥하면서도 엄하게 굴었다. 줄은 짐이 조금씩 그들의 사이를 알아가게 내버려두었다. 그렇다,

그것은 사실이었다. 줄과 카트린의 사랑은 시들어버렸다.

짐은 놀라지 않았다. 그는 줄이 마그다를 비롯한 모든 여자들에게 저지른 실수를 떠올렸다. 짐은 카트린이 지독할 정도로 분명한 성격이라고 느꼈다. 그는 일부는 짐작하고 나머지는 줄에게 들었다. 카트린은 온전히 줄의 여자가 아니었다. 그녀는 애인이 여럿이었다.

짐은 줄에 대해 커다란 슬픔을 느꼈다. 꿈의 금발여자를 가정에 앉혀두고도 그녀를 더는 차지할 수 없다니……. 그럼에도 짐은 카트린을 함부로 예단하지 않았다. 그녀는 센 강에 뛰어들듯 남자들의 품에 뛰어드는 것은 아닐까?

두 번째 주가 시작되었다.

집안의 모든 것이 카트린의 권위적 통솔하에 움직였다. 그녀는 젊고 완벽하며, 그녀의 행복한 친구이기도 한 가정부, 마틸드까지 휘하에 두었다. 출판사와의 문제도 카트린이 줄보다 더 잘 처리했다. 줄이 담당하는 일은 한정적이었다. 작품 집필, 정확하고 즐겁게 우유 사오기, 장보기, 우편물 부치기. 전쟁 때문에 그들의 수입이 부쩍 줄었다.

카트린은 만사를 축제로 만들었다. 딸아이들의 저녁 목욕 시간은 코미디 발레가 공연되는 일상의 오락 시간이었고, 줄과 짐이 관객이었다. 소박한 매 식사는 즐거움 그 자체였다.

"삶은 휴가의 연속이어야 해요."

카트린은 되뇌었고, 실제로 주변을 아이들에게나 어른들에게나 그렇게 만들었다. 어쨌든 일처리가 유능했다.

그녀는 아무도 건드릴 수 없는 특유의 잠버릇이 있었다. 바로 불규칙적으로 아무 때고 집안일도 다 제쳐두고 필요한 만큼 오래도록 자는 것이었다.

모든 것이 지나치게 순조롭고 이것에 내성이 생길 때면 카트린은 더러 마뜩잖아했다. 그녀는 방침을 바꿔, 동물조련사처럼 장화를 신고서 채찍을 손에 들고 휘두르며 말하고 행동했다.

카트린은 세상이 부자니까 때로 조금은 속임수를 써도 된다고 주장하며, 신에게 미리 용서를 구했고 용서받을 것을 확신했다. 가만히 듣고 있던 리스베트가 조용히 의문을 제기했다.

짐은 더러 카트린으로부터 세상을 보호하고 싶어지는 날이 있었다. 이것은 오딜에 대해서도 느꼈고, 루시에 대해서는 전혀 느끼지 못했던 감정이었다. 기벽과도 같은 이런 감정을 그는 줄과 카트린이 결혼하기 전에, 특히 카트린이 센 강에 투신하던 날 점심 식사 때, 역으로 카트린에게 느꼈다. 즉 줄로부터 카트린을 보호하고 싶었다. 그녀는 평소엔 온화하고 너그럽지만, 누군가 그녀를 충분히 존중하지 않는다는 생각이 들면 사나워졌다. 순식간에 사람이 돌변하여 난폭한 공격을 서슴지 않았다.

줄은 여전히 카트린을 원했지만, 이 욕망을 가둬놓았다. 그는 그녀를 잃고 난 지금에서야 그녀를 이해했다. 그녀가 내부의 괴물에게 괴롭힘당하며 괴로워하면 그녀를 가여워했고, 재해로서 존재감을 드러내는 자연과 같다고 여겼다.

집안에 위협적인 기운이 감돌았다.

짐은 둘째 주에 깨달았다. 카트린이 집을 떠나버릴 위험이 있다는 것을. 그녀는 이미 한 차례 사라졌다가, 다시 나타날 기미도 없이 반년이 흐른 몇 달 전에야 겨우 집에 돌아온 터였다. 떠나고 싶은 욕구가 또다시 그녀를 스멀스멀 지배했고, 금방이라도 무슨 일이 벌어질 것 같은 기운을 감지한 줄은 까마귀 떼를 맞으며 그랬듯 등을 움츠린 채 각오했다. 그렇다, 그는 이제 진정한 의미의 아내가 없었고 이를 견디느라 상처 입었다. 카트린은 그에게서 자신이 필요한 남자를 찾지 못했고 이를 견뎌낼 수 있는 여자가 아니었다. 그는 그녀가 이따금 부정을 저지르는 데는 익숙했지만, 그를 떠나버리는 것에는 아직 그렇지 못했다.

그 '무슨 일'이 구체적으로 얼굴을 드러냈다. 짐에게는 달갑지 않은 얼굴이었다. 바로 그리스 여자의 남편, 고대 그리스의 미소에 맨 처음 반했던 알베르였다. 그가 병고 후 이웃 마을에서 휴가를 보내면서 회복 중이었다. 카트린이 그를 도발했다. (그녀에 따르면) 처음엔 장난이었지만, 언제는 그녀에게 장난 아닌 것이 있었는가? 알베르는 살아 있는 섬의 여신상을 발견하였고 카트린은 그의 용기를 북돋우며 희망을 갖게 했다. 외골수 기질이 다분한 남자였다. 그는 줄에게 의중을 열어 보였다. 카트린과 결혼하고 싶으니 줄이 이혼해주면 두 딸도 맡아 기르겠다는 것이었다.

이렇듯, 한 가정의 빛나는 여왕 카트린은 날아가기 일보 직전이었다.

짐은 생각했다. '안 돼.'

줄이 그간의 사정을 설명했다. 카트린은 줄과 결혼을 약속한 이래로 그가 아는 한, 남자가 세 명 있었다. 첫 남자는 그녀의 과거 연인인 운동선수였는데, 결혼 전날, 처녀 시절에 안녕을 고하고 무엇보다 줄도 무엇인지 모른 채 저지른 잘못에 대한 즉각적인 복수를 하기 위해 만났다. 그로부터 3년 뒤 전쟁이 끝날 무렵, 그녀는 줄의 친구인 젊은 남자와 줄의 눈앞에서 바람을 피웠다. 금발에 키가 훤칠하고 교양을 갖춘 엘리트로, 짐도 청소년기에 파리에서 알고 지내면서 상당히 높게 평가했던 남자였다. 짐은 생각했다. '잘 골랐는걸. 둘이서 좋은 한때를 보냈겠어.'

카트린은 '진지한 관계가 아니'라고 주장했다.

마지막은 최근에 집을 길게 비울 때 만난 시골귀족으로

자기 영토 내의 절대 권력자였다. 카트린은 어느 화창한 날 불쑥 돌아와 가정을 되찾은 것에 눈물을 흘리며 행복해했고, 권위와 사랑으로 집안을 관리하기 시작했다. 사연이 이랬다.

줄은 이 모든 것을 카트린 본인에게 점차적으로 들어 알게 되었다. 그녀가 상상의 여지를 남기면서 예술적으로 토막토막 정보를 흘렸다. 그리고 이제는 알베르가 위협이었다.

짐은 카트린이 아직 줄에게 일부 애정표현을 허락한다는 사실을 깨달았다. 하지만 그녀는 점점 다른 곳으로 이탈하고 있었다. 줄은 차츰차츰 그녀를 포기했고, 세상에 대한 기대를 접었다. 바로 이 때문에 그가 '수도승' 분위기를 풍겼던 것이다. 그는 카트린을 원망하지 않았다.

짐은 카트린이 혹시 재산을 보고 줄과 결혼한 것은 아닌지 잠깐 의혹을 품었다. 아니, 그럴 리 없었다, 그는 확신했다. 줄의 정신과 상상력과 부처 성향을 본 것이리라. 다만 카트린에게는 이에 더해 그녀와 같은 기질의 수컷이 필요했으리라.

카트린이 짐을 유혹하기 위한 시도를 했던 것은 아닐까? 짐으로서는 전혀 짐작조차 할 수 없었다. 그것은 감지되지 않는 것이었다. 카트린은 달성하고 났을 때만 목적을 드러냈다. 줄과 짐은 그녀에게 '나폴레옹'이라는 별명을 붙이고 나서 이를 주제로 시도 썼으며, 줄의 딸들이 이 시를 낭송했다.

어느 날 아침, 짐이 시내에 가려고 하자 카트린이 머리에서 청동을 입힌 작은 핀을 뽑아 건네며 그것과 똑같은 핀들을 사다달라고 부탁했다. 가는 도중, 짐은 자신이 그 핀을 입술에 물고 있다는 것을 깨달았다.

카트린은 줄과 짐이 자신에 대해 이야기했음을 감지했다. 그녀는 자기도 짐과 단둘이 이야기하고 싶다며 줄 앞에서 짐에게 숲 속을 산책하자고 청했다.

두 사람은 처음엔 달빛이 환히 비치는 오솔길을 말없이 걸었다. 카트린이 한참 만에 물었다.

"뭘 알고 싶어요?"

짐이 대답했다.

"아무것도요. 그저 당신 얘기를 듣고 싶어요."

"날 평가하려고요?"

"그럴리가요!"

"난 아무 말도 하고 싶지 않아요. 대신 당신한테 질문이 하고 싶어요."

"그러시죠."

"내 질문은 이거예요. 얘기해봐요, 짐, 당신이."

"좋습니다. 그런데 무슨 얘기를 하죠?"

"아무거나요. 그냥 내키는 대로. 마음 가는 대로."

짐은 시작했다. "옛날에…… 두 청년이 있었어요." 그는 이름을 생략한 채, 줄과 그 자신에 대해 이야기했다. 그들의 우정, 한 젊은 여자가 나타나기 전까지 파리에서의 삶, 그 젊은 여자의 출현과 그 이후에 이어진 일들, '이 여자는 안 돼, 그렇지, 짐?'(이 대목에서 짐은 자신의 이름을 내뱉고 말았다)과 그 결과, 그리고 셋이서 함께 즐긴 시간들. 카트린은 짐이 그녀와 관계된 것들을 아직도 생생하게 기억하고 있음을 확인할 수 있었다. 그녀는 몇 가지 세부사항에 대해 이의를 제기했고, 다른 몇 가지는 내용을 보완했다.

짐이 불발된 그들의 카페 약속을 묘사했다.

카트린이 외쳤다.

"안타깝군요!"

짐이 응수했다.

"안타깝죠!"

이어 그가 자신의 시각으로 본 그들 세 사람에 대해 이야기했다. 줄 안에 숨겨진 보석에 대해서도.

그녀가 수긍했다.

"맞아요."

짐은 또한 자신은 처음부터 줄이 그녀를 오래 붙들어두지 못하리라는 예감이 들었다고 고백했다.

"만일 우리가 그때 카페에서 만났더라도 당신이 나한테 이 모든 걸 얘기했을까요?"

"네."

"계속하세요."

그는 이야기를 이었다. 전쟁, 줄을 다시 만나게 된 경위, 줄의 체념 어린 모습, 두 딸을 데리고 간이역에 나타난 카트린, 그가 그들 가족과 함께 보낸 보름간의 행복, 카트린의 삶에 대해 약간이나마 그가 아는 것과 본 것과 의문인 것, 알베르의 출현, 그리고 그의 청혼까지.

"그래서 당신도 줄의 편에 서서 나한테 반감을 느끼나요?"

"그 친구보다는 아니겠죠."

짐의 이야기는 거의 한 시간 동안 이어졌다. 그는 카트린이 줄의 돈을 보고 결혼한 것이 아닌지 잠시 의심했었다는 것조차 숨기지 않았다. 그가 말을 마친 뒤 침묵했다.

"이제 당신이 했던 그 모든 이야기들을 나, 카트린이 겪은 대로 다시 이야기해볼게요."

그녀는 짐이 풀어놓은 '카트린과 줄에 대한 이야기'를 자신의 시각으로, 짐보다 더 낱낱이 파헤치며 짐보다 더 완벽한 기억력으로 이야기하기 시작했다.

그렇다, 그녀는 바로 줄의 너그러움과 순수함과 무방비한 태도에 매료되었고 마음을 빼앗겼다. 다른 남자들과 어찌 그리 대조적인지! 종종 기쁨에 들떠 도를 넘는 버릇은 그녀가 고칠 수 있을 줄 알았다. 하지만 그 버릇은 줄을 이루는 한

부분이었고, 행복으로도(왜냐하면 그들은 행복했었다) 찾아들지 않았다. 그들은 서로를 마주한 채, 하나가 되지 못했다.

줄의 가족을 견디는 것은 카트린에게 그야말로 고역이었다. 결혼식 전날의 연회 때, 줄의 모친이 실수를 저질렀고 카트린은 깊은 상처를 입었다. 줄은 수동적인 태도를 취함으로써 모친에게 협력했다. 카트린은 옛 애인—그렇다, 애인이다—해롤드와 다시 만나 수 시간을 보냄으로써 줄을 벌주고 상처를 되갚음 했다. 그래야 '대등해진' 줄과 결혼하여 원점에서 다시 출발할 수 있지 않겠는가. 그녀는 줄에게 과거의 관계들을 숨기지 않았다.

줄과 그의 모친과 함께 프랑스를 일주하는 신혼여행은 문자 그대로 있을 수 없는 상황들의 연속이었다. 줄은 어리석게 호화로운 이 여행의 경비를 제공한 모친의 지배를 고분고분 받아들였고, 카트린은 이런 집안과 인척관계가 된 것에 주먹을 깨물었다. 그녀는 치욕스러워했고, 줄은 '불경죄'라며 맞받아쳤다.

줄의 가족과 멀리 떨어진 프러시아의 작은 호숫가에서 삶이 이어졌다. 좋을 때도 나쁠 때도 있었다. 카트린이 첫아이를 임신했다. 줄은 짐에게 이 시기의 카트린 사진을 보냈는데, 사진 속의 그녀 표정이 성난 암사자 같았다. 짐이 대부가 되려 했던 첫딸의 출생은 험난했다. 아이의 부모가 행복과 거리가 멀었기 때문이다.

전쟁이 터졌다. 줄이 동쪽으로 떠났고, 틈틈이 카트린에게 편지를 썼다. 그녀는 멀리 떨어져서 그를 더 사랑했다. 그는 그녀에게 다시 눈부신 남자가 되었다. 그들의 마지막 오해, 그러니까 진짜 결별은 줄이 전쟁을 치른 지 2년 만에 휴가를 얻어 집에 돌아왔을 때 이루어졌다. 카트린은 낯선 이의 품에 안긴 기분이었다. 그가 다시 떠났고, 둘째 딸이, 수월하게 태어났다.

짐이 말했다.

"둘째가 줄을 안 닮았어요."

카트린이 대답했다.

"마음대로 생각하세요. 그 애는 아직 줄의 애예요. 줄한테도 말했죠. '난 당신한테 딸을 둘이나 낳아줬어. 그거면 충분하다고 생각해. 우리 이제 우리 이야기는 그만 막 내리고, 각방 쓰자. 난 자유를 되찾을래.' 우리의, 당신네들의, 젊은 친구 포르투니오가 그때, 거기 있었죠. 공기처럼 자유롭게요. 나도 마찬가지였고요. 포르투니오는 매력적인 상대였어요. 우리가 함께 떠난 휴가 여행은 정말 굉장했죠! 하지만 포르투니오는 너무 어렸어요. 진지한 상대가 아니었죠.

난 대자연 속에 묻힐 수 있는 엄격하고 강도 높은 일이 절실했어요. 그래서 남부 시골로 가서 일자리를 얻었죠. 농장 여자들 속에 섞여 가장 궂은일부터 시작했어요. 밤이 되면 물단지의 물이 얼어붙을 정도였죠. 거기서 농사와 목축을 배웠어요. 아름다운 삶이었죠.

그곳의 모두가 두려워하는 원기 왕성한 땅 주인이 내 눈에 들었어요. 나도 그 사람 눈에 들었고요.

인생이 달라졌죠. 그 사람은 날 데리고 대대적인 사냥을 다녔고, 난 어느새 게으른 하인들한테 그 사람처럼 욕설을 퍼붓게 됐어요. 일은 여전히 계속했지만 이젠 허드렛일이 아니라 관리하는 일을 했죠. 그것도 또 다른 아름다운 삶이었어요. 아마 계속해서 그렇게 살아갈 수도 있지 않았을까요? 그런데 어느 날, 그 모든 게 숨이 막혔어요. 놀랍게도 줄의 너그러움과 여유가 그립더라고요. 딸아이들도 자석처럼 날 끌어당겼고요. 내 길을 가고 있었던 게 아니었죠. 난 당장 거길 떠났어요.

집으로 돌아온 지 이제 겨우 석 달째예요. 줄은 나한테 남편으로선, 끝났어요. 하지만 안타까워하지 마세요. 내가 아직 가끔씩 즐겁게 해주고 줄도 그걸로 만족하니까요.

그리고 또 뭐였죠?…… 아, 알베르가 있군요. 여기서 멀지 않은 곳에 말이에요. 알베르한테 당신네 셋이서 좋아했던 그 그리스 석상에 대해 들었어요. 알베르하고는 가볍게 만나는 중인데, 이상한 구석이 있긴 하지만 포르투니오나 줄한테는 없는 타고난 권위를 풍기는 사람이에요. 내가 모든 걸 버리고 자기와 결혼하길 원하죠. 두 딸아이까지 맡아 기르겠다면서요. 하지만 아직까지 내 감정은 깊은 우정, 그 이상은 아니에요. 좀 더 두고 보려고요.

　자, 내 얘긴 여기까지예요. 내가 당신보다 더 많이 얘기했군요. 저기 날이 밝아오네요. 이게 전부라고는 얘기하지 않을게요. 조금 전, 당신도 그랬겠지만요. 아마 나한테 또 다른 애인들이 있었을 수도 있겠죠?…… 하지만 그건 내 문제죠. 난 당신 입에서 나온 것들만을 얘기했을 뿐이에요. 그만 들어갈까요?"

　집이 가까워오고 있었다. 카트린이 떠나선 안 되었다! 짐이 행동에 나선다면 줄을 위하는 마음은 어느 정도의 비율일까? 그 자신을 위한 비율은? 그건 절대 알 수 없을 터였다. 그는 다만 그 순간을 늦출 뿐이었다. 그들이 집과 떨어진 숲의 맨 마지막 나무에, 즉 줄이 잠들어 있는 곳에서 스무 걸음 떨어진 곳에 이르렀을 때, 짐은 카트린의 어깨에 손을 올리고 얼굴을 조금 가까이 가져갔다. 두 사람의 시선이 부딪쳤다. 무슨 일이 벌어질 것인가? 긴 시간이 흘렀다. 카트린이 돌연, 짐에게 얼굴을 바짝 가져가더니 그의 입술 위로 자신의 뺨과 인중을 닿을락 말락 스쳤다. 놀라운 부드러움이 그를 관통했다. 짐의 양손이 벌어졌다. 카트린은 집을 향해 달려갔다.

IV
알베르
캠프파이어

다음다음 날, 알베르가 점심을 하러 오기로 돼 있었다.

짐은 줄에게 카트린과의 산책에 대해 죄다 털어놓았다. 마지막 행동까지 포함해서. 줄은 잠자코 경청했다. 그는 당구대 앞에서 공의 움직임을 살피는 구경꾼 같았다. 하지만 짐은 줄이 알베르보다는 자신의 편이라고 느꼈다.

알베르는 경우가 밝고 자연스러웠다. 카트린은 세 남자에게 천진함을 가장한 칭찬을 차례로 던져 놀리면서 즐거워했고, 남자들은 묵묵무언이었다. 카트린의 미소는 이 자발적으로 굴레에 매인 말들을 이끄는 고삐였다. 그녀는 임의대로 깜냥껏 대화를 이끌었다. 독재가 없지 않았다. 그녀는 자기 차례에서 수다를 그치지 않았다. 세 명을 동시에 적절히 상대하기란 쉽지 않은 노릇이어서, 세 남자에 대한 그녀의 태도가 각기 달라졌다. 어쩔 수 없었다. 카트린은 절반의 실패를 느꼈고, 원망의 화살을 세 사람에게 돌렸다.

그녀가 굵직한 시가 세 대를 한꺼번에 입에 물고서 불을 붙였다. 세 남자에게는 요령부득으로 보였다. 난잡하다고 할까. 짐은 시가를 내동댕이치고 나가버리고 싶었지만, 그녀에 대한 사랑을 확실히 멈추기 위해 그 자리에 남았다.

카트린이 장화를 신고 채찍을 들었다. 그녀는 장터 축젯날의 동물조련사였다. 그렇다면 짐승은? 그들이었다. 그녀가 그들에게 이 사실을 행동으로 보였다.

짐은 생각했다.

'암탉들 사이에 낀 수탉 한 마리도 우습지만, 세 마리 수탉 사이에 낀 암탉 한 마리도 못지않게 우습군. 적어도 그 세 놈이 암탉을 차지하려고 피터지게 싸우지 않는 한 말이야. 카트린도 바로 그걸 기대하는 게 아닐까?'

네 사람은 벌판을 가로질러 오래도록 거닐었다. 효과적인 기분 전환이었다. 그들은 순회공연 중인 시골서커스단의 야영지까지 이르렀다. 늘어선 차들 중에 깨끗하고 밝은 차 한 대가 한 살부터 열두 살까지의 건강하고 쾌활한 일곱 아이들과 이 아이들의 부모로 꽉 차 있었다.

카트린이 감동하여 외쳤다.

"진짜 부자, 진짜 행복이 저기 있네요!"

그녀는 가방에서 사탕과 돈을 꺼내 아이들에게 나누어 주었다. 짐은 애정을 회복했다.

카트린은 세 남자에게 돌아가며 관심을 보였다. 알베르와는 장식장에 진열된 수석들에 관해 이야기를 나누었다. 초등학생이었을 때 수석을 수집했던 두 사람은 요상한 이름들을 열거했다. 짐은 질투심을 느꼈다.

광대복과 체조복을 입은 어린아이들의 서커스 공연을 보면서, 카트린은 마법 같던 어린 시절을 되찾았다.

알베르가 떠났다. 그가 화제의 대상이 되었다. 줄이 사뭇 명랑한 어조로 카트린에게 어떻게 알베르를 유혹했느냐고 묻자, 카트린은 자기는 그저 알베르한테 자기가 집에서 얼마나 불행한지를 사심 없이 하소연했을 뿐이라고 야유조로 대답했다. 줄과 짐과 마틸드는 눈물까지 흘리며 낄낄거렸다. 그녀가 알베르와 함께 떠나버릴 위험은 당분간 잦아들었지만 연애 가능성은 여전했다. 집안의 모두가 짐의 편이었다.

줄이 짐에게 말했다.

"하지만 카트린은 한 번 손에 쥔 건 절대 놓지 않는다네."

카트린과 줄이 각각 들려준 그들에 관한 이야기에는 몇 가지 엇갈리는 부분이 있었다. 궁금증이 인 짐은 그들에게 이 문제를 조심스럽게 거론하며 설명을 요청했다. 결국 셋이서 숲을 산책하며 줄과 카트린이 돌아가면서 이야기하기로 합의되었다.

잔디에서 딸들과 물구나무서기 시합을 벌인 뒤, 세 사람은 2리외(옛 거리 단위로 1리외는 약 4킬로미터—옮긴이) 남짓 떨어진 시골 여인숙으로 향했다. 카트린의 권유로 줄이 먼저 이야기를 시작했다. 그는 자신이 카트린에게 사랑을 느끼게 된 경위를 겸손하고 유머러스하게 묘사하며 그들을 웃게 만들었다. 처음엔 분위기가 좋았다. 짐은 이 두 이야기의 대가가 벌이는 아름다운 설전을 기대했다. 하지만 줄의 이야기가 결혼과 그의 가족에 이르자, 두 사람 사이에 긴장이 싹텄다. 게다가 줄은 카트린의 센 강 투신을 카트린과 짐에게는 모호하게 느껴지는 논리로, 그가 축적한 잘못에 대한 반격으로서가 아니라 카트린의 충동적 기행으로 묘사했다. 다음은 줄의 모친과 함께 떠난 프랑스 일주 여행 이야기였다. 분개한 카트린이 줄의 이야기를 중단시키고 화를 쏟아냈다. 애초 두 사람의 기억을 담담하게 대조해보려던 것이었건만, 카트린에게는 당시 겪었던 모욕감이 생생하게 되살아났다. 그렇다, 그녀는 당시 아무렇지도 않은 척 견뎠고 그랬기에 줄은 그녀가 만족해한다고 믿었으나, 빚이 쌓여갔다. 그랬는데 오늘 보니 줄이 아직까지 상황 파악조차 제대로 못하는 것이 여실하지 않은가!

카트린은 절망과 분노에 휩싸여 어쩔 줄 몰랐다. 짐으로서는 처음 보는 격노였다.

그녀가 이어 짐까지 싸잡아 경멸감을 드러냈다. 걸핏하면, "남자들이란……" 말이 등장했다. 예전에 줄이 "여자들이란……" 말을 남발했을 때처럼. 그러자 줄의 '발작'이 짐의 머릿속에 되살아났다. 그는 생각했다. '누구나 다양한 형태

로 발작을 하는 거야. 자신은 의식하지 못하겠지만. 내 발작은 과연 무엇일까?'

카트린은 그 순간들을 도취적 행복감, 끊임없는 휴가 여행, 스스로 발굴하는 재미로 보상받았고, 다른 사람들한테도 보상하게 했다.

저녁 식사 내내 분위기가 험악했고, 귀갓길은 씁쓸했다.

다음 날, 카트린은 자기 방에서 나오지 않았다.

그다음 날, 하늘이 다시 푸르러졌다.

정원에서 고무줄 총 쏘기와 화살 던지기 게임이 벌어졌다. 그들은 공중에 띄운 공들을 겨냥했다. 카트린이 챔피언이었다. 이번엔 과녁을 겨냥했다. 카트린은 짐이 방아쇠를 당길라치면 인상을 묘하게 구기는 것을 발견했다. 그녀는 거울을 가져와 그에게 보여주려 했으나 거울과 과녁을 동시에 볼 수는 없었다. 그녀는 그에게 방아쇠를 진짜 당기지 말고 시늉만 하라면서 외쳤다.

"날 겨냥해요!"

딸들이 짐의 표정을 흉내 내며 그를 겨냥했다.

짐은 그들에게 활 쏘는 법을 가르쳤다. 구리촉 화살이 태양을 향해 수직으로 높이높이 올라가 시야에서 사라졌다. 그들은 화살이 머리 위로 떨어질까 봐 두려워하며 눈을 감고서 서로의 손을 꼭 붙든 채, 화살이 도로 떨어지기를 기다렸다.

짐이 단단한 나무로 만든 넓은 V자 모양의 부메랑을 가져왔다. 몇 차례의 시도 끝에 무기가 바람을 가르며 날아가 원을 그리더니, 리스베트 발치의 풀이 무성한 땅에 내리꽂혔다. 그들은 이것으로 부메랑은 단념했다.

진정 휴가와 같은 삶이었다.

어느 날, 짐이 커다란 호숫가에서 마르틴을 홀로 돌보게 되었다. 네 살배기 마르틴은 잠옷을 입고 있었다. 무더운 날이었다. 마르틴이 짐에게 '아저씨, 아저씨는 날 이해하죠?'라고 말하는 듯한 눈길을 던지더니 잠옷 바지를 벗어 내리고 연못 속으로 들어갔다. 아이가 걸음을 멈추더니 윗도리를 벗어 제 엄마와 똑같은 동작으로 짐에게 던졌다. 그는 작지만 단호한 발걸음으로 물이 어깨에 닿을 때까지 연못 한가운데를 향해 나아가는 이 알몸의 아이를 바라보았다. 카트린에게서 아이를 얻고 싶다는 노골적인 생각이 처음으로 들었다.

짐은 거실에서 혼자 일하고 있다가, 등 뒤에서 들려온 소리에 움찔했다. 짐의 궁술 제자인 리스베트가 작은 활로 유리창에 화살을 쏘고 난 참이었다. 짐은 유리창이 깨질 수 있으니 창문을 겨냥하면 안 된다고 부드럽게 타일렀다. 아이는 천진한 눈으로 경청했고 알아들은 듯했다. 하지만 이어 화살이 창문에 세 번이나 꽂혔고 그때마다 짐은 내용을 달리하여 타일렀다. 카트린이 불쑥 나타나 딸에게 미소 짓더니 "그럼 안 돼"라고 말했다. 그걸로 끝이었다. 짐은 아이를 설득하지 못한 것에 놀라워했다. 카트린이 말했다.

"아마 신비한 동화를 상상했나 봐요. 거기서 창문에 화살을 쏘는 임무를 맡았을 거예요."

예전에 카트린과 함께 파리를 방문하여 트리오를 형성했던 나머지 두 여자 애니와 레이첼이 찾아왔다. 애니는 카트린의 사촌으로 통통한 말괄량이였고, 카트린의 친구 레이첼은 키가 크고 갈색머리였다. 세 여자와 줄과 짐은 배낭을 짊어지고 숲길을 따라 걷다가 숲 속에서 저녁을 먹은 뒤, 은은한 달빛을 받으며 오래도록 걸었다. 한기가 들었다. 맨 앞에서 걷던 카트린이 걸음을 멈추고 불을 피우자 모두들 그녀를 도왔다. 불길이 높이 치솟았다. 카트린이 말했다.

"각자 차례로 돌아가며 갖고 있는 물건 중 하나를 불에 희생시켜요. 그리고 소원을 비는 거예요."

그녀가 먼저 실크 스카프를 불에 던졌다. 스카프가 공중에서 바로 불타버렸다. 단도 외에 불에 던질 만한 멋진 물건이 딱히 없었던 짐은, 생각 끝에 수첩을 던졌다. 그의 소원은 카트린과 관련된 것이었다.

레이첼은 짐에게 적대적으로 굴며 카트린과 단둘이 대화하고 싶어 했다. 카트린과 사촌 애니는 레이첼의 화를 돋우기로 작정하고는 갖가지 황당한 이야기를 하며 이상한 도덕관념을 드러냈고, 레이첼은 정말로 화가 났다. 줄은 얼굴에 번지는 웃음을 기침으로 위장했다. 이날 밤, 그는 두통 때문에 아스피린을 복용했고 그 때문에 순간순간 얼이 빠진 채 멍해 있었다.

카트린이 사촌에게 레슬링 경기를 신청했다. 상상을 초월하는 과감하고 우스꽝스런 동작들에 레이첼은 혀를 내둘렀다. 카트린은 이어 짐에게 경기를 신청했다. 두 사람은 "얍!" 하고 기합소리를 밀어내며 잔디밭과 낙엽 위를 지나 모닥불 근처까지 굴러갔다. 카트린을 얼싸안은 짐은 이 놀이를 서둘러 끝낼 생각이 없었다. 레이첼이 나중에 둘이서 혹시 레슬링 말고 다른 걸 한 거 아니냐고 비아냥거렸다.

그들은 캄캄한 어둠 속을 오래도록 걷다가 어느 호숫가 잔디밭에 이르렀다. 카트린이 아는 곳이었다. 그녀가 일행에게서 떨어지더니 이어 '풍덩' 하는 입수 소리가 들렸다. 그녀는 줄이 걱정할 만큼 충분히 오래 물속에 머물렀다. 물의 신들의 도움을 받아 연인들을 속인다고 할까.

그녀가 어둠 속에서 솟아나와 뿌듯한 표정으로 머리를 흔들며 물기를 털어냈다. 사촌과 레이첼이 미리 준비한 가슬가슬한 수건으로 그녀를 문질렀다.

해가 솟았다. 그들은 행상한테서 슈냅스(독일 증류주—옮긴이)를 샀다. 과일상이 문을 열었다. 줄은 다 함께 먹을 과일을 사러 갔다. 지친 데다 아스피린 기운이 남아 있던 터라 그는 과일상 여자한테, 팔을 움직이지 않은 채 허벅지 근처의 검지만을 이쪽저쪽으로 움직이거나 고개를 까딱하여 코로 과일을 가리켜 보였다. 동시에 입에서는 과일상 여자한테 하는 소린지 혼잣말인지 아니면 신한테 기도라도 하는 것인지 알 수 없는 웅얼거리는 소리가 어조 변화 없이 흘러나왔다. 나머지 사람들은 성근 덤불 사이로 그런 줄을 지켜보면서 터져 나오는 웃음을 억눌렀다. 줄이 과일을 한아름 안고 돌아오자 모두가 그에게 키스했고 그 바람에 줄은 잠시 정신이 들었다.

　이슬을 머금은 숲 속에서 그들은 노루들을 만났고, 오후가 되어서야 집으로 돌아가 잠이 들었다.

V
카트린과 짐
애니

　어느 날 밤 늦은 시각에, 카트린이 짐한테 여인숙에서 책 한 권을 갖다 달라고 부탁했다. 그가 여인숙에 갔다 돌아오니 집안 전체가 잠들어 있었다. 카트린이 왁스를 입힌 나무 향이 풍기는 투박하고 넓은 거실에서 그를 맞았다.

그녀는 하얀 잠옷을 입고 매끄러운 얼굴을 곱게 분칠했다. 그는 하루 종일 그녀를 원했던 터였다.

그녀가 그의 품에, 무릎에 안겨 깊은 신음을 흘렸다. 이것은 그들의 첫 키스였고 이 밤 끝까지 이어졌다. 그들은 말없이 서로에게 다가갔다. 그녀는 그에게 자신을 완전히 드러냈다. 새벽 무렵, 그들은 서로에게 도달했다. 그녀의 호기심과 환희 표현법은 경이로웠다. 이 완벽한 접촉, 증대된 고대 그리스의 미소, 모든 것이 짐 안에 깊이 뿌리내렸다. 그는 영혼이 묶인 채 몸을 일으켰다. 그에게 이제 더는 다른 여자들이 존재하지 않았다.

그들의 기쁨이 집안 전체를 관통했다. 마틸드는 내심 알베르를 경계했던 터라, 카트린이 사실을 고백하자 외쳤다. "드디어!"

딸들은 영문도 모른 채 명랑해졌다.

줄은 짐에게 "이 여자는 안 돼, 그렇지, 짐?"을 상기시키지 않았다. 그는 암묵적으로 두 사람을 축복했다.

다만 그는 그들이 시동을 너무 급히 거는 것에 질겁했다. 그가 짐에게 말했다.

"조심하게, 짐! 카트린도 자네도!"

짐은 생각했다.

'아무렴, 조심해야지! 하지만 뭘?'

집에서 카트린의 행동반경이 좁혀졌다. 그녀는 짐에게 아주 집으로 들어와 살 것을 권했다. 작은방이 따로 주어졌지만 그는 카트린과 한방에서 잤다. 다만 한 시간이라도 그들은 잃을 시간이 없었다.

카트린의 널찍한 정사각형 방에는 더블침대가 놓였고, 넉넉한 목제 테라스의 난간은 조각이 새겨진 판자들로 둘러쳐져 있어 아무도 그들을 볼 수 없었다.

낮 동안 카트린과 줄과 짐은 대개 테라스에서 날씨에 따라 양지와 음지를 바꿔가며 머물렀고, 욕조를 가져다 놓고서 물을 마구 튀기며 거품목욕을 하기도 했다. 카트린은 나체에 대해 일본식 사고를 갖고 있었다. 요컨대 나체는 그렇게 되기를 바랄 때까지만 에로틱하다는 것이었다. 그녀는 그들이 보는 앞에서 욕조에 몸을 담그기를 즐겼고, 그녀 다음에는 짐, 그다음에는 줄이 계속 대화를 이어가며 욕조에 몸을 담갔다. 공식적 의례라고 할까. 줄과 짐은 살아 있는 그리스 여신상과 함께 사는 것이었고 이것에 무한히 감사했다.

카트린이 말했다.

"우리, 원점에서 다시 출발하는 거야. 위험을 감수하고 대가를 치르면서 규칙을 재발견하자."

이는 그녀의 근간을 이루는 신조 중 하나였고, 짐도 이에 동의했으며 이것이 그들을 의기투합하게 했다. 줄은 반대도 동조도 하지 않았다. 다만 맘씨 좋은 관객이었다. 그는 두 사람의 발견들을 되는대로 규칙화하며 더러 그들이 말한 것과 같은 내용의 그리스 원전 또는 중국 격언을 들춰내기를 즐겼고, 그럴 때면 카트린은 이렇게 응수했다.

"정말 그러네, 하지만 난 그건 까맣게 잊고 있었어."

어느 무더운 날, 그들이 서로에게 찬물을 시원하게 부어주고 난 뒤였다. 줄을 '유혹'하기로 작심한 카트린은 줄의 방 발코니로 달려가 구석의 라피아 야자수 매트리스에 비스듬히 앉아 있는 줄을 찾아냈다. 그녀는 그의 무릎에 앉아 목에 팔을 두르며 쓰러뜨리고 그의 위에 올라탔다.

줄이 말했다.

"안 돼, 안 돼."

카트린이 말했다.

"돼, 돼."

줄의 방에서 여덟 걸음가량 떨어진 건너편 방에 있던 짐은 카트린이 줄에게 가장 큰 즐거움을 주었다는 것을 똑똑히 알 수 있었다. 짐은 내다보지 않았다. 그는 카트린을 용인했고, 줄을 위해 행복했다. 그러면서 생각했다. '내가 과연 저들의 부둥킴이 완전하다고 생각했더라도 이럴 수 있을까?'

침묵이 흘렀다. 이윽고 카트린과 줄은 소곤거리며 다시 말하기 시작했다. 줄은 혼란스럽고도 행복해 보였다.

시간이 조금 지난 뒤에, 카트린은 짐을 공격했다. 짐은 카트린의 눈동자를 들여다보며 자신이 전력을 다해 그녀에게 주었던 것이, 그 까만 심연 속을 스치고 지나가지 않는 것에 놀랐다.

하루가 차분하게 흘렀다. 카트린은 그들에게 별다른 내색을 하지 않았다. 그녀는 사실을 확인한 기분이었다. '짐은 우리를 전혀 제지하지 않았어. 나에 대한 믿음 때문이지. 그래서 내가 줄에게 허용하는 것에 대해 질투하지 않는 거야.'

카트린은 이 축제, 또는 이 실험을 되풀이하지 않았다.

짐은 줄을 찾아오기 한 달 전, 도시에 사는 카트린의 사촌 애니의 집에서 이틀간 머문 적이 있다. 애니가 그에게 자신의 아틀리에를 빌려주었다. 당시 자유의 몸이었던 짐은 애니와 가벼운 연애를 즐겼다. 애니는 짐에게 조각처럼 생긴 화가 애인과의 사랑 이야기를 들려주었고 직접 소개시키기까지 했다. 하지만 이것은 짐과 애니가 숱한 키스를 나누는 데 아무런 지장이 되지 않았다.

짐은 시내에 나간 날, 애니를 다시 만났고 함께 춤을 추면서 좋은 감정이 담긴 이별의 의미로 그녀의 곱슬머리에 키스했다. 이 자리에 함께 있던 레이첼이 당장 카트린과 마틸드에게 달려가 자신이 본 것을 보고하며 사견까지 덧붙였다.

카트린은 최악을 상상했다. 짐은 애니와 '관계'를 맺었고, 여전히 진행 중이다!

카트린은 잠자코, 무사태평인 애니를 불러들여 정원에서 놀이를 했다. 짐의 관심은 온통 카트린에게 쏠렸지만, 짐과 애니의 내통 이야기에 분개하고 흥분한 마틸드는 그들이 몰래 숨어서 키스하는 것을 보았다고 믿어버렸다. 또한 저녁에 딸들과 함께 단어놀이를 하는 중에 애니는 '프로이트적 함정'에 걸려들어 모호한 대답을 하게 되었다.

카트린은 침착했다. 그녀는 짐에게 정원을 한 바퀴 돌자고 청했다. 반짝거리는 새하얀 숄로 몸을 감싸고 같은 천의 터번을 머리에 두른 그녀가 돌연, 얼음장처럼 차가워졌고 비아냥거렸다. 짐이 까닭을 물었으나 허사였다. 카트린이 한참 만에 입을 열었다.

"내일 알베르한테 가서 애인이 돼줄 거야. 벌써 전화로 얘기했어."

행복의 절정에 있던 짐에게는 청천벽력이었다. 그녀는 일체의 설명을 거부했다. 짐은 머리를 쥐어짜 애니와 레이첼이 했던 말들을 조금씩 꿰맞춘 끝에 상황을 파악했다. 그는 지난달에 애니와 잠깐 연애했던 것을 인정했다. 하지만 카트린 이후로는 그녀 이외의 어떤 것에도 마음이 흔들리지 않았다. 그건 분명했다. 마음을 닫고 요지부동인 카트린에게 과연 그의 말이 들릴 것인가? 짐은 카트린의 내일 일정을 미루기 위해, 두 시간을 꼬박 해명하며 함께 애니를 만나러 가고 제안했다. 그녀는 그의 제안을 받아들였고, 처음으로 밤에 그를 그의 방에서 자게 했다.

그들은 새벽 첫 기차를 탔다. 카트린은 애니에게 자기들을 맞아달라며 그녀의 애인도 불러서 넷이 함께 일종의 가장무도회를 벌이자고 제안했다. 뷔페 테이블과 축음기를 준비하고 각자 변장을 하여 돌아가며 손님도 하고 종교재판관도하자는 것이었다. 카트린은 애니의 애인을 유혹함으로써, 짐과 애니에게 완전한 자유를 제공했다. 그들은 함정을 감지했다. 애니는 카트린이 자기의 인생에 끼칠지 모를 타격에 질겁했다. 동이 틀 무렵, 애니의 애인이 떠났다. 마침내 거의 누그러진 카트린이 침대에서 짐의 품에 안기며, 사촌에게 자기들을 그리라고 명령했다. 사촌이 정말로 짐에게 연심이 없는지표정을 확인하기 위해서였다. 또한 짐이 그녀를 거북해하지않는지도. 짐은 거북해하지 않았다. 두 사람은 애니를 잊었다. 애니는 장렬한 크로키를 벽에 핀으로 고정시킨 채, 자리를 비켰다.

짐은 그들의 사랑이 땜질되었다고 느꼈고, 삶의 기쁨을되찾았다. 다음 날, 그는 닷새 일정으로 집을 떠났다. 걸출한 카트린의 동향인들과 함께 일하기 위해서였다. 그들과 대화하는 중에도 그는 카트린의 영향에서 벗어나지 못했고, 그때문인지 그들의 언어를 더 잘 이해할 수 있었다. 넷째 날, 그는 카트린의 모호한 편지를 받았다. 그녀는 빈자리를 좋아하지 않는다고 썼다. 짐은 부랴부랴 그녀에게 돌아갔다.

카트린은 혼자서 이틀 동안 산행을 하며 시간 단위로 기록을 남겼다. 그녀의 행복감은 오래가지 않았다. 다시 깃든 의심이 점차로 행복감을 파고들었다. 어쨌든 그녀 이전에, 짐과 애니 사이에 무언가가 있었다. 카트린의 남자는 의심스러운 구석이 있어선 안 되었고, 혹여 그렇다면 벌을 받아야 했다. 게다가 짐이 너무 자신만만해서도 안 되었다. 따라서 그녀의 방식으로 이 상황을 타개하고, 원점에서 다시 출발해야 했다.

넷째 날, 카트린은 알베르에게 전화를 걸어 그와 함께 수 시간을 보냈다. 그녀는 그와 친밀한 포옹을 나누고 그의 일기장에 묘사되면서, 그의 희망을 다시 한 번 한껏 부풀렸다.

카트린에게는 연인들 각각이 별개의 세계였다. 이 사람과 벌어지는 일은 나머지 사람들과 무관했다. 하지만 이것은 그녀가 그들의 여자를 질투하는 데는 아무런 걸림돌이 되지 않았다.

어느 날, 카트린은 아픈 큰딸을 데리고 병원에 가서 의사한테 말했다.

"제 외동딸이에요, 선생님."

깜짝 놀란 큰딸이 동생을 언급했고, 의사가 물었다.

"어떻게 된 거죠?"

카트린이 대답했다.

"그 애는 제 둘째 외동딸이에요."

아마 연인들에 대해서도 이렇게 말할 수 있었으리라.

짐은 카트린에 대한 마음을 불태우며 돌아왔고, 그녀에게 사랑으로 환대받았다고 느꼈다. 그럼에도 집안에 감도는 무언가 이상한 기운을 느꼈다. 줄의 태도도 석연치 않았다. 짐은 까닭을 물었다. 카트린은 며칠 동안 그의 가슴에 독을 방울방울 흘려 넣으며 뜸을 들인 끝에 알베르와의 일을 이야기했다.

짐은 그녀가 줄에게 사용했던 지연(遲延) 작전을 떠올렸고, 쓸데없는 소모라고 생각했다.

짐의 등장 이후로 알베르에 대한 경계를 풀었던 줄과 마틸드는 다시 불안해졌다.

줄이 카트린에게 말했다.

"검으로 흥한 자, 검으로 망하는 거야."

카트린이 의기양양한 눈초리로 그를 바라보며 말했다.

"난 조금이라도 의심이 가면, 언제든지 상대보다 더 큰 걸로 되갚아주는 것뿐이야."

짐은 떠나버리고 싶었다. 그가 단지 고통스러워했다는 것만으로 카트린은 다시 온전한 그의 여자가 되었다. 그녀는 그를 붙잡는 법을 알았다. 그는 결국 카트린이 '공평해지기를' 원했고 어쩌면 광기일 수도 있지만 그녀한테는 필수적인 절차였다고 이해했다.

짐이 말했다.

"좋아, 다시 시작하자."

밀월의 행복이 다시 깃들었다. 그들에게도, 집안 전체에도.

어느 날 밤, 카트린은 그들에게 하인리히 폰 클라이스트의 『펜테질레아』 중 자신이 가장 좋아하는 대목을 읽어주었다. 아마존 여왕 펜테질레아가 그녀를 향한 사랑에 헐떡거리는, 무장해제된 아킬레스를 광적으로 학살하는 장면이었다.

짐이 물었다.

"펜테질레아가 왜 아킬레스를 죽이는 거지? 왜 펜테질레아는 무기를 갖고 있고 아킬레스는 무기가 없는 거야? 그렇지 않고서는 아킬레스를 무찌를 수 없나? 왜 둘이 서로 사랑하는데 아킬레스를 무찔러야 하지? 펜테질레아는 아킬레스를 죽임으로써 자신의 나약함을 드러낸 거야. 아니면 혹시 그 뒤 펜테질레아가 자살하나?"

카트린이 대답했다.

"세상에 사랑하는 사람의 붉은 피보다 더 아름다운 게 있을까?"

그리고 덧붙였다.

"난 당신 심장의 붉은 핏속에 빠져 있어, 짐. 난 그걸 마시고, 마시고, 또 마시고 싶어."

줄이 말했다.

"고대 그리스의 미소는 우유와…… 피를 마시고 산다
네."

카트린의 입술은 그 둘 다를 위한 것이었다.

VI
증기기관차
도시에서

밀월의 행복이 한창이었다. 카트린은 분위기를 바꿔 짐
과 함께 시골집을 떠나 도시에서 단둘이 살아보고 싶었다.
그곳에서 오후에는 뮤직홀 작품 창작을 위한 춤을 배울 계
획이었다.

그들은 역으로 가서 여행 가방을 땅바닥에 내려놓고 기
차를 기다렸다. 줄과 마틸드가 배웅나왔다. 해가 떨어졌다.
카트린은 검은 빛이 번쩍이는 철길의 레일 위에서 균형을 잡
으며 즐거워했다. 증기기관차의 빨갛고 환한 커다란 두 눈이
모퉁이에서 모습을 드러내더니 가까워졌다. 철길 위의 카트
린이 기관차를 향해 나아갔다. 이 곡예에 질겁한 줄이 급기

야 고함을 질렀다.

"카트린, 카트린, 미쳤어? 내려와, 제발!"

카트린은 더한층 과감해져서 레일 위에서 폴짝폴짝 춤을 추었다. 기관차 불빛이 가까워졌다.

짐이 줄에게 목소리를 낮춰 충고했다.

"가만히 있게, 줄. 자네가 카트린을 부추기고 있어. 자네의 공포는 곧 카트린의 기쁨이라고."

기관차가 플랫폼에 당도하며 속도를 늦췄다. 짐은 여행 가방 옆으로 가서 카트린을 바라보았다. 그녀는 아슬아슬한 순간에 기차의 헤드라이트 불빛을 피해 한옆으로 폴짝 뛰어내렸다. 완벽했다. 짐은 몸을 숙여 여행 가방을 들고는 빈자리가 보이는 기차의 앞칸을 향해 달리기 시작했다. 사위가 어둑어둑해서 앞이 잘 보이지 않았다. 그는 어둠 속을 달리다가 바닥에 널브러진 물컹한 가방에 부딪쳤고, 충돌과 동시에 재빨리 가방을 뛰어넘음으로써 용케 넘어지지 않았다. 그는 뒤를 돌아 가방을 확인했다. 가방이 아니라 웬 여자의 몸뚱어리였다. 그녀 주위로 사람들이 몰려들었다. 그가 앞쪽에 있을 카트린을 향해 다시 걸음을 재촉하려고 했을 때, 군중속 어디선가 불쑥 손전등 빛이 비껴들었다. 바닥에 널브러진 여자 위로 몸을 숙인 줄이 보였다. 여자가 카트린이었다.

카트린은 두 팔을 짚고 휘우뚱거리며 몸을 일으켰다. 짐이 그녀의 몸을 더듬고 사지를 흔들어보았다. 부러진 곳은 없는 것 같았다. 그녀가 웅얼거렸다. "내 머리, 뒤쪽." 짐이 그녀의 머리 뒤로 손을 가져갔고, 손에 피가 묻어나왔다. 후두부가 찢겼다.

헤드라이트 불빛 때문에 앞이 보이지 않던 카트린의 생각보다 기관차가 훨씬 컸고, 착지점을 잘못 가늠한 카트린은 열차에 스치며 옆으로 나가떨어졌다. 그녀가 세 걸음을 뗐다.

짐이 물었다.

"그래도 갈 거야, 카트린?"

카트린이 대답했다.

"응."

아직 늦지 않았다. 짐은 카트린을 부축하여 일등칸으로 데리고 가서 화물처럼 번쩍 들어 올려 차 안으로 밀어넣은 뒤, 줄과 마틸드가 건네는 여행 가방을 받아들었다. 기차가 이미 움직이고 있었다. 양식 있는 사람들이 만원 열차칸에서 카트린에게 자리를 내주었다. 그녀는 잠시 실신했다가 깨어났다. 짐은 카트린에게서 멀리 떨어져 사람들로 빽빽한 연기 나는 승강대에 서 있었다.

짐도 줄도 카트린이 정확히 어떤 경위로 사고를 당한 건지 알지 못했다. 카트린도 아무것도 기억하지 못했다.

짐과 카트린은 작은 하숙집에 보금자리를 틀었다. 그들은 좁은 침대 두 대를 붙여 하나로 만들었다. 카트린은 허벅지에 커다랗고 푸른 멍이 들었고 머리에는 찰과상과 타박상을 입었으며 몸이 전반적으로 욱신거렸다. 짐이 회복기 내내 그녀와 꼭 붙어 있었다. 처음 며칠 동안 그들은 자리에서 일어나지조차 않았다. 카트린은 회복되자 짐을 위해 고열에 시달릴 때 보았던 환영을 그림으로 그렸다.

짐이 말했다.

"당신이 지금 얘기한 내용을 덧붙여서 이대로만 그린다면, 아마 아방가르드 잡지 어디서고 실어줄 걸."

"정말, 짐?"

"정말."

카트린은 짐에게 등을 기댄 채 그리기 시작했다. 그녀는 그와 떨어지기 싫었고, 그도 그녀와 떨어지고 싶지 않았다. 그림과 글이 완성되었고, 잡지사로 발송되었다.

카트린이 말했다.

"만일 성공하면 다른 걸 또 그리고 싶을 것 같아! 그럼 줄처럼 직업이 되겠지! 난 직업을 갖긴 싫어!"

짐이 말했다.

"그래도 성공하면 좋은 점이 많지. 어쨌건 당신은 마음이 동할 때만 그리면 되잖아."

카트린은 그들의 사랑의 온실 바깥 공기도 호흡하기 위해, 짐과 함께 이곳에서 시들지 않기 위해, 애초의 계획대로 뮤직홀 안무를 창작하고자 가까운 곳에 작업실을 얻었고,

이곳에서 혼자 오후 시간을 보냈다. 짐은 그녀를 전적으로 신뢰했기에 절대 작업실에 가지 않았다. 카트린이 정말 혼자였을까? 나중에 짐은 의문에 사로잡혔지만 어쨌든 그녀는 짐에게 그 외에 정말 중요한 건 아무것도 존재하지 않는다는 절대적 감정이 들게 만들었다. 짐은 그들의 사랑이 몽블랑 같다고 느꼈다. 지금으로서는 그에겐 계곡에 무엇이 숨겨져 있건 별로 중요하지 않았다.

카트린은 육체적 사랑에 대한 논리를 그림으로 표현했고 이것을 그녀의 여자 친구들에게 보여주었다. 카트린과 짐은 애니와 종종 편하게 만났다.

어느 날 카트린은 봉투 상단에 잡지 로고가 인쇄된 편지를 받았다.

그녀의 그림이 이 잡지 다음 호에 게재될 것이고 다른 작품들도 부탁한다는 내용이었다!

"이제 알았지, 짐?······"

카트린이 불안과 희열이 뒤섞인 표정으로 말했다.

어느 날 정오에, 카트린이 한 손에 양동이를 들고서 하숙집 복도로 나섰다. 하의 없이 빨간색 비단 잠옷 상의만 걸친 채였다.

짐이 소리쳤다.

"그러다 누구라도 만나면 어쩌려고!"

"이 시간엔 그럴 걱정 없어. 그리고 이런 위험은 집안 전통이야."

그들은 뮤직홀에 갔다. 한 걸인이 나무에 기대어 세워진 자전거를 훔치고 싶어서 갈등하다가 자신의 손이 딴짓을 못 하도록 목에 걸친 노란 머플러를 괜히 끌렀다 다시 둘렀다 하며 유혹에 저항하다가, 결국엔 훔치고 만다는 내용이었다. 완벽했다. 그들은 배우 출입구로 가서 걸인 역할을 한 배우를 기다렸으나 허탕을 쳤다.

짐은 보름달을 좋아했고, 카트린은 아니었다. "그건 너무 쉬워, 사랑과 보름달이라니." 그녀는 말했다. 이것과 관련하여 나쁜 기억이라도 떠올린 듯했다.

짐과 카트린은 도시의 골목길을 누볐고 그들을 가게 안쪽으로 맞아주는 상인들과 즐겁게 담소를 나누었다.

그들은 엉뚱하고 일탈적인 계획과 새로운 생각들에, 자유로운 시간을 마음껏 누리면서도 많은 돈을 번다는 것에, 줄을 비롯한 가족의 선물을 사는 것에 짜릿해했다. 하지만 줄은 바라는 것이 전혀 없었기에 그의 선물을 고르는 일은 녹록지 않았다.

짐과 카트린은 모든 것을 경건한 마음으로 대했다.

어느 날, 그들은 성당에 들어갔다. 카트린은 개신교 신자였고 짐은 카톨릭 신자였다. 그들은 다수의 사람들을 따라 무릎을 꿇고서 기다렸다. 성체배령 시간이었다. 수녀들이 양손을 모아 깍지 끼고서 고개를 숙인 채 성단을 향해 기다랗게 두 줄을 지어 지나갔다. 그중 흰옷을 입은 젊은 수녀 세 명이 유독 아름다웠다. 난데없이 카트린이 벌떡 일어나 세 명의 수녀 곁으로 다가가서 고개를 슬쩍 돌려 그들이 하는 양을 관찰한 뒤, 그들의 동작 그대로 성체를 배령하여 짐을 기겁하게 했다. 신성모독일까? 아니다. 카트린의 행동은 즉흥적이었고 어떤 장소, 어떤 종교의식이었더라도 상황은 마찬가지였을 터였다. 그녀는 자리로 돌아와 수녀들과 함께 묵상했다. 고개를 드는 그녀의 얼굴이 평온했다.

그들이 도시에서 보낼 날이 아직 일주일 더 남아 있었다. 카트린은 레이첼의 극단적인 편지를 받았다.

카트린이 친구의 글을 읽었다.

"넌 선택해야 해, 짐인지, 아이들인지."

짐이 반박했다.

"천만에. 짐과 아이들 다야."

카트린이 말했다.

"흠! 끝이 다가오면 그 즉시 결단을 내려야 하는 법. 우리의 마지막 한 주를 희생시키자."

그녀는 문득 딸들과 줄과 마틸드와 시골집이 간절히 보고 싶었고, 짐도 같은 마음이었다. 그들은 다음 날 출발했다.

줄이 기차역 플랫폼의 카트린이 쓰러졌던 자리에서 그들을 기다렸다. 카트린은 기차가 아직 움직이고 있는데도 플랫폼에 뛰어내리더니 줄에게 달려가 부둥켜안으며 오랜 키스를 퍼부었다.

그녀가 말했다.

"어서 얘기해봐, 어서. 그동안 여기서 벌어진 모든 기적들을."

줄이 빙긋 웃더니, '엄마가 돌아오기를' 고대하며 그들 넷이서 이끌어온 소소한 일상에 대해 이야기하기 시작했다.

기차역에서 나오자 줄은 우유를 사야 한다며 혼자 상점으로 가려 했다. 카트린이 말렸지만 그는 고집을 꺾지 않았다. 그가 손을 흔들며 멀어졌다.

카트린이 푸념했다.

"줄이 바로 저렇다니까. 나는 이렇게 돌아와서 키스하고 행복해하는데, 자기는 고작 우유 따위나 산답시고 사람을 두고 가버리다니!"

짐이 달랬다.

"5분이면 돌아와."

"응, 하지만 줄을 다시 만난 내 기쁨은 가셔버렸어."

딸들과 마틸드가 카트린을 열렬히 환영했고, 못지않게 열렬히 반응하는 카트린을 보며 짐은 감동했다.

카트린과 줄과 짐은 이끼로 뒤덮인 길고 축축한 골짜기 깊숙한 곳에 위치한 거대하고 육중한 수도원까지 무더위를 무릅쓰고 걸었다. 수도원과 배경의 조화가 완벽했다. 온통 하얀색인 널찍한 수도원 식당의 금욕적 분위기와 간소하고 신선한 음식이 그들의 마음에 들었다. 그들은 경연대회에서 우승한 가축들이 있는 웅장한 축사를 둘러보았다. 카트린이 전문적인 설명을 곁들였다. 몇 주 동안의 농장 경험을 자랑스러워하며 그녀는 모든 것을 설명했다. 그들은 땅의 신호를 이해했지만 카트린 앞에서는 무능하고 무자격했다. 카트린은 커다란 농장을 사고 싶어 했으나 줄의 재산이 이미 크게 줄어든 터였다.

세 사람은 강을 따라 귀갓길에 올랐다. 낙하로 인해 군데군데 물살이 거셌다. 그들은 낙하하는 거대한 물줄기는 카트린을, 거센 소용돌이는 짐을, 잔잔하게 퍼지는 물이랑은 줄을 닮았다고 생각했다.

세 사람은 하얀 조약돌과 모래톱이 광활하게 펼쳐진 천국 같은 평원을 발견했다. 그들은 그곳으로 내려가 마음껏 즐겼다. 돌 던지기는 짐이 좋아하는 놀이였는데 동그란 탄환들이 지천으로 깔려 있었다. 그는 돌 하나를 하늘 높이 던져 올리고는 이어 다른 돌을 던져 떨어지고 있는 먼젓돌과 부딪치게 했고, 카트린은 짐이 지칠 때까지 돌을 던지게 했다. 그녀와 줄은 짐에게 물수제비뜨는 법을 배웠다. 하늘이 머리

바로 위로 낮게 깔렸다.

10월이었다. 알베르는 더 이상 화제에 오르지 않았다. 그들은 두 딸과 마틸드와 함께 무탈하고 평화로운 시기를 보냈다.

카트린과 짐은 신체활동을 좋아했고, 사람들에게 시범 보이기를 즐겼다. 어느 날 목초지에서 카트린과 짐은 한무리의 농부가 목초지를 지나는 순간에 맞춰, 울타리를 손으로 짚으며 함께 훌쩍 뛰어넘었다. 멋진 동작이었지만 삭아 있던 울타리가 부서져버렸고, 그 바람에 두 사람은 잔디를 데굴데굴 굴렀다. 농부들은 그들을 거들떠보지도 않고 지나갔다.

11월. 파리의 볼일들이 짐을 불렀다. 파리에는 그의 모친과 일이 있었다. 어쩌면 그는 절대 떠나지 말아야 했을까? 짐의 부재는 카트린에게 그들의 사랑이 상대적이라는 것을 의미했고, 그녀는 이것을 용납할 수 없었다. 짐은 봄이 시작되는 대로 돌아올 예정이었지만, 카트린에게는 요원하게만 느껴졌다.

짐과 카트린은 또다시 도시로 떠났다. 그들은 종종 이 작은 증기기관차에 함께 올랐다. 그들은 두 손을 꼭 잡았다. 카트린이 장갑을 벗어 한 짝을 뒤집은 다음, 자신의 무릎에 올려놓았다. 그 모습이 꼭 대동맥이 끊긴 심장 같았다.

짐이 말했다.

"당신 무릎에 있는 내 심장을 봐."

도시에서 짐은 출발일자를 하루하루 늦췄다. 짐과 카트린은 짐의 임박한 출발을 앞두고 계속해서 기한을 연장하며 마법에 걸린 희생자들처럼 숨을 죽였다. 어느 날 오후, 그들은 브라스리의 누빔 쿠션을 댄 방음 공중전화 부스에서 줄한테 전화를 걸었다. 카트린의 뒤에 바짝 붙어 선 짐은 어둠 속에서 그녀의 등을 스치고 체취를 들이마시며 거의 실신 지경에 이르렀다.

그들은 사랑의 결실로서 죽음을, 어쩌면 내일이라도 당장 그들이 함께 기다리는 그 무엇을 떠올렸다.

카트린은 짐을 대동하고서 여러 남녀친구들과의 점심 모임에 참석했다. 친구들 중에는 예전에 카트린의 애인이었고 그녀의 결혼식 전날에도 잠깐 애인이었던 운동선수 해롤드도 있었다. 짐은 그를 경계하지 않았다. 자신이 그런 것처럼 카트린 또한 난공불락일 거라고 여겼다. 잘빠진 몸에 멋지게 차려입은 해롤드는 승마경기에서 우승을 거둔 참이었고, 짐처럼 권투도 했다. 재기발랄한 그는 에스키모가 채찍을 휘둘러 썰매를 끄는 개들을 이끌 듯, 말 한마디로 카트린을 제외한 좌중의 여자들을 휘어잡았다.

짐은 해롤드와 카트린 사이에 진짜 사랑의 감정이 있었다고는 생각할 수 없었다. 그러기엔 카트린의 절대주의가 장애가 된다.

짐은 카트린이 이미 본 영화를 홀로 보러 갔다. 해롤드는 그림을 사고 싶어 했다. 짐이 영화를 보는 동안 카트린은 해롤드의 그림 구매에 동행했다. 나중에 짐이 그들에게 합류하여 셋이서 함께 차를 마셨다. 자신만만한 해롤드는 카트린과 매우 빠르고 매우 건조한 말투로 한참을 떠들었다. 그의 목소리는 좀 쉬어 있었는데 특히 이 점이 짐을 안심시켰다. 카트린과 해롤드의 유일한 접합점은 몇몇 화가에 대한 공통된 취향뿐이었다.

마지막 밤이었다. 카트린은 조개껍데기 속의 비너스처럼 그들의 방에 딸린 세면대에 완전히 들어가 앉았다. 카트린과의 이별은, 헤어지는 지금 감정 그대로 하나도 변하지 않은 채 그들이 곧 다시 만나리라는 확신이 없는 짐에게 찢기는 고통이었다.

기차가 움직이기 시작했다. 그들은 오래도록 천천히 손을 흔들었다.

떠나면서 카트린을 부탁하는 짐을 안아주면서 쥴은 두 사람에게 축복 비슷한 말을 했다.

그들이 결혼을 하고 아이를 갖고 싶어 했기 때문이다.

VII
질베르트
알베르
포르투니오

짐은 파리로 돌아왔다. 파리에는 그가 긴 세월에 걸쳐 간헐적으로, 그리고 무게를 느끼지 못할 정도로 아주 가볍게 만나온 '취미성 사랑(스탕달이 『연애론』에서 분류한 사랑 중 하나로, 열정이나 즉흥적 감정이 배제된 세련되고 재기 넘치는 유희적 사랑을 뜻한다—옮긴이)'인, 질베르트가 있었다. 이것은 또 다른 이야기였다. 카트린과의 사랑이 얼음 덮인 산이나 불타는 사막, 또는 태풍과 폭풍우가 휘몰아치는 벌판 같다면, 이 사랑은 그저 하늘의 빛깔 변화 정도가 사건인, 적당한 기후의 잔잔하고 정련된 풍경과 같았다. 이 사랑에서 짐은 어떤 박탈감도 느껴보지 못했고, 어떤 강요도 당해보지 않았다.

질베르트와 짐은 그들이 갓 스무 살을 넘겼을 때 만났다. 처음엔 서로 성격에 이끌렸고, 연애감정이 뒤섞인 우정으로 관계가 시작되었다. 그들은 '열정적 사랑'을 거부하는 데 암묵적으로 합의했다. 서로의 친구들을 소개시키기도, 서로의 생활에 호기심을 갖지도, 물질적 문제에 관여하지도 않은 채, 전망이 파노라마로 광활하게 펼쳐진 작은 꼭대기 층 아파트(짐은 바로 전망 때문에 이 아파트에 세를 얻었다)에서 일주일에 한 번씩 만나며 비밀스럽고 요령 있게 사랑해왔다. 자주 만나지 않았기에 그들은 각자의 정련된 모습만을 보여줄 수 있었고, 그 이상은 보려 하지도 않았다. 두 사람은 서로와 상관없는 각자의 삶을 이끌어왔다. 그들은 1년에 한 번씩 여드레를 시골에서 함께 보냈다. 짐은 질베르트의 집에 한 번도 가본 적이 없고, 질베르트 또한 짐의 진짜 아파트에 가본 적이 없다. 그들은 각자 여행을 다녔는데, 짐은 더러 수년 동안 외국에 가 있기도 했다. 하지만 그들은 늘 다시 만났고, 어떤 의무감으로도 서로에게 매이지 않았다.

10년이 훌쩍 지났다. 어느 날, 질베르트가 짐에게 다섯 살 때 여읜 어머니에 대해 이야기했다. 그녀는 고아가 되어 이모가 데리러 오기를 기다리는 동안 맡겨진 유치원 시절의 사진을 보여주었다. 사진 속에서 친구들 사이에 섞인 질베르트의 모습이 어찌나 황량하고 어찌나 정직해 보였던지, 짐은 자신도 이유를 모른 채 이 어린 소녀를 한 번 본 것만으로 마음속에 영원히 입양해버렸다.

몇 년 뒤, 짐이 질베르트에게 청혼했다. 그들은 이 문제를 차분히 검토하고 나서 우생학 의사에게 찾아갔고, 그들이 결합하면 그리 튼튼하지 않은 아이가 태어날 가능성이 많다는 소견을 들었다. 다른 한편으로 결혼하면 그들은 얼마 동안 짐의 모친과 한 아파트에 살아야 했는데 이 역시 질베르트에게는 두려운 문제였다. 그들은 그들의 삶의 방식을 바꾸지 말자는 데 의견을 모았다. 다만 짐이 질베르트에게 이렇게 말해두기는 했다.

"원한다면 우리 같이 늙어가도록 하자."

질베르트가 대답했다.

"언젠가 당신이 가정을 꾸리고 자식을 낳고 싶은 마음이 든다면 난 조용히 물러날게."

17년 세월 동안, 짐에게 질베르트는 나무랄 데가 전혀 없었다. 그는 결혼에 대해 자유로웠지만 정신적으로 질베르트를 놓지 않았다. 그가 그녀에게 붙여준 별명 중에는 '정직 부인'과 '겸손 부인'이 있었다. 질베르트는 짐이 외국에 길게 가 있는 동안 여자가 있었을 거라 짐작했지만, 그는 늘 그녀에게 돌아왔다. 짐은 질베르트의 정절에 대해서는 짐작조차 가지 않았지만, 점점 그럴 가능성이 짙게 느껴졌다.

그는 카트린이 줄을 떠날 수 없는 것과 마찬가지로 더는 질베르트를 떠날 수 없었다. 줄도 질베르트도 고통받지 않아야 했다. 그들은 각각 다른 식으로 과거의 열매였고, 서로에게 필적하는 균형추였다. 카트린과 짐은 그들을 올바르게 대해야 했다. 어쩌면 질베르트도 언젠가 줄이 이미 받아들인 것을 받아들일 수 있지 않을까? 어쩌면 그들 네 사람이 커다란 시골집에서 현재와 미래의 아이들과 함께 나름대로 각자의 일을 하며 살아갈 수 있지 않을까? 이것이 짐의 꿈이었다.

네 사람이 각양각색의 사랑으로 이어져 있으니, 다 같이 모인 결과가 꼭 불협화음일 이유가 없지 않겠는가? 카트린은 줄과 다정한 관계를 유지함으로써 짐을 배신하지 않았고, 짐은 질베르트에 대한 애틋함을 간직함으로써 카트린을 배신하지 않았다. 그의 마음속에서 두 여자가 차지하는 지역이 각기 달랐다. 요컨대 두 여자가 양립 가능했다. 당장 줄과 그 자신도 카트린의 정신 속에서 양립 가능하지 않은가! 그러니 카트린과 질베르트도 적이 되지 않을 수 있지 않을까?

짐은 외국에 있는 동안 사랑했던 여자들에게 늘 질베르트에 대해 이야기했고, 그녀에 대한 경외심을 일깨울 수 있는 방식으로 그녀를 묘사했다. 카트린에게는 함께 오랜 산책 시간을 가졌던 그 이튿날 고백했다. 카트린은 특별한 사건 없이 이어온 그들의 오랜 애정을 얼마간 비꼬며 '신중'하고 '체념'적인 관계라고 평했다. 카트린에게는 이보다 더 최악의 단어들이란 존재하지 않았다.

짐이 명제를 던졌다.

"줄은 곧 질베르트야."

카트린은 곧바로 다른 명제를 적용했다.

"질베르트는 곧 줄이 아니야."

짐은 질베르트의 삶에서 자신이 차지하는 자리의 중요도를 알지 못했고, 따라서 카트린에 대한 자신의 열정이 질베르트에게 회복 불능의 상처가 되리라고는 생각지 못했다.

카트린과 짐은 편지로 아이를 하루 속히 갖기 위해 결혼식을 서두르자는 데 합의했다. 줄은 그들이 원하는 것에, 따라서 속히 이혼하는 것에 동의했다. 짐은 이 사실을 질베르트에게 알리기 위해 용기라고 생각되는 것들을 죄다 끌어모아야 했다. 그는 질베르트에게 카트린과 그녀와의 결혼이며 자녀계획, 그리고 줄의 동의에 대해 간략하게 이야기했다. 질베르트는 줄과 한 번도 만난 적이 없지만 짐에게 이야기를 들어 잘 알고 있었다.

질베르트는 흔들림 없이 꼿꼿한 자세로 짐의 이야기를 경청하고 나서, 한참 만에 입을 열었다.

"아직 힘이 남아 있을 때 나도 얼른 동의해야겠네요."

그녀는 상체를 젖혀 잠시 의자 등에 기대고 있다가, 일어나서 나갔다.

"상처주지 말아요, 짐." 루시가 말했었다.

짐은 순간 살인이라도 저지른 기분이었다. 하지만 한 시간 뒤 이렇게 자조했다. '곧 괜찮아질 거야.'

그는 파리에서도 몇 차례의 작별식을 치렀다.

카트린은 눈 덮인 시골집에서 줄과 함께 겨울을 났다. 그녀는 줄에게 맡겨진 짐의 정혼녀였다. 그녀는 걸핏하면 줄에게 물었다. "짐이 날 사랑하는 것 같아?"

카트린은 짐에게 약속했듯, 지난여름에 그들이 나누었던 사랑 이야기를 글로 썼다. 그녀는 놀라운 집중력으로 지난여름 동안에 일어났던 내면의 변화, 주변 사건들, 알베르를 포함하여 자신이 벌인 모든 일과 행동에 대해 써내려갔다. 줄은 그 속에서 폭풍우 같고 천둥 번개 같은 카트린의 기질의 열쇠를 찾았고 그녀를 격려했다.

3월이 되었다. 짐은 카트린의 나라에서도 가능한 밥벌이 거리를 준비했다. 그는 성공적으로 공연된 희곡 한 편을 번역했고, 번역을 완벽하게 마무리 짓기 위해 시골에 있는 작가의 집에서 보름 남짓 기거하는 데 동의했다.

한편으로는 줄을 다시 만나기에 앞서 마음의 준비를 하기 위해 시간을 늦추고 싶은 마음도 있었다. 꼭 학교 수업을 빼먹는 기분이라고 할까.

카트린은 짐이 그녀를 별로 서둘러 만나고 싶지 않은 거라고 생각했다.

짐은 희곡작가와 함께 카트린이 사는 지역을 지나게 되었다. 그가 그녀에게 전화했고, 그녀가 줄과 함께 짐의 호텔로 찾아와 차를 마셨다.

카트린은 방에 들어앉아 글을 쓰는 통에 살짝 살이 붙었다. 그녀는 짐의 정혼자로서 줄에게 이끌려 그를 찾아온 것에 다소 민망해했다. 나중에 그녀가 덧붙인 표현을 빌리면 꼭 황소에 바쳐진 암소가 된 기분이었다나. 짐은 그녀의 짐이 아니었다. 그는 공공장소에서 그녀를 맞았고, 잠시 뒤에 그를 데려갈 다른 사람에게 시종처럼 자신의 시간을 저당 잡혔다. 카트린은 만개한 꽃처럼 아름다웠지만 자신이 별로 예쁘지 않다고 느꼈고, 줄은 이 만남이 해롭다고 여겼다. 짐은 그녀를 위해 일하는 것임을 강조했지만, 과연 카트린에게 이것이 중요했을까? 그는 차라리 만사 제쳐두고 그녀에게 곧장 달려와 온 시간을 바쳐야 하지 않았을까? 카트린이 짐에게 파리에서의 작별식에 대해 넌지시 물었고, 그는 대답하면서 충분한 답변을 했다고 믿었다.

막상 카트린을 다시 만난 짐은 새삼 사랑의 감정에 사로잡혔고, 그녀와 더 이상 떨어지고 싶지 않았다. 하지만 이미 일정이 잡힌 터였다.

석주 뒤, 짐은 드디어 카트린과 줄의 시골집에 당도했다. 카트린은 집에 없었다. 그녀도 일을 보기 위해 며칠 동안 시내에 있는 언니 집에 가 있으려고 떠났다는 것이었다. 짐은 실망했지만 이상한 낌새를 눈치 채지 못했다. 줄은 달랐다. 그는 카트린이 한발 물러날 때는 위험하다는 걸 알았다.

줄이 짐에게 카트린이 일기를 써온 사실에 대해 이야기하며 이제껏 그런 모습을 한 번도 보지 못했노라고 덧붙였다. 그녀는 호텔에서 차를 마실 때, 짐이 그들의 이야기를 대략적으로 메모하기는 했으나 작품으로 완성하지 못했다는 것을 안 순간, 상처받았다.

카트린이 짤막한 편지를 보내어 귀가 날짜를 연기했다. 짐이 그랬듯 사뭇 사무적인 어투였다.

줄과 짐은 시골집에서 오롯이 단둘이 생활하며 평화로운 삶을 누렸다. 그들의 대화는 마를 새가 없었다. 대략적인 집안일은 근처에서 농사짓는 아낙이 찾아와 해주었다. 줄은 짐의 책을 번역했다. 짐이 큰소리로 책을 읽는 동안, 줄은 입에 파이프를 문 채 감자를 노릇노릇하게 구우며 요리를 했다. 두 사람은 정원을 천천히 산보했다.

이혼 서류가 접수되었다. 줄은 짐이 알아차릴 겨를도 없이 무슨 일이 일어나는 것이 아닌지 조마조마했다. 그들은 카트린에게 집안엔 별일 없으니 자기들 때문에 서두를 필요 없다는 내용의 편지를 보냈다. 그녀가 짐에게 전보를 쳤다.

내일 혼자 기차역으로 나와. 시내에서 자고 가자.

짐은 카트린의 지시를 따랐다. 그녀가 날렵한 동작으로 기차에서 뛰어내렸다. 그들은 손을 꼭 붙잡고 서로를 바라보며 기쁨의 웃음을 터뜨렸다. 그녀가 그에게 말했다.

"지금부터 심각한 얘기는 일절 꺼내지도 마."

하지만 그녀는 줄이 짐을 위해 사랑스러우리만치 자신에게 지극정성을 쏟아부었다고 말했다. 그들은 현행법상 한

방을 쓸 수 없었기에, 인접한 방 두 칸을 얻어야 했다. 카트린이 소파에 앉더니 짐을 자기 옆에 앉히고 나서 말했다.

"자, 이제야 당신은 나의 짐이고, 난 당신의 카트린이야. 이젠 모든 게 완벽해. 한 달 반 전쯤, 우리가 여기서 차 마시려고 만났을 때 당신은 당신 일에 대해 이야기했어. 나 역시 내 일이 있어. 또 당신, 애인들하고 작별식 했다고 했지? 나역시 내 애인들하고 작별식을 하고 왔어. 오늘 밤 내내 날 껴안고 있어도 좋아. 하지만 그 이상은 안 돼! 우리, 아이를 갖고 싶어 했잖아, 그렇지, 짐? 만일 오늘 밤 당신이 내게 아이를 준다 해도…… 누구 아이인지 알 수 없게 될 거야. 무슨 말인지 이해해, 짐?"

카트린은 짐의 얼굴에서 시선을 떼지 않은 채, 놓치지 않고 표정을 살폈다.

짐은 이해했다. 충격으로, 몸이 꺾였다. 그녀는 그의 심장 한가운데를 파고들어 붉은 피를 마셨다. 실컷 마시기를! 짐은 화내지 않았다. 다만 한없는 슬픔으로 인해 사랑이 그의 마음 바깥으로 흘러나가는 것을 느꼈다.

카트린이 말을 이었다.

"짐, 그래야만 했어. 우리 둘을 위한 일이었어. 다시 균형을 맞춰야만 했다고. 난 당신이 파리에서 헤어진 여자들을 당신 방식대로 위로했다고 직감했어. 아니, 확신했어. 때문에 계속해서 당신의 정혼자로 남아 있으려면, 나도 헤어진 남자 혹은 남자들을 내 방식대로, 당신이나 나나 방식이 똑같지, 위로할 수밖에 없었어. 난 언니 집에 가서 알베르한테 전화를 걸었고, 만났어. 그리고 그와 함께 내 안에서 당신의 모든 배신의 흔적을 지웠어. 자, 이제 우리는 다시 순수해졌고, 대등해."

짐이 물었다.

"알베르를 사랑해?"

카트린이 대답했다.

"아니, 장점이 많은 남자긴 하지만 아니야."

"알베르는 당신을 사랑해?"

"응."

짐은 곰곰 판단해보았다. 그렇다, 그는 카트린이 짐작한 방식으로 몇몇 작별식을 치렀다. 그렇다, 그는 마음속에서 카트린에 대한 사랑을 조금도 훼손시키지 않은 채 그렇게 했다. 어쩌면 카트린도 마음속에서 그에 대한 사랑을 조금도 훼손시키지 않은 채 그렇게 하지 않았을까? 짐은 카트린이 제안한 평등을 받아들였다. 그는 그녀가 자신이 그녀를 사랑하듯 자신을 사랑한다고 느꼈고, 이 모든 것이 그들이 서로를 자기 쪽으로 끌어당기는 팽팽한 힘겨루기, 그 이상도 그 이하도 아니라고 결론지었다. 그는 카트린처럼 과거를 지우기로 했다. 그들은 지금 여기, 떨면서 함께 있었고, 금욕했다.

금욕, 그들은 이 엄청난 사랑의 밤에 이것을 지켜야 했다. 또한 이어질 날들도 마찬가지였다. 카트린이 알베르의 아이를 갖지 않았다는 것을 확신할 때까지.

"감탄스럽군! 그야말로 고도의 공중곡예야! 대체 둘이서 서로를 더 떨게 만들기 위해 안 해본 짓이 뭔가?"

줄이 짐에게 외쳤다.

카트린에게 말려든 줄과 짐은, 더욱 깊은 형제애를 느꼈다.

카트린과 짐은 절제로 인해 한껏 달아올랐다. 그들은 이제 이 절제를 둘만의 서약으로, 그들의 명예가 달린 문제로 간주했고, 차례로 돌아가며 한 명이 약해지면 다른 사람이 이 명예를 구하기를 되풀이했다. 그들은 떨어져 있지 않았다. 편법을 쓰지 않았다. 약속의 땅이 눈앞에 다가오고 있었다.

약속의 땅이 성큼 뒤로 물러났다.

짐과 카트린과 줄, 세 사람은 이혼에 이어 혼인 수속을 담당할 변호사를 만나기 위해 시내로 갔다. 사실 그들에게 이 볼일은 즐거운 나들이의 일부였고 간단한 형식에 지나지 않았다.

세 사람의 완벽한 화합과 쾌활함에 충격을 받은 변호사가 안경을 들어 올리며 그들을 유심히 바라보더니 시선을 떼지 않고 말했다.

"이혼이 확실히 성립되려면 얼마간 더 기다려야 합니다. 게다가 태어날 아기가 법적으로 첫 남편의 친자가 아니려면, 이혼 성립일로부터 셈한 날과 여성의 최대 수태 가능 기간을 셈하여 그 이전에는 임신하면 안 됩니다."

이 법률 용어에 거의 귀를 기울이지 않던 카트린이 외쳤다.

"뭐요? 뭐라고요?"

변호사가 날짜를 셈했다. 아이를 가지려면 두 달 가까이 기다려야 했다. 혼인이 성립되려면 그보다 더 시간이 걸리겠지만, 적어도 아이는 그 전에 가져도 합법이 될 터였다.

세 사람은 아연실색했다. 줄이 자신이 피해를 감수하더라도 합법적 방법이 없겠느냐고 물었다. 아니, 그런 건 존재하지 않았다.

카트린과 짐은 그들의 서약을 연장한 적이 없다. 출산계획에 제동이 걸리자 그들은 번민했다. 자신들의 법이 아닌 국가법에 복종해야 하는 것이 부끄러웠다.

시골집의 삶이 다시 시작되었다. 이 유일하게 어두운 그늘 한 부분을 제외하고는 대체로 평화롭고 즐거웠다.

카트린은 두 남자에게 짐이 시골집에 온 뒤부터 파리로 떠나기까지의 나날을 기록한 작년 일기의 상당 부분을 큰소리로 읽어주었다. 그녀의 일기는 길을 잃기 쉬운 미로 또는 힌두교 사원처럼 복잡하고 세세했다.

이에 비하면 짐의 일기는 거의 목차 수준이었다. 줄과 짐은 카트린을 존중했다.

줄이 말했다.

"만일 당신네 둘이 각각 확고부동한 각자의 시선으로 당신네들 이야기를 자세히 써서 그걸 동시에 출간한다면 독창적인 작품이 나올 거야."

카트린은 두 남자에게 예전에 짐과 시내에 살 때 근처 작업실에서 구성하고 연습한 안무를 선보였다. 두 남자의 반응은 무덤덤했다.

카트린이 말했다.

"춤은 아무래도 사람들로 북적이는 흥겨운 바의 뿌연 분위기 속에서 춰야 하나 봐."

어쩌면…… 하지만 어쩌면 그녀는 작업실에서 연습한 적이 전혀 없으며 그 시간에 대신 알베르를 만났던 것은 아닐까? 짐은 문득 스치는 상념을 애써 떨쳤다.

카트린은 짐과 함께 고행실 같은 줄의 작은 방까지 포함하여 시골집의 방이란 방은 죄다 돌아다니며 침대란 침대는 죄다 차례대로 사용해보았다. 그녀는 화가 농부가 그린 커다란 과일과 꽃 그림으로 네 기둥과 닫집이 장식된 커다랗고 투박한 침대를 발견하자, 침대 순례를 멈추었다.

카트린은 젊은 잡지에 그림을 발표했고 인정받았다. 그녀는 그림을 그릴 때도 늘 짐과 붙어 있었다. 그녀가 그림에서 시선을 들지 않은 채 입술을 조금 달싹거리기만 해도 짐은 바로 다가가 그것을 촉촉하게 적셨다. 그들은 어쨌거나 그들의 애무가 아이 준비 과정이라고 믿었고 이 제한된 애무는 그들을 다소 성마르게 만들었다.

더디다 싶던 눈이 마침내 내렸다. 두툼한 하얀 이불이 정원 전체를 뒤덮은 화창한 아침이었다. 이 광경을 맨 처음 목격한 카트린이 기쁨의 환호성을 지르며 온 집안을 깨웠다. 그녀는 잠옷을 벗어던지고 현관 층계에 서더니 차가운 눈밭에 알몸을 던졌다. 그녀는 보이지 않을 정도로 눈 속에 파묻혀 헤엄을 치는가 하면 물구나무를 서기도 하면서 눈을 퍼먹었다.

카트린은 딸들에게 소리쳤다.

"이담에 좀 더 자라면 너희들도 엄마랑 같이 이렇게 눈을 환영해줄 거야!"

줄과 짐은 낮은 말뚝이 듬성듬성 박힌 눈 덮인 잔디를 구르는 카트린을 보면서 혹시 다치는 것이 아닌지 우려했지만 내색하지는 않았다. 카트린은 그들이 어디에 있었는지 똑똑히 기억했다.

전보가 왔다. 포르투니오가 이틀 동안 와 있겠다는 내용이었다. 그는 바로 그날 밤으로 도착했다. 줄과 짐은 그가 열일곱 살이 되었을 때부터 파리에서 시인들의 거리를 오랫동안 함께 거닐었던 터였다. 그들에게 그는 동생 같은 존재였고, 그도 그들을 '줄 아버지'와 '짐 아버지'라고 불렀다. 그는 6년 동안 거의 줄의 눈앞에서 카트린의 애인이었다. 하지만 어떻게 그에게 엄격한 잣대를 들이댈 수 있겠는가? 바로 카트린이 그를 선택한 것을. 카트린은 애인에게 간택당하기보다는 자기가 선택하는 쪽이었다. 게다가 당시는 이미 카트린이 포르투니오에게 진실을, 줄에 대한 자신의 사랑이 더 이상 개선의 여지 없이 변질되었다는 것을 말했을 시기였다.

포르투니오가 나타났다. 연녹색의 큼지막한 능직 외투를 걸친 그의 홍조 띤 얼굴빛은 풋풋했고 목소리는 굴러가는 것 같았으며 두 다리는 혈통 좋은 개처럼 탄탄했다.

줄이 물었다.

"포르투니오를 어디에 재우지?"

카트린이 대답했다.

"우리 집에."

줄은 집 안에 빈 침대가 없다는 것을 알았으나 카트린이 '우리 집에'라고 대답한 이상, 더는 그가 상관할 바가 아니었다. 그는 평소대로 이른 시간에 자신의 독신자 방으로 올라갔다.

아침에 일찍 일어나기 때문이었다.

밤이 깊어지자 카트린과 짐과 포르투니오는 네 기둥 침

대가 있는 방으로 이동했다. 카트린이 말했다.

"우리 셋이서 이 큰 침대에서 다 같이 자면 어떨까?"

그들이 대답했다.

"안 될 거 없지."

짐은 카트린이 실험을 하고 싶어 한다고 생각했다. 그러자고! 그 역시 실험을 할 터였다.

그들은 난데없이 함께 누워 어둠을 맞이하게 되었다. 이불에서 신선한 냄새가 기분 좋게 풍겼다. 카트린한테서도 마찬가지였다. 그녀가 가운데에 누웠다. 포르투니오는 빌린 잠옷을 입고 있었다. 짐은 마그다와 에테르에 취한 밤을 떠올렸다.

그들은 조금 더 두런거리다가, 이윽고 침묵했다. 카트린의 오른손이 짐의 손을 잡았다. 짐은 왼손으로는 포르투니오의 손을 잡았을 거라고 확신했다. 머리 뒤에서 대롱거리는 전구에 불을 밝힐 것인가? 이것은 정정당당한 승부가 아니었다. 그들 셋은 모두 자유로웠다. 어떤 일이 벌어질지 아무도 몰랐다. 짐은 말 한마디 없이 카트린을 잃을 각오를 했다. 포르투니오는 카트린이 원하는 모든 것을 할 태세였다. 짐은 생각했다. '만일 카트린이 포르투니오하고 죽이 맞는다면 난 해방이야.' 카트린의 침묵과 은밀한 수작이 지속되었고, 짐은 더는 그녀한테서 아이를 원하지 않았다.

카트린이 포르투니오에게 고개를 돌리더니 큰소리로 말

하며 키스했다. "잘 자, 포르투니오!" 그녀가 이번에는 짐을 향해 고개를 돌렸다. 아마 잘 자라는 말을 할 테지만 짐이 선수를 쳐서 그녀의 귀에 대고 말했다.

"내가 당신한테서 아이를 원했던 건 과거야……"

카트린이 말했다.

"과거라니? 무슨 소리야?"

"10분 전까지라고."

카트린이 벌떡 몸을 일으켜 짐을 타넘었고 그 바람에 침대 밖으로 떨어질 뻔했다. 그녀가 짐을 가운데로 밀며 그의 오른쪽 품을 비집고 들어가 눕더니 상냥하게 말했다.

"계속해봐, 짐."

짐이 말했다.

"뭘 계속하는데? 무슨 소린지 모르겠네."

카트린이 짐을 껴안았다. 짐은 포르투니오와 일정 간격을 유지했다. 그들은 잠이 들었다. 다음 날, 세 사람은 가뿐하고 상쾌하게 깨어났다. 포르투니오는 예의 바르게 굴다가 떠났다.

카트린이 줄과 짐에게 괴테의 『친화력』에서 아이가 호수에 빠져 죽는 대목을 낭송해주었다. 그녀의 눈에서 눈물이 흘렀다. 짐 역시 눈물을 쏟았다. 두 사람은 '아이' 얘기만 나왔다 하면 이 모양이었다. 줄이 그들을 딱하게 여겼다.

짐이 그들에게 고대 그리스 시인 롱고스의 『다프니스와 클로에』를 읽어주었다. 사랑에 눈뜬 순수한 염소치기 소년 다프니스와 양치기 소녀 클로에가 설레는 사랑의 감정을 어떻게 표현해야 할지 몰라 초조해하면서 사랑법을 연구하는 대목이었다.

클로에
다른 건 더 아무것도 없고
이렇게 서로 껴안기만 하면 돼, 다프니스?
그리고 잠들면 돼?

다프니스
아니, 클로에.
네가 나한테 붙들려 있잖아.
이제 그걸 알겠어.

클로에
다른 건 더 아무것도 없고
내가 너한테 붙들려 있기만 하면 돼, 다프니스?
너 하는 대로?

다프니스
아니, 클로에.
이렇게 서로 껴안아야지.
그리고 잠들면 돼.

카트린이 말했다.

"이렇게 되풀이되는 거 좋더라."

줄이 말했다.

"꼭 여러 언어가 뒤섞인 번역문학 같군."

짐이 언어 사이의 장벽이 낮아져야 한다고 말했다. 그들은 세 언어를 혼용하여 꿈처럼 머리에 떠오르는 대로 간단한 시를 지었다. 줄과 짐이 그들의 프랑크 왕국(서유럽 중심지역을 최초로 통합한 그리스도교 국가로 5세기 말부터 9세기까지 존속했다—옮긴이)에 대해 이야기하자, 카트린이 더 많은 침투와 전쟁이 일어나야 한다고 주장했다.

줄이 그들에게 말했다.

"이제 보니 둘 다 훌륭한 유럽인인걸. 당신네들은 당신네 사랑 안에서만 민족주의잔가 봐."

짜증스런 기다림이 길어졌다. 카트린과 짐에게 더 이상 맑은 나날이 계속되지 않았다. 하지만 농부들이 흔히 말하듯 궂은 날도, 갠 날도 있었다. 어느 날, 더없이 고요한 하늘에 난데없이 천둥 번개가 쳤다. 카트린은 파괴 욕구에 사로잡혀 정신이 다 혼미할 지경이었다. 싸움이, 신선한 피가 절실했다.

그녀의 얼굴이 의혹으로 순식간에 황폐해지면서 표정이 무시무시해졌다. 고대 그리스의 미소가 칼에 베인 상처로 돌변했다.

이런 시기에는 쥘은 카트린을 환자처럼 대하고 보살폈다. 그는 이 고비를 그녀 자신뿐만 아니라 주변 모두에게 위험한, 일종의 간질로 간주했다. '영혼에 일어난 지진'이라고 할까. 카트린 집안엔 천재도, 알 수 없는 이유로 자살한 이들도 많았다.

짐이 너무 행복해하면 그녀는 그를 후려쳐야만 직성이 풀렸다.

기분이 좋았던 어느 날, 카트린과 짐은 시내에 갔다. 짐은 성가신 장보기를 얼른 끝내고 함께 즐기기 위해 꾀를 냈다. 요컨대 그가 혼자 혼인 신고서를 찾으러 가고, 그사이 카트린은 장을 보면 어떻겠느냐는 것이었다.

그녀가 과연 아무도 훔쳐갈 수 없는 재물처럼 목에 굴레를 뒤집어 쓴 채 도시에 홀로 남겨지고 싶어 했을까? 카트린은 택시에 올랐고 차에 시동이 걸리자, 키스를 하기 위해 차를 따라 달리며 얼굴을 들이미는 짐에게 말했다.

"이제부터 난 돌이킬 수 없는 뭔가를 할 거야."

그녀는 그들이 만나기로 약속한 찻집에 나타나지 않았다. 짐은 저녁때 집에서야 그녀를 다시 볼 수 있었다. 그는 갈가리 찢긴 그들의 사랑에 괴로워하며 오후 시간을 보낸 참이었다.

카트린이 짐을 다시 만난 것에 반색함으로써 그들의 사

랑을 다시 이어 붙였다. 그녀는 아무 짓도 안 했다고 말했고, 짐은 그 말을 믿었다. 줄은 생각이 달랐는데, 그녀가 회복되었고 짐에 대한 사랑을 되찾았기 때문이었다. 그는 생각했다. '아무려면 어때. 그게 카트린의 사랑 방식인 것을.'

식사가 끝날 무렵, 줄은 평소의 그답지 않게 카트린의 잠옷을 들먹이며 다소 과한 농담을 던졌다. 요컨대 짐이 그 잠옷을 질색한다는 것이었다. 카트린에게는 사랑모독이었다. 그녀는 두 남자를 향해 경멸감을 쏟아냈다. 짐이 아무리 자기는 아무 말도 하지 않았노라고 항변해봐야 소용없었다. 카트린은 두 남자 중 하나를 나무랄 일이 생기면 꼭 연대책임을 물어 다른 남자도 싸잡아 비난했다. 줄은 뉘우치는 표정을 지었지만 실은 웃음을 꾹 참고 있었다.

짐이 카트린에게 한탄했다.

"오, 나의 투사여, 너는 늘 나한테 전쟁을 선포하는구나……."

카트린이 대꾸했다.

"그럴 거리가 늘 생기니까!"

루시가 이웃 마을에 와서 며칠 머물렀다. 짐이 그녀를 처음 만났던 곳이다. 그들은 7년 동안 만난 적이 없었다. 전쟁은 루시에게 가혹했다. 전쟁 통에 부모님을 여의었고, 가

산은 탕진되었다. 줄이 먼저 따로 그녀를 만났다. 그는 집으로 돌아와 루시는 여전히 루시지만 꽤 변했더라고 소회를 밝혔다. 루시는 짐과 동갑이고 카트린보다 여덟 살이 많았다. 루시가 그들 셋을 만나러 왔다. 줄이 그녀에게 그들의 사연을 귀띔해놓은 터였다.

짐은 늙어버린 루시를 보며 묘한 감회에 젖었다. 그녀는 아름다운 손으로 막일을 감당했다. 네 사람은 점심을 한 뒤 정원에 둘러앉았다. 카트린은 루시에게 한때 그녀를 사랑했던 두 남자가 이제는 그녀, 카트린의 것이라는 사실을 잔인하도록 일깨우는 데 한동안 주력했다. 하지만 루시는 더는 그런 차원에서 승부하지 않았다. 자신의 힘을 다른 데서 길어 올렸다. 그녀는 폭풍 같은 카트린의 회오리에 휩싸인 두 남자가 그녀, 루시에게 품었던 옛사랑의 이유를 가슴속에 간직하리라는 것을 알았다. 그녀는 카트린에게서 생명력과 담대함을 느꼈지만 그게 다였다.

카트린이 루시에게 줄과의 이혼과 짐과의 정혼 사실을 알린 뒤, 자신만의 이론을 개진했다. 요컨대 종족 보존과 번영에 대한 소명의식이 있는 일부 여성들은 본능의 이끌림에 따라 이 남자 저 남자와 하나 혹은 여러 명의 아이를 출산해야 할 것이나, 그 아이들 전부를 기를 수도 없고 그럴 만큼 그 방면으로 유능하지 않을 수도 있다는 것이었다. 카트린이 루시에게 만일 자기가 짐의 아이를 낳는다면 맡아서 길러줄의향이 있는지 물었다. 루시는 일단 침묵했다가 잠시 뒤 입을 열었다.

"짐이 나한테 부탁한다면 그렇게 할 거예요. 단 아이가 내 손에 영구히 맡겨지는 거라면요."

짐은 루시한테 탄복했다.

루시는 커다란 집에서 혼자 살고 있다. 일부 방들은 세를 주고 그녀는 다락방이 있는 꼭대기 층만을 쓰고 있다. 그녀는 그들에게 그쪽에 들를 일이 생기면 집에 놀러 오라고 청했고, 짐이 수락했다. 카트린도 전혀 반대인 것 같지 않았다.

루시가 떠났다.

카트린이 말했다.

"점잖은 가면이야. 가면을 위한 가면. 나는 거친 게 더 좋아."

줄은 그를 완강하게 거부했던 루시한테 일말의 씁쓸함이 남아 있었다. 그는 그녀가 원하기만 했던들 그들이 이루었을 탄탄하고 단단한 삶에 대해 생각했다. 짐은 현재로서는 카트린과 그들의 미래 자식들 생각뿐이었다. 어쩌면 루시는 이렇게 생각했을지도 모른다. '짐과 카트린이라, 언제까지 계속되지 않을 거야.'

VIII
에드거 앨런 포 저택

카트린은 고향으로 짐을 데려가 자신의 생가를 보여주며 유년 시절의 추억을 이야기했다.

그들은 포르투니오와 다시 만나 함께 이런저런 바를 전전했다. 선원들이 다 함께 춤추는 곳이 있는가 하면 타자수들이 모여 다 함께 춤추는 곳도 있었다. 그들은 규정에 위배됨에도 불구하고 스물네 시간 문을 연 다른 바들도 출입했는데, 단골들에게는 경찰이 어둠 속에서 불시에 들이닥칠 위험 또한 이 바들의 매력으로 작용했다. 세 사람은 수줍어하는 젊은 아가씨들이 나체로 벌이는 불법 발레(걸작이었다)를 비롯하여 엇비슷한 다른 공연들도 구경했다. 짐은 이 야행성 삶에 금세 진력내어 동행자들을 놀라게 했다. 그는 밤 시간을 '집'에서 보내고 싶었다.

'집'이라 함은 카트린이 언니인 이렌느에게 빌린 천장 높은 2층 저택을 뜻했다. 부르주아 동네에 위치한 이 저택은 빨간색과 검은색 벽돌로 탄탄하게 건축되었고, 커다란 안마당이 딸려 있었으며, 넓은 베란다식 거실과 음악실과 커다란 침실 두 개가 포함돼 있었다. 가구들은 일정한 양식 없이 반은 화려하고 반은 실용적이었다. 장롱과 서랍장은 추억 어린 물건들로 가득했는데, 특히 이렌느의 머리를 치장했던 낭만적 스타일의 모자들이 열두어 개 정도 쌓여 있었다. 과부인 이렌느는 이 저택에서 한 시간여 떨어진 거리에 있는 예쁜 시골집에서 다섯 아이를 홀로 키웠다. 이 저택은 그들이 시내에 올 때 묵는 임시 거처로 쓰였다.

짐은 가족 앨범에서 이렌느의 어린 시절 사진을 보았다. 그녀보다 여섯 살 아래인 카트린이 없었더라면 그녀에게 끌렸을 수도 있겠다는 기분이 들었다. 그녀의 미소는 고대 그리스의 그것은 아니었지만 매력적이었고 정중앙에 박힌 눈동자가 시선을 끌었다. 과부가 된 이후로 그녀는 구혼자들과 그녀에게 반한 남자들에 늘 둘러싸여 지냈다.

카트린은 짐을 데리고 이렌느의 집으로 가서 며칠을 함께 보냈다. 그는 불과 몇 달 전에 알베르가 이곳에서 카트린과 이틀을 함께 보낸 것을 알고 있었다. 두 자매는 날 때부터 경쟁자였지만 서로의 사랑에 대해서는 원칙적으로 도움을 주고받는 관계였다. 이렌느는 집안 식구들과 카트린이 버젓이 보고 있는데도 불구하고 짐에게 교태를 부렸다.

이렌느의 자식 중 맏이 둘이 인물이 빼어났다. 카트린과 짐은 두 아이와 함께 호수의 돛단배에서 온밤을 보내며 교체용 돛으로 몸을 둘둘 말고 잠을 잤다. 새벽녘에는 호숫가의 여인숙에서 종이로 만든 맥주컵 받침으로 테니스를 쳤다.

카트린의 조카들은 그녀에게 마치 연인처럼 키스했다.

집안 식구들 모두가 이렌느의 경거망동을 심히 못마땅해했지만 그녀를 사랑했다.

이렌느의 시내 저택은 이미 그 자체로 독특했지만 이후에 벌어진 일련의 사건들 탓에 짐에게는 좀 더 '에드거 앨런 포'적으로 기억되었다.

짐이 베란다에서 입에 시가를 문 채, 눈앞에 펼쳐진 안마당과 이웃 마당을 경계 짓는 짙은 색 벽돌 벽을 시선으로 죽 훑으며 상념에 잠겨 있었다. 그런데 이 벽이 더는 땅과 직각을 이룬 것 같아 보이지 않았다. 그는 두 눈을 비볐다. 벽이 이상하게 천천히 기울더니 이윽고 아래로 곧장 무너지면서 둔탁한 소리와 함께 닭장이며 자전거들을 싸잡아 거대한 무더기를 형성했다. 먼지구름이 피어올랐다.

다음 날, 짐이 카트린을 품에 안은 채 잠자고 있는데 마룻바닥에서 벽으로 먼지가 피어오르는 듯한 기분이 들었다. 입 안에 들어온 카트린의 머리카락이 목구멍을 간질였다. 그는 눈을 번쩍 떴다. 그들의 머리 바로 위로 아름다운 연분홍색 안개가 소용돌이를 그리며 낮게 깔려 있었다. 그는 생각했다. '별 이상한 꿈도 다 있군!' 하지만 꿈이 아니었다. 방 안을 메운 짙은 연기가 창틈으로 스며든 햇살에 물든 것이었다. 오직 아래쪽, 마룻바닥 근처만 아직 말끔했다. 뭔가 타는 냄새에 결정적으로 잠이 달아난 짐이 카트린의 무게에 짓눌려 옴짝달싹할 수 없자 그녀를 깨웠다.

"카트린! 불났어."

카트린이 한쪽 눈만 뜬 채 연기를 코로 킁킁거리며 상황을 파악하더니 도로 눈을 감았다.

"카트린! 유리창이 깨지면 불이 방 전체로 퍼질 거야."

"잠깐만, 짐. 내가 어떻게 된 건지 알 것 같아."

"어떻게 된 건데?"

"우리의 엄청난 이렌느 언니가 쌓아둔 쓰레기 때문에 벌어진 사단이야. 언니가 격자 포장 상자 위에 가스 오븐을 올려놓고서 그 안에 솜이며 짚 따위를 잔뜩 채워넣은 채 방치한 지 5년째거든. 엊저녁에 요리할 때 우리의 엄청난 카트린, 혹은 우리의 엄청난 짐이 채 꺼지지 않은 성냥을 격자 상자 틈새로 떨어뜨렸을 것이고, 상자 속에서 슬금슬금 불이 붙은 걸 거야."

"가봐야 하는 거 아냐?"

카트린이 말했다.

"아, 지금은 할 일이 있는걸……."

그녀는 도로 눈을 감으며 잠을 청했다.

짐은 픽 웃지 않을 수 없었다.

하지만 연기가 매캐해지자 그들은 달려가 상자에 물을 부었고, 그래도 소용없자 힘겹게 상자를 끌어내 창문으로 던져버렸다. 진화 작업 내내 카트린은 알몸이었고 어느 때보다 능숙하고 유능했다.

어느 날 밤늦은 시각에, 얼근히 취기가 돈 남작 두 명이 카트린을 찾아왔다. 짐은 침대에서 일어나고 싶지 않았다. 카트린 혼자 그들을 맞았다. 그들의 농지거리가 침대에 있는 짐에게까지 들려왔다. 그들은 카트린에게 갖가지 제안을 해 댔는데 그중에 압권은 그녀의 프랑스 애인을 창밖으로 내던져버리면 어떻겠느냐는 것이었다. 짐은 어쩌나 보기 위해 거실로 나가볼까도 잠시 고민했지만 옷을 입는 것이 적잖이 귀찮아서 단념했다. 카트린은 이 담소를 즐겼고 적당량의 알코올로 대화를 키웠다. 짐은 카트린을 위해서 그녀가 리큐어를 마시는 것도 남작들과 노닥거리는 것도 마뜩잖았다.

방문객들이 떠났다. 짐이 부드럽게 속내를 이야기하자 카트린이 이를 곡해했다. 두 사람의 가치관과 성급한 성격이 충돌했다. 순식간에 폭풍우가 몰아쳤다. 카트린이 질베르트를 들먹거리자 짐이 대꾸했다.

"질베르트는 곧 줄이야."

카트린이 반격했다.

"질베르트는 곧 알베르야."

이때부터 싸움이 저열해졌다.

며칠간 묵으러 왔던 줄이 극장에서 돌아와 옆방으로 자러 들어가는 소리가 들렸다.

카트린이 외쳤다.

"줄이나 당신이나 할 것 없이 둘 다 허우대 멀쩡한 정신

병자들이야! 아무리 똑똑하게 알려주면 뭐해, 늘 못 알아듣고서 자기들 마음대로 해석하는걸."

짐이 물었다.

"예를 들면?"

과하게도 마시지 않은 알코올이 작용한 탓이었을까? 카트린은 끝을 보기로 작심했다.

"예를 들면…… 작년에 당신이 떠나기 전날 오후에 혼자 영화 보러 간 적 있지? 내가 그날 일기에 이렇게 썼잖아. '나는 해롤드네 집에 갔다. 그가 두 손을 나의 양쪽에 얹었다. 나의…… 양…… 쪽에…… (카트린은 이 말을 되풀이하며 시선으로 손을 가리킨 뒤 이어 상상의 해롤드를 향해 고개를 쳐들었다).' 이래도 못 알아듣겠으면, 어떻게 알려줄까?"

카트린은 그들의 커다란 침대에서 무릎을 꿇은 채 머리칼이 헝클어진 고개를 빳빳이 쳐들고 있었다. 그녀와 짐의 시선이 서로에게 붙박였다. 짐은 그녀의 눈 속에서 방금 한 말이 사실임을 읽었다.

그러니까 그녀는 짐의 신뢰감이 한창 굳건하고 그들의 사랑이 한창 뜨거울 때 그런 짓을 벌였고, 서로 과거를 청산하는 고백을 주고받았음에도 이 숨겨둔 독을 고이 품고 있던 것이다.

짐의 가슴속에서 무언가가 벽처럼 허물어졌다. 동시에 오른손에 감당할 수 없는 힘이 쌓였다. 그는 카트린의 얼굴을 시원하게 갈겼다. 그녀가 침대에 대각선으로 나동그러졌다. 그녀의 옴폭 들어간 양허리가 드러났고 짐은 그가 좋아했던 이곳을 각각 철썩철썩 때리며, 늘 그랬듯 그 살의 탄력성에 놀랐다.

카트린이 비명을 밀어냈다.

문 두드리는 소리가 들렸다.

바깥에서 줄의 목소리가 이어졌다.

"무슨 일이야? 혹시 내가 필요해?"

카트린이 황급히 몸을 일으키며 대꾸했다.

"아니야! 됐어. 고마워, 줄!"

부어오른 그녀의 얼굴이 기쁨으로 빛났다.

그녀가 헐떡거리며 짐에게 외쳤다.

"드디어! 드디어 내가 맞을 짓을 했을 때 감히 날 때릴 수 있는 남자가 나타났군! 당신은 날 사랑해, 짐!"

카트린은 짐의 가슴에 얼굴을 묻었다.

짐이 카트린을 밀어내는 것은 오래가지 않았다. 하지만 해롤드의 두 손은 그의 머릿속에 영구히 잠재했다. 위기가 찾아들 때마다 그는 생각했다. '대체 이 여자는 나한테 또 뭘 숨기고 있을까?'

카트린은 며칠 동안 양쪽 옆구리가 아팠고 얼굴이 퉁퉁 부은 채로 시내를 돌아다녔다.

짐은 그가 가한 것보다 훨씬 강력한 펀치로 얻어맞았다. 그도 맞복수의 원칙을 적용해야 할까?

머잖아 기회가 찾아왔다. 카트린이 공증인과의 약속 때문에 하루 일정으로 언니 집에 갔고, 이렌느가 약삭빠르게 반대 일정을 잡았다. 즉 카트린이 그녀의 시골집에서 그녀의 메모를 발견할 즈음에 그녀는 카트린의 집으로 와 짐 앞에 나타난 것이었다. 정오였고, 짐은 이렌느에게 점심을 대접하지 않을 수 없었다.

이렌느는 풍만한 가슴을 돋보이게 하는 여름 원피스에 그녀의 이전 수집품들과 크게 구분되지 않는 낭만적 스타일의 모자를 썼다. 그녀는 쾌활했다. 얼마 전 충동적으로 예쁜 평원과 숲이 우거진 언덕을 과도한 금액으로 사들였다가 식구들한테 한소리 들었는데, 땅값이 급격히 뛰는 통에 이 구매가 빛나는 사업 수완이 된 터였다.

짐과 이렌느는 길을 거닐다가 분홍색 장미를 싣고 다니며 판매하는 차와 마주쳤고, 짐은 별 뜻 없이 이렌느에게 꽃 한 다발을 선물했다.

그녀는 카트린에 비해 뭔가 종속적이고 응석받이 기질이 강했다. 그녀가 자기 집(이 저택은 그녀의 집이었다)의 두 침실 중 하나를 쓰겠다는 의사를 밝힌 뒤, 특정 영화를 지목하며 보러가고 싶다고 말했다. 짐은 별수 없이 극장에 같이 가

자고 했고, 그녀는 그렇다면 저녁 식사를 위해서는 '동네'에 있는 괜찮은 식당을 소개도 해줄 겸 거기로 가자고 제안했다. 자연스럽게 합의가 이루어졌다.

차를 마시는 동안 이렌느는 카트린에 대해, 그들의 어린 시절과 모든 면에서 대조적인 그들의 가치관에 대해 이야기했다. 자매는 서로 존중했지만 모든 것에서 의견이 일치하지 않았다. 심지어 사랑에조차.

사랑 얘기가 나오자 짐은 다가올 밤에 대비해서, 자기는 웬만한 경우 정절을 지키며 특히 적어도 카트린한테는 정절을 지켜왔노라고 못 박아두는 것이 신중하리라고 생각했다.

"멋져요!"

이렌느가 도전적인 미소를 띠며 말했다. 짐은 그녀가 즐기기로, 그를 끝까지 공략하기로 작심했다고 느꼈다. 그녀한테서는 섬 향기가 풍겼고, 그녀의 코와 턱은 카트린의 코와 턱의 여성스런 버전이었다.

아닌 게 아니라 이렌느라면, 카트린에게 얼마나 멋진 복수가 될 것인가! 이번에는 그가 그녀의 가장 아픈 곳에 칼을 꽂을 수 있을 터였다. 이게 어떤 짓인지 그녀가 깨닫게 하기 위해, 해롤드의 벌어진 두 손을 지워버리기 위해! 정절 선언을 한 지 채 몇 분도 지나지 않아 짐은 정신적으로 이렌느에게 자신을 바쳤다. 뿐만 아니라 당장에라도 실제로 자신을 바치고 싶었다. 영화도 저녁 식사도 생략한 채.

그들은 이미 한마음이 되어 집으로 돌아왔다.

그들이 누구를 발견했을까? 창백한 안색에 빨간색 비단 잠옷을 입고 피아노 앞에 앉아 아이처럼 열심히 베토벤의 소나타를 치고 있는 여자는?…… 바로 카트린이었다.

집을 하루 비우겠노라는 이렌느의 편지를 발견한 카트린은 자기 언니와 자기의 짐에 대해 잘 아는바, 그 즉시 공증인도 만나지 않고 점심도 하지 않은 채 그날로 그녀를 시내에 데려다 줄 유일한 기차를 타고 돌아와, 그들을 기다렸다.

카트린의 매몰찬 공격에 이렌느는 여유 있게 대응하지 못했다. 자매의 싸움에서 카트린이 우위였다. 이렌느는 조용히 자기 방으로 물러나 전화로 다른 기사를 호출했다.

카트린은 짐에게 예외적으로 관대했다. 그가 아직 아무 짓도 저지르지 않은 만큼 그를 이해하고 용서했다. 그녀는 아이가 사달라고 보채는 제과점 과자를 금지시키고 대신 집에서 만든 과자를 주는(울어선 안 되었다, 자기가 먹는 것이 자기한테 제일 잘 맞는 거라는 걸 알아야 했다) 젊은 엄마처럼, 그에게 몸을 숙여 자신의 보물들을 내주고 그를 찬찬히 관찰하면서 그가 이렌느에게 품었을 모든 욕망을 야금야금 탈취했다.

이로써 짐의 맞복수 없이 그들 간에 평화가 성립되었다.

IX
검은 산책

짐과 카트린은 시골집으로 돌아왔다. 봄이 가고 여름이 왔다. 이혼이 성립되었다. 카트린과 짐이 줄의 성을 따르지 않을 아이를 가질 수 있는 날이 다가오고 있었다. 국제결혼 절차가 복잡하고 까다로운 시대였다. 짐은 생각했다. '상관없어, 지금 애를 갖는다 해도 애가 태어날 즈음엔 혼인이 성립됐을 테니까.'

짐과 카트린은 두 딸과 함께 산책에 나섰다. 한 보헤미안이 마을 가까이에 있는 울타리에 자기가 키우는 원숭이 두 마리를 넣어 놓았다. 두 딸이 원숭이들에게 땅콩을 주기 위해 울타리 안으로 들어가자 그중 큰 놈이 리스베트의 어깨에 뛰어올라 땅콩을 빼앗고 머리칼을 잡아당겼다. 짐이 리스베트를 돕기 위해 가시철조망을 뛰어넘으려는데 카트린이 이미 철조망 밑으로 미끄러져 들어가 원숭이를 쫓아버렸다. 짐은 생각했다. '빠르기도 해라!'

저녁 식사 때, 동굴 속이나 바다 밑 깊은 곳에 사는 짐승들이 화제에 올랐다. 카트린이 딸들에게 말했다.

"세상에 괴물 따윈 없어, 괴물은 자기가 남한테 괴물인 줄도 모르거든. 괴물도 우리처럼 죄가 없고 우리처럼 자기

자식을 사랑해. 그냥 신이 그렇게 만들어놓은 것뿐이야. 뱀
도 도둑도 살인자도 다 신이 만든 거야."

모두들 괴물을 측은해했다.

그들이 다 같이 몰려가 구매를 하고 난 스포츠용품점에
서, 카트린은 작정하고 작은 나침반을 하나 훔쳐 딸들에게
자랑스럽게 보여주었다.

짐이 말했다.

"위험한 버릇이야."

카트린이 대꾸했다.

"굉장히 재밌는걸. 게다가 다른 물건은 죄다 값을 지불
했잖아!"

마침내 아이를 가져도 되는 합법적인 날이 시작되었다.
짐과 카트린은 이 고대했던 자유에 거의 경이로운 기분마저
들었다. 그간 오직 한 가지 목적만을 위해 음식도 조심하고
건전한 생활 방식을 준수하며 준비해온 터였다. 그들은 경건
한 마음으로 아이를 만들었다. 밤에 정원에서건, 아니면 서
툰 그림으로 장식된 기둥 침대가 있는 그들의 소굴에서건, 그
들은 자유롭고 거칠 것 없는 두 마리 짐승이 된 기분이었다.

그날이 왔다. 카트린이 임신하지 않은 것을 확인한 그들
은 적이 놀랐다. 줄이 부드럽게 놀렸다.

카트린이 말했다.

"골프 같은 거야. 너무 자신만만하면 공이 엉뚱한 데로 간다니까."

따라서 짐과 카트린은 좀 더 겸손한 자세로 다시 시작했다. 그들은 본능에 굴복한 아담과 이브였다.

한 달 뒤, 그들은 다시 한 번 '신이 그들의 결합을 축복하지 않았다'는 것을 확인했다.

이번에는 그야말로 충격이었다.

그들은 전문의를 찾았고 그들의 생식력이 정상이라는 소견을 들었다. '정상'이라는 단어는 그들에게 거의 모욕으로 들렸다. 이 분야에서 평균 수준으로 만족해야 한다는 것은 그들에게 고통이었다. 의사가 기다릴 줄 알아야 한다고, 이런 일은 예측 불가능하다고, 숱한 부부들이 수개월이 지나서야 아이를 얻는다고 타일렀다.

카트린과 짐은 참는 법을 익혔다. 그들은 다시 일하기 시작했다. 카트린은 그림을 그리고 짐은 글을 썼다. 그들은 숲속으로 들어가 사랑을 나눴다. 짐이 수정 가능성을 높이기 위해서 카트린을 거꾸로 들어 올려 땅콩 자루를 다지듯 살살 흔들었다. 그들은 풀밭과 돌과 나무와 별들 속에서 형제가 된 기분이었다.

다음 달거리가 짐과 카트린에게 다시 한 번 실망감을 안겨주었다.

줄이 그들에게 말했다.

"자식? 그건 곧 생길 거야, 하지만 아무래도 당신네들 전공은 아닌 것 같아."

카트린은 집안 분위기가 수정에 이롭지 않다고 생각했다.

10월이 시작되었다. 짐과 카트린은 공기 맑고 순례 행렬이 끊이지 않는 유서 깊은 도시로 떠났다.

부모가 되겠다는 그들의 소명을 의혹이 갉아먹기 시작했다. 줄마저 아이를 금세 얻지 않았던가. 그들은 혼인절차를 계속해서 진행해야 했으나 카트린이 잊어버리고 서류를 가져오지 않았다. 짐은 이를 어떤 단서로 해석했다.

짐은 카트린이 예전에 임신했던 모습을 담은 사진이나 당시에 대한 줄의 증언으로 미루어, 임신했을 때야말로 카트린이 가장 카트린답다고 생각했다. 짐은 동그랗게 배부른, 풍요롭고 평화로운 카트린에게 헌신하고 싶은 마음이 간절했다. 그들 사이에, 그들의 포옹으로도 그 순간만 잠시 채울 뿐인 공백이 생겨났다.

물론 그들은 이전과 다름없이 생을 즐겼다. 장총이나 고무줄 총을 갖추고서 절대로 진짜 맞히는 법 없이 까마귀 사냥을 다녔고 어깨동무를 했다. 하지만 그들은 다음번에 실망할 준비를 하고 있었다. 그 이후에는 어찌할 것인가?

'아이를 못 낳는다면 결혼은 해서 무엇해? 아이들이 태어나면 누구랄 것도 없이 죄다 아름다울 것이고 커다란 집 안이 북적거릴 텐데. 아이들, 줄, 두 딸들, 마틸드로 꽉 차겠지……. 놀러올 친구들을 위한 손님방도 있을 테고……. 만일 아이가 안 생긴다면 카트린은 다시 바람을 피울지도 몰라.'

이것이 짐의 은밀한 속내였다.

그들은 정말 다시 일하기 시작할 것인가? 그것도 그들이 아이들을 성공하게끔 기르기 위한 것이 아니었던가?

카트린은 카트린대로 드러내지 않는 속내가 있었다. 그녀는 이따금 홀로 바에 가서 커피를 마셨다. 어느 날, 그녀가 짐을 바로 데려가 권투 사범을 소개했다. 왜소하고 민첩하며 활기 넘치고 약빠른 사내였다.

그들은 도장으로 가서 연습 경기를 가졌다. 짐은 사내에 맞서 딱 한 번 혹을 날려본 뒤 정신 못 차릴 정도로 수차례 얻어맞고 나서, 사내의 기민한 몸놀림과 기술에 기꺼이 경의를 표했다.

권투 사범은 그간 카트린에게 카드게임에서 상대를 속이는 녹록지 않은 기술을 가르쳐왔다. 카트린은 재능이 있었다. 짐은 전혀 그렇지 못했다. 카트린이 편안해하는 이 바의 분위기가 짐에게는 영 마뜩잖았다.

어느 날 저녁, 식사를 마치고 나서 불행한 기분에 젖은 짐은 카트린이 혼자 침실로 올라가게 내버려둔 채, 거실에서 경제신문을 훑었다. 카트린과 짐은 그들의 빈약한 재산을 긁어모아 성공 가능성이 있어 보이는 주식에 투자한 터였다. 이걸 바로 되팔아야 할까? 짐은 침실로 올라갔다. 자고 있을 줄 알았던 카트린이 옷을 차려입고 화장을 하고서 외출할 기세였다. 눈빛이 웃고 있는 동시에 굳어 있었다. 그녀가 짐에게 같이 가겠느냐고 물었다. 형식적인 질문이었다. 그가 감기에 걸렸기 때문이다. 그녀는 30분 뒤에 돌아오겠다는 말을 남기고 외출했다.

한 시간 남짓 지났을 무렵, 짐은 시간을 세는 것을 멈추었다. 어떤 예감이 엄습했다. 카트린은 미꾸라지처럼 빠져나간 것이었다. 두 시간이 지나자 그는 몹시 불안해졌고, 세 시간째에 육박하자 카트린이 그녀의 표현대로 '돌이킬 수 없는' 일을 벌이러 갔다는 확신이 들었다. 짐은 돌로 사랑의 피라미드를 쌓다가 허물기 시작했다. 나중에 그가 수첩에 빼곡하게 써넣은 이날 밤의 기록은 수 페이지에 달한다. 온몸에서 열이 나고 윙윙거리는 소리가 귀를 괴롭혔다. 이 상태로는 카트린을 뒤쫓아나갈 수 없었고, 그러고 싶지도 않았다. 카트린은 그의 병을 용납하지 않았다. 바로 그녀가 아플 차례였기 때문이다.

카트린은 짐에게 생각할 시간을 넘치도록 주었다. 새벽 2시가 되어서야 만면에 미소를 띠며 나타났으니 말이다. 그녀는 '권투 사범과 그의 친구들과 대대적인 카드게임을 했다'

고 말했다. 짐은 그녀를 때리고 싶었으나 그럴 힘도 확신도 없었다. 그저 피하고만 싶었다.

그는 카트린에게 권투 사범이 그녀한테 나쁜 영향을 끼칠까 두렵다고 말했다.

"내가 권투 사범한테 우리의 불행에 대해 얘기했어. (짐은 소스라쳤다.) 그랬더니 당신 모르게 자기가 날 임신시켜주겠다고 하더라고. (짐에게는 더없이 끔찍한 얘기였다.) 하지만 난 당신 아이를 가질 거야."

카트린은 이 마지막 말을 짐을 향해 눈을 치뜨며 내뱉었고 짐은 그녀를 믿었다.

11월 하순으로 접어들었다. 혼인신고 절차가 순탄치 않았다. 늘 새로 구비해야 할 서류가 생겼다. 그들은 여전히 결혼을 원하는 걸까? 눈이 내렸다. 호텔의 난방 상태가 열악했다. 짐과 카트린, 그들 둘 다 '집'을 그리워했지만 같은 곳이 아니었다. 그들은 다시 한 번 아이가 그들에게 허락되었는지를 기다렸다. 만일 그렇기만 하다면 순식간에 모든 것이 원상 복구되련만!

이틀 뒤, 그들은 또다시 카트린이 임신하지 않았음을 확인했다.

쥘이 고향의 자기 어머니 집에서 편지로 카트린을 불렀

다. 짐은 그녀가 줄에게 보낸 편지 내용에 대해 아는 바가 없었다. 고통에 시달리던 짐은 학생 때 쓰던 침대에 누워 어머니의 보살핌을 받고 싶은 마음이 간절했다.

그들은 미래에 대해 아무것도 멈추지 않은 채, 각자의 집으로 돌아가기로 결정했다.

그날이 왔다. 카트린은 여행 가방들까지 이미 보관소에 맡겨놓은 상황에서 출발을 하루 연기한 채, 짐을 이끌고 눈 녹은 벌판을 가로지르며 기나긴 산책에 나섰다. 예전에 그들의 사랑의 서곡이 되었던 산책에 버금가는, 길이길이 기억될 산책이었다.

다만 이 산책 내내, 카트린은 짐과 그녀 자신에 대해 토로하며 그간 쌓아두었던 원한을 냉정을 잃지 않은 채 죄다 쏟아냈다. 그녀가 짐을 이기주의자에 인색하기 그지없고 너무 조심스럽기만 하다고 비난했다. 짐은 진실도 있지만 근거 없는 '모독'도 섞였다고 생각했다. 그녀의 비난은 총체적으로 명료함과 창작의 본보기였다. 이야기가 그들이 이 작은 마을에서 함께 보낸 마지막 한 달에 이르자 카트린은 더는 자제하지 못하고 폭발했다. 특히 짐이 혼인신고 절차에 보인 뜨뜻미지근한 태도에 분노했다. 짐은 깜짝 놀랐는데 자신이 준비한 서류가 외려 카트린이 준비한 서류보다 덜 허술하다고 여겼기 때문이다.

마지막으로 카트린은 이제껏 우롱당한 기분이고, 지금

으로서는 오직 줄의 너그럽고 자상한 보살핌을 받고 싶은 마음뿐이라며 말을 맺었다.

짐은 대꾸하고 싶은 말이 많았으나 깊이 생각해보는 것이 낫겠다고 판단했다. 어쨌든 그는 그녀에게 아이를 갖게 하지 못했으니까. 그가 틀렸다.

짐과 카트린은 기차역 바로 옆에 붙은 작은 호텔의 좁고 딱딱한 침대에서 이 마지막 밤을 보냈다. 둘 다 더는 아무 말도 하지 않았다. 그들은 왠지 모른 채 한 번 더 서로를 안았다. 어쩌면 마침표를 찍기 위해서였을까. 그것은 장례식 같았고 그들은 이미 죽은 사람들 같았다.

짐은 처음으로 미동도 하지 않는 차가운 카트린을 마주했다. 그는 마지못해 그녀를 가졌다.

짐이 카트린을 기차로 데려갔다. 그들은 손수건을 흔들지 않았다.

짐은 카트린이 줄한테 가는 것에 행복했다. 그들의 실패가 그녀를 줄에게 되돌려놓은 것이!

카트린이 떠났다. 그는 그녀를 붙들어놓지 못했고, 더는 그러고 싶지도 않았다. 끝난 것일까?

짐은 혼자가 되었다. 가슴 한 토막을 베인 기분이었다. 그는 크게 심호흡했다. 허파 안쪽이 깨물린 것처럼 따끔거렸다.

카트린은 짐이 자신과 같기를 원했고 거기에 더해 줄의 장점과 그 밖의 다른 것들까지 원했다. 짐은 카트린에게 루시의 안정성과 반듯함을 기대했다.

그들은 합리적이지 않았다.

III
세 상   끝 까 지

I
파경?

짐은 골골한 채로 파리의 어머니 집에 돌아왔다. 그는 학생 때 쓰던 침대에 누워 뼈가 욱신거리는 고통과 고열에 시달리며 석주 동안 앓았다. 폐의 따끔함이 가셨다. 그는 자리를 털고 일어나 외출했다가 도로 쓰러져 한 달을 누워 지냈다.

총명한 그의 주치의가 그를 보지 못했던 지난 1년 동안의 삶에 대해 물었고, 그는 간략하게 대답했다. 그가 결코 잘 감당하지 못했던 마지막 몇 주를 제외하고는. 의사가 말했다.

"과로가 한계에 이른 겁니다. 선생은 과도한 행복감 속에서 온갖 관계를 경험했어요. 세포들이 파업을 해서 선생을 억지로 완전하게 휴식시키는 거랄까요. 당분간은 공기 변화나 조그만 이상 기류에도 영향을 심하게 받을 겁니다."

병상에서 지난 8개월을 돌이켜보니 기쁨도 넘쳤지만 탈진에 가까운 노력도 기울인 세월이었다. 카트린과의 휴전은 불가피했다.

짐은 카트린과 줄에게 안부를 묻는 편지를 썼다. 카트린은 줄의 자상함을 극찬하는 짤막한 답장을 보냈다. 그중 한 문장이 모르는 남자에게 문을 활짝 열어놓은 듯한 낌새를 풍겼다. 줄은 그들에게 영향을 끼치고 싶지 않다는 조심스런 답장을 보내왔다. 그는 카트린과 짐이 단순히 싸운 것 이상인지 파경 중에 있는 것인지 모른다고 했다. 짐은 카트린과 줄이 과연 부부생활을 했을 것인지 자문하며 줄을 위해 그랬기를 바랐다. 카트린은 알베르나 해롤드, 아니면 다른 누군가를 다시 만났을까? 짐은 그럴 거라고 짐작했다. 그는 현재 자신의 상태가 카트린과 자기 사이를 가로막는 보호막이 된 듯한 기분이었다.

겨울이 성큼 다가왔다.

카트린한테서 놀랍고 간단한 편지가 왔다.

임신한 것 같아. 어서 와.

짐은 생각했다. '누구 애를?'

그는 여전히 병상이었고 다시 쓰러진 이후 회복 기미가
없었다. 그는 카트린에게 사실대로 답장을 보냈다. 더구나 그
는 아마도 다른 남자의 애를 가졌을 카트린을 보러 가고 싶은
마음도 없었다. 그들의 한창 불타오르던 사랑도 해내지 못한
일을 남루한 마지막 작별 인사가 해냈을 리 없지 않은가.

줄이 짐에게 짤막한 편지를 보냈다. 카트린이 짐을 보고
싶어 하고 그가 아프다는 것을 믿지 않는다는 것이었다. 짐
은 울화가 치밀었다. '남도 다 자기 같은 줄 아는 여자라니까.'
그는 그들의 과거와 권투 사범, 그리고 이별 직후 카트린이
그에게 보낸 첫 편지로 미루어 아이(정말 임신한 거라면)의 친
부 정체가 의심스럽다는 답장을 보냈다.

운명이 그들의 문을 두드렸다. 똑, 똑, 똑, 똑.

그들 사이에 귀머거리 같은 엇갈린 대화가 오갔다. 편지
가 서로에게 닿으려면 대략 사흘이 걸린다. 짐은 의문을 표
시하는 편지를 부치자마자 후광이 진짜로 반짝거리는 카트
린의 편지를 받았다. 그것은 마침내 임신하여 신께 감사드리
는 젊은 여자의 글이었다. 그녀는 짐에 대한 확신으로 그녀
자신을 위해, 그녀의 신념을 위해, 이 아이와 함께할 그녀의

미래를 위해, 짐한테만 몸을 허락했다는 것이었다. 짐은 내용은 물론이거니와 그 순수하고 몸 사리지 않는 어투에 가슴 뛰는 감동을 받았다. 그에게는 그녀가 순백의 양처럼 느껴졌다. 그는 답장을 보낸 뒤, 두 발로 설 수 있을 만큼 회복되는 즉시 그녀한테로 떠날 채비를 했다.

그사이 카트린은 의문을 표시하는 딱딱한 편지를 받았고, 이것이 그녀의 달콤한 편지에 대한 짐의 답이라고 생각했다. 처참해진 그녀는 다시 분노했고 말벌처럼 짐을 공격하는 이별 선언의 편지를 보냈다.

편지를 부치기 무섭게 카트린은 그녀의 편지에 설득당한 짐의 감미로운 편지를 받았다. 곧 오겠다는 내용이었다. 그녀는 처음으로 짐이 아프다는 것을 믿었고 애처로움을 느꼈다.

하지만 거친 이별편지를 받은 짐이 또다시 이 이별을 확인하는 답장을 보냈다.

"오른쪽으로 노를 저어, 모두!", "왼쪽으로 노를 저어, 모두!" 그들은 폭풍에 휩싸인 그들의 배를, 쓸모없는 확성기 같은 그들의 펜으로 과격하게 진두지휘했다.

예전에 그들은 서로를 만지지도 못한 채 목소리만 듣는 것이 두려워 절대 전화하지 말자고 약속했었다.

검으로 흥한 자 검으로 망하리라. 그들은 커다란 검으로 무장했었고, 무장하고 있다.

하지만 자비로운 미소를 보이는 자는 자비로운 미소로 구원받을 터였다. 그들은 자비로운 미소를 보였고 여전히 자비로운 미소를 보이고 있다.

겨우내 지키던 병상에 여전히 누워 있던 어느 날이었다. 짐은 이날, 열이 내리자 베개에 등을 기대고 앉아 곧 엄마가 될 카트린을 생각했다. 언젠가 그녀가 상점에서 장난삼아 배를 부풀려 뒤뚱거리며 걷는 시늉을 한 적이 있었다. 또 한번은 캔버스에 고불거리는 금발이 마구 헝클어진 아주 어린 사내애의 얼굴을 스케치하기도 했다. 그들의 아기를 품에 안은 카트린의 모습을 상상하자 짐의 눈에 눈물이 차올랐다. 그는 병문안 온 사람들의 말을 건성으로 들었고 엉뚱한 대답을 했다. 그들은 그의 상태를 걱정하며 그를 그의 여자와 그의 아이의 환영 속에 홀로 둔 채 떠났다.

암흑이 짙던 시기에 카트린은 이렇게 썼다.

빨리 와. 혹시 알아? 아직 아이를 볼 수 있을지?

이 '혹시'는 협박일까? 그는 그나마 남아 있던 힘마저 꺾이는 기분이었다. 이 '혹시'에 모험을 걸 수는 없었다.

그들의 모든 것이 쇠락하고 있었다.

카트린이 파리에 있는 짐의 집에 오게 되었다. 두 사람의 관계를 아는 짐의 모친이 그들의 삶의 방식을 용납하지 않았고 이런 감정을 숨기지 않았다. 짐은 두 여자의 접촉이 두려웠다. 카트린이 크게 상처받을 터였다. 짐이 처음 얼마간은 집에서 가까운 호텔에서 지내면 어떻겠느냐고 제안했고, 카트린은 이를 크게 곡해했다.

그들은 이제 길에서나 우연히 마주칠 운명에 처했다.

보다 못한 줄이 카트린과 재혼하여 애를 기르겠다고 자청했다.

짐은 생각했다. '아, 인간사 법도를 재창조하려는 시도는 아름답지만, 기존의 법도에 순응하는 것이 과연 편리하긴 하구나!'

이 끝없는 천국과 지옥의 되풀이에 지친 탓일까. 아이가 세상 빛을 보기도 전에 배 속에서 3분의 1의 생을 마쳤다.

짐은 줄의 짤막한 편지로 이 소식을 접했다. 카트린은 이제 짐과는 침묵하기를 원한다고 했다.

이렇게 해서 짐과 카트린, 그들 두 사람은 아무것도 창조하지 못했다.

짐은 이 갑작스런 임신 사유가 늘 궁금하던 차에 어느 날 주치의에게 물었고 이런 대답을 들었다.

"서로 잘 맞고 사랑에 불타는 부부가 오랜 기간 애를 못 갖다가, 어떤 특수한 상황, 이를 테면 싸우고 난 뒤 아내가 무감하게 임했다든가 할 경우 갑자기 애를 갖는 경우가 왕왕 있지요."

그들의 마지막 밤! 한줄기 서광이 짐의 머릿속을 밝혔다. 그는 처음으로 온전히 카트린을 믿었다.

그는 생각했다. '우리는 삶의 근원에 도전한 거야. 그걸 전투의 무기로 삼았고. 그래서 삶이 우리를 불임으로 만들고 자기의 파도 속에서 허우적거리게 한 거야.'

자세한 건 나중에 알게 될 터였다. 줄이 어느 날 이야기하고 싶어 한다면 말이었다.

짐은 점차로 만일 카트린과 그가 같은 민족, 같은 종교에 속했다면 불행을 피할 수 있었을지도 모른다고 믿게 되었다.

실제로 그들은 번역된 언어로만 소통했다. 그들의 말은 그들 둘에게 완전히 똑같은 의미가 아니었다. 심지어 표정과 몸짓까지. 그들의 사랑이 바스러지는 대참사의 순간에 그들의 삶에 대한 기본 원칙도 더는 똑같지 않았다. 질서나 권위, 또는 남자와 여자의 역할에 대한 개념이 근본적으로 달랐다.

그들은 무모했다. 그들은 '다리를 놓고' 싶어 했고, 그렇게 했다. 하지만 그들은 오만을 버리지 않았고, 그들은 사도가 아니었다. 어쩌면 그들의 아들이 그렇게 될 수 있었을 것인가?

카트린과 줄 또한 같은 민족이 아니었다. 카트린은 순수한 게르만 혈통, 즉 '싸움닭'이었고, 줄은 몇몇 절친한 친구들을 제외한 대부분의 사람들이 피하는 유대인이었다.

반년이 흘렀다. 짐은 원기를 회복했고 그의 터전인 파리에서 일했다.

6월, 줄이 카트린과 재혼했다고 알려왔다.

이렇게 해서 그들의 가정은 무너지지 않았다. 카트린은 알베르에게서 멀리 떨어진 채 줄과 남았다! 짐은 그들에게 축하를 전했다.

8월, 짐은 그들이 현재 살고 있는 그들의 고향에 갈 기회가 생겼다.

그는 줄에게 만날 수 있겠느냐는 편지를 보냈고 응낙을 받았다. 하지만 카트린은 그를 만나고 싶어 하지 않았다.

짐은 이것을 당연하게 생각했다.

II
하얀색 잠옷
햄릿의 나라에서

짐은 줄을 그의 고향에서 다시 만났다. 그들은 순식간
에 함께했던 시간들을 되찾았다. 모든 것이 너무나 간단했
다. 짐에게 줄이 그에게 어떤 의미인지 말하기란 불가능했
다. 예전에 사람들이 그들에게 돈키호테와 산초 판사라는 별
명을 붙였다. 짐은 오직 줄하고만, 예전에 카트린하고만 그랬
듯, 시간 가는 줄 몰랐다. 줄과 함께라면 아무것도 아닌 것으
로도 완벽하게 즐거울 수 있었다. 짐은 자기 시가보다 줄의
맛난 시가를 즐겼고, 줄을 처음 만났을 때부터 매순간 부지
불식간에 그에게서 배움을 얻었다. 줄은 짐을 자석처럼 끌어
당겼다.

줄은 힌두교의 위대한 신들에 대해 시를 썼다.

줄은 조금씩 카트린에 대한 이야기를 꺼냈다. 그는 그녀
가 자살할까 봐 두려웠다. 그녀가 권총을 샀기 때문이다. 그
녀는 마치 "누가 콜레라로 죽었네"라고 이야기하듯 "누가 자
살했네"라고 말하곤 했다. 그녀에게 자살은 불쑥 나타나 상
대를 파멸로 이끄는 요부처럼 거부할 수 없는 무엇이었다.

그녀는 짐이 왔고, 줄과 왕래하는 것을 알고 있었다. 그
녀는 줄에게 한정된 시간을 허용하여 그 시간 동안만 짐과

만나게 했다. 짐과의 만남으로 인해 줄의 가정생활이 변화되어선 안 되었다.

어느 날, 줄이 짐한테 집에 와서 차를 마시라는 카트린의 초대를 전했다.

그들의 집으로 가며 짐은 자문자답했다. '혹시 내가 카트린을 만나려고 일부러 이곳에 온 것은 아닐까?—그건 아니야.'

그는 카트린이 기가 꺾였고 과부 같다고 느꼈다. 그녀의 미소는 언젠가 그녀가 말했듯, '죽은 사람의 미소'였다. 그녀는 성숙해 보였고 회복기 같았으며 동작이 굼떴다.

차를 마신 뒤, 그녀가 짐을 줄의 커다란 서재로 데려가더니 말했다.

"올겨울에 나 혼자 이 방에 들어왔다가 이 책상에 앉아 있는 당신을 상상했어요. 그래서 상상의 당신을 조준한 다음, 방아쇠를 당겼죠. 총알이 여기, 책상에 튕겨 저기, 벽을 맞혔어요."

카트린이 짐에게 흔적이 남은 두 군데를 가리켰다. 줄한테서는 전혀 들은 바 없는 사건이었다.

그녀는 무기력한 표정이 되더니, 두 남자에게 다음 날 근처 호숫가로 산책을 나가자고 제안했다.

카트린이 하녀에게 말했다. "내 하얀 비단 잠옷 좀 싸줘요." 다음 날, 줄은 끈으로 묶은 이 작은 꾸러미를 하루 종일 손가락으로 들고 있었다. 짐은 처음엔 그 꾸러미가 어떤 역할을 할 것인지 궁금했지만 이내 잊어버렸다.

그들은 아름다운 나무들이 무성한 오솔길을 말없이 걸었다. 마치 운구 행렬이라도 따르는 것 같았다. 짐은 카트린이 안정되었다고 느꼈다. 그녀와 줄은 사이가 좋아 보였다. 그녀는 줄과 재혼했고 평온했다. 줄이 기차표를 사던 순간, 카트린이 처음으로 짐을 정면으로 응시했다.

그녀가 말했다.

"당신이 파괴한 거……"

짐은 무언가를 말하려다 포기했다. 그의 말은 중요하지 않을 터였다.

세 사람은 아주 작은 기차를 타고서 숲이 울창한 언덕 사이에 있는 호수에 당도했고, 호숫가를 따라 끝이 뚝 잘린 오솔길을 걸었다. 그들은 이 아름다운 오후 시간에 그렇게, 걸었다. 그들의 뒤를 그들 셋을 잇는 끈이 끊어진 채, 뒤따랐다.

짐은 카트린이 극도로 조심하면서 그에게 희망을 주고 싶어 한다는 인상을 받았다. 어떤 희망? 그들은 8개월 전 이별하기 전날 밤, 서로에게 속내를 바닥까지 드러냈고 이것은 그 이후에 오간 편지들과 마찬가지로 짐에게 여전히 유효했다.

그런 마당인데 그녀는 무엇을 원한단 말인가? 그는 대체 왜 온 것일까?

줄과 짐은 카트린의 멜랑콜리 앞에서 긴장했다. 사이렌의 노랫소리에 저항하기 위해 돛대를 꼭 붙드는 오디세우스의 심정이랄까. 짐은 카트린의 목소리에 꿋꿋하게 버텨야 했다.

해가 넘어가며 어스름이 짙어지자 돌연 호숫가 식당의 작은 전구들이 일제히 불을 밝혔다.

카트린이 무심코 제안했다.

"배가 고프네. 저기서 저녁 식사하면 어때요?"

그녀가 수풀이 우거진 오솔길로 접어들더니 호수와 연결된 골목으로 사라졌다.

거기, 등나무로 엮은 멋진 안락의자에, 해롤드가 앉아 있었다.

짐은 경악하며 생각했다. '멋지게 한 방 날렸군.'

카트린이 말했다.

"이런, 해롤드, 여기서 뭐해요?"

해롤드가 카트린의 손등에 키스한 뒤, 줄과 짐의 손을 차례로 빠르게 잡아 흔들면서 대답했다.

"바람 좀 쐬고 있어요."

카트린이 제안했다.

"우리랑 같이 식사할래요?"

해롤드가 대답했다.

"좋지요, 단 지금 바로 하면요."

"시내에서 데이트 약속이라도 있어요?"

"글쎄요……."

그들은 원탁에서 식사했다. 카트린이 줄을 마주하고서 해롤드와 짐 사이에 앉았다.

짐은 혹시 카트린이 그를 직접 응징하기 위해 호수에 던져버릴 음모를 꾸민 것은 아닌지 자문했다. 그렇다면 방어하리라.

세 사람의 모국어로 이루어진 그들 간의 대화는 재기 넘쳤고 빨랐다. 짐이 모르는 단어들이 속출했고 짐은 더 이상 대화에 끼려고 노력하지 않았다.

해롤드, 이 잘난 사내가 짐 앞에 버젓이 앉아 있었다. 그는 줄과의 첫 결혼식 전날 카트린을 가졌고, 짐이 처음으로 떠나기 전날 극장에 간 동안 또다시 카트린을 가졌다. 해롤드는 카트린의 복수 해결사였다. 짐은 해롤드를 더 잘 알기 위해 기꺼이 그와 권투로 맞붙고 싶었다. 그는 권투 장면을 상상했다.

해롤드와 카트린은 리큐어를 마셨다.

식사가 끝난 뒤, 네 사람은 숲 속을 활기차게 걸었다. 카트린이 신발에 들어간 조약돌을 빼내느라 잠시 짐의 팔을 붙들었다. 이것은 무슨 뜻이었을까?

귀가, 기차역, 작은 기차, 도시. 네 사람은 걸어서 공원 주위를 돌아 해롤드의 집 앞에 멈춰 서서는 작별 인사를 했다. 카트린이 해롤드와 가볍게 악수한 뒤 줄과 짐에게 다가왔다. 이제 셋이서 함께 집으로 돌아갈 터였다. 이 모든 것이 무얼 의미하는가?

카트린이 생각을 고쳐먹었다.

그녀가 줄에게 말했다.

"그 꾸러미 좀 줘."

줄이 카트린에게 꾸러미를 내밀었다. 포장 끈이 그의 새끼손가락 끝에 돌돌 감겨 있었다. 카트린이 그의 손가락에서 끈을 풀어 꾸러미를 집더니 해롤드에게로 가서 다정하게 팔짱을 끼며 그들에게 예의 바르게 인사했다. "잘들 자요!" 그녀는 해롤드와 함께 걷다가 커다란 현관문 안으로 사라졌다. 육중한 문이 그들 앞에서 쿵 소리를 내며 닫혔다. 그들, 줄과 짐은 어안이 벙벙한 채, 한동안 그 자리에 못 박혀 있었다.

짐이 말했다.

"또 한 방 멋지게 날렸군. 두 번째 연극이라. 하얀 잠옷의 역할이 바로 저거였군. 이건 또 상상도 못했네."

카트린은 그들 둘에게 동시에 펀치를 날렸다. 짐이 줄의 팔을 붙잡았다. 그들은 함께 걸었다.

짐이 탄식했다.

"어이쿠!"

줄이 조용히 흉내 냈다.

"어이쿠."

짐이 말했다.

"아마 저래야만 했겠지……. 다만 난 새로운 남자가 아니라 이미 써먹을 만큼 써먹은 해롤드한테 이 역할을 맡겼다는 게 좀 놀랍네."

줄이 대답했다.

"해롤드가 어때서? 오늘 밤에 완벽하더구먼."

그들은 브라스리에 들어가서 차가운 맥주를 마시고 기다란 버지니아 두 대에 불을 붙인 뒤, 카트린이 개입되지 않은 예전의 독신남들의 대화를 밤이 깊도록 이었다.

다음 날 정오, 짐은 아담하고 예쁜 호텔방의 침대에서 여전히 일어나지 않은 채였다. 그는 다가올 몇 달 동안의 계획을 세웠고 문학에 대해 생각했다.

호텔 종업원이 찾아와 전화가 왔다고 알렸다. 줄임에 틀림없었다. 짐은 복도 끝에 있는 전화 부스로 달려갔다.

"짐! 짐! 짐!"

카트린의 목소리, 뜨거웠던 예전 목소리, 신음을 흘리는 암사자 목소리.

"짐…… 간밤에 얼마나 끔찍했는지 알아? 그 판에 박힌 농담이라니, 대체 내가 왜 그 집에 갔던 건지……. 그 남자랑은 아무 볼일 없다는 걸 여실히 깨달았어! 그 생활 방식이며 정신 상태며, 나한텐 이제 죽은 남자야……. 꼭 사막에 있는 것 같았어. 짐, 죽을 것만 같더라. 당신 얘기를 했어, 당신을 찾았어, 짐. 거기 당신 맞아? 내 말 듣고 있어?"

"응."

"그럼 빨리 와."

카트린이 전화를 끊었다.

짐은 망설였다.

카트린이 거실에서 기쁨으로 눈을 빛내며 짐을 맞았다. 전날의 계획적인 우롱은 아랑곳없다는 듯이! 그녀는 확신과 짐을 향한 변함없는 사랑을 되찾았다. 그 사랑이 모든 것을 정화하며 찬란하게 솟아올랐다. 그녀는 이것에 대해 소상히, 심지어 짐과 거리가 먼 사항들까지도 천재적인 말솜씨로 그럴 듯하게 늘어놓았다.

짐은 지난겨울에 그들이 겪었던 고통을 상기하며 잠자코 듣기만 했다. 그는 흙무더기를 뿌려 이 사랑을 덮어둔 터였다. 그는 카트린이 말하도록 내버려두었다. 장광설 끝에 그녀가 부수적으로 덧붙였다.

"아이? 아이는 이제부터 얼마든지 가질 수 있어. 살면서 천천히."

이 말에 짐을 버티게 하던 마지막 둑이 무너졌다. 그녀는 그의 의견을 묻지 않았다. 결정권자는 그녀였다. 석유 표면에 단번에 불이 붙듯, 그들은 활활 타올랐다.

마침내 짐이 물었다.

"줄은?"

"줄은 우리 둘 다 좋아해. 아마 놀라지 않을 거야, 따라서 고통도 덜 받을 거고. 올겨울에 줄도 우리만큼 불행했어. 우리는 줄을 사랑하고 존중하면 돼…… 우리 식으로."

노크 소리에 이어 줄의 목소리가 들렸다.

"점심 해야지. 애들이 기다려."

카트린이 외쳤다.

"들어와, 줄!"

줄이 들어왔다. 짐과 카트린은 손을 잡고 있었다.

카트린이 그들의 결합에 줄을 동참시키기 위해 말했다.

"우리를 봐, 줄."

줄이 눈썹을 치떴다. 엄한 표정이었다. 놀란 것 같지는 않았다.

카트린이 말했다.

"줄, 짐도 우리와 함께 식사할 거야."

줄이 대답했다.

"알았어, 어서들 와."

딸들은 마틸드와 함께 엄마가 즐거워하자 덩달아 짐을

환대했다.

짐과 카트린은 줄의 집은 침범하지 않았다. 대신 줄의 인지하에 카트린이 자정까지 짐의 집에 머무는 경우가 많았다. 이 시간에 헤어지기란 그들에게는 정말이지 쉬운 노릇이 아니었다.

줄이 카트린에게 말했다.

"난 사람들이 나한테 성자라고 수군대는 거 달갑지 않아. 성자는 나귀처럼 부려먹기 그만이거든. 아니, 난 성자가 아니야! 하지만 별수 있어?"

카트린과 짐은 이 자발적인 속박 속에서 희열을 만끽했다. 9월이었다. 카트린이 짐에게 말했다.

"떠나자."

"어디로?"

"햄릿의 나라로."

두 사람은 가장 빠른 시간대의 급행열차에 몸을 실었다. 그들은 복도에 서서 그들이 통과하는 평원지대에 감탄하며 담배를 피웠다. 열차에는 흡연금지 표지판이 붙어 있었다. 감시원이 지나다가 그들에게 벌금을 물리고는 영수 책자에서 영수증 하나를 떼어내 주었다. 환율 차이가 컸던 덕분에 그들에게는 가벼운 벌금이었다. 그들은 다른 승객들과 마찬가지로 복도에서 계속해서 담배를 피웠다. 이따금 감시원이 지나다녔고 그는 그때마다 벌금을 다시 물렸으며, 흡연자들에게 이것은 일종의 놀이가 되었다. 감시원이 빙긋 웃으며 조용히 말했다.

"다음 주 월요일부터는 벌금이 오릅니다. 영수 책자도 새 걸로 바꾸고요."

짐은 이 남자에게 감탄했다.

열차가 덴마크 국경에 이르렀다. 그들은 사구들 사이에 드문드문 자리 잡은 작은 해수욕장들 중 한 곳에 내렸다. 늦가을의 화창한 오후였다. 식량 제한 법규에도 불구하고 호텔에서는 도저히 다 비울 수 없는 양의 스튜를 제공했다.

저 멀리서 북해의 물이 빠지면서 골이 패인 모래밭이 드러났다. 그것은 폭격을 받은 평원과 제법 깊은 운하들 사이에서 회전하는 거대한 뇌처럼 보였다. 밀물이 밀려오자 그들은 빠르게 넘실대는 물결 속에 몸을 담그며 물살을 몸 주위로 모았다. 카트린은 이렇게 물살에 둘러싸이고 싶어 했는데, 재미있기도 했고 옆에 있는 딱한 수영초보 짐을 돕는 것이 즐거워서이기도 했다.

카트린은 거하게 먹고 난 직후임에도 나체로 찬물에 뛰어들었고 짐에게 큰소리쳤다.

"난 아직 쥐가 나본 적이 한 번도 없어."

어느 날 아침, 그들은 수십 킬로미터로 길게 이어진 좁고 매끈하고 단단한 모래층을 발견했다. 모래층 끝자락에 작은 목제 구조물이 보였다. 그들은 그것이 무엇인지 정확히 알고 싶어 그 앞까지 걸어갔다. 말뚝을 세워 물 위에 지은 낚시용 오두막이었다. 반사경들이 부착된 오두막은 텅 비어 있었고, 그 앞에는 별세처럼 반짝거리는 손바닥 크기의 바닷새가 배를 보이고 누워 죽어 있었다. 반사경에 부딪힌 것 같았다. 짐은 생각했다. '이게 불길한 조짐이 아니기를!'

그들은 밀물이 밀려들기 직전에 호텔로 돌아왔다.

짐은 인적이 전혀 없는 모래층에서 카트린의 나신을 사진에 담았다. 짐은 그중 한 장을 특히 아름답다고 생각했다. 이제껏 보지 못한 모습이었다. 그들은 여행 경비가 바닥나자 이 사진을 코닥 사진공모전에 응모해볼까도 잠시 고려했지만, 아무리 뒷모습이라 하더라도 지인들은 광고판의 카트린을 알아볼 것이라는 생각에 단념했다.

쪽빛 하늘과 황토빛 모래 사이에서 열흘이 흘렀다. 그들은 이제는 예전 같았으면 오해로 번졌을 사소한 분쟁들을 다스릴 줄 알았다.

돌아오는 만원 열차에서 카트린이 부주의로 짐의 자리인 옆자리를 다른 이에게 빼앗기는 바람에, 짐은 그녀에게서 멀리 떨어진 복도에서 몇 시간이고 서서 가야 했다. 그가 박력 있게 자기 자리를 사수하지 못한 것에 그녀는 실망했을까? 짐은 그녀가 자기 자리에 다른 남자를 앉게 내버려둔 것에 놀랐지만 우선은 상이군인일 거라고 생각했고, 시간이 좀 지나자 자리를 내놓으라고 항의하기엔 너무 늦어버렸다.

짐과 카트린은 줄의 널따란 아파트에서 가족과 다시 만났다. 카트린과 두 딸과 마틸드가 짐에게 정식으로 아파트를 구경시켰다. 볕이 잘 드는 남향에 숲과 커다란 공터에 면한 집이었다. 카트린이 적시에 기회를 포착하여 구매했다. 그들은 짐에게 그 사연을 한바탕 늘어놓았다.

초기엔 구석에 있는 커다란 정사각형 방이 카트린과 줄의 침실이었다. 역시 정사각형인 바로 옆방은 줄의 서재였다. 그리고 거실, 식당에 이어 앞쪽에 다른 방들이 있었다.

카트린은 친구들을 불러 거하게 연회를 벌였고 줄은 연회가 너무 잦아 일에 방해될 정도라고 생각했다. 그는 거실에서 멀리 떨어진 순서대로 이 방 저 방을 전전하며 서재로 삼다가 급기야 제일 작은 방에 안착했고, 이어 줄과 카트린은 각방을 쓰게 되었다. 카트린의 사교생활에 치여 고립이 절실했던 줄이 마당에 면한 제일 작은 방을 골라 침실 겸 서재로 쓰겠다고 선언한 것이다. 이곳에서 그는 수도승이었고 지극히 조용히 있을 수 있었다. 카트린이 부르지 않는 한은 말이었다. 그는 카트린이 그를 보러 방에 오는 것은 좋아했지만 손님을 소개시키는 것은 달가워하지 않았다. 그들은 시골집에서 지낸 2년 동안 이 아파트를 세주었다가 지난가을에 다시 살러 들어왔다.

짐이 그들 삶의 일부가 된 이후로 줄은 카트린의 삶에 더 많이 연루되었다.

짐은 줄의 은둔처에 장시간 머무르며 줄의 신작의 한 대목을 경청하는가 하면 작품 번역을 도왔다. 카트린은 그들의 작업을 허용했다.

그 시간 동안 그녀는 무엇을 할까? 그녀는 커다란 흰 커튼에 입체파 경향이 두드러지는 상징주의 기법으로 짐과의 모든 이야기를 그렸다. 문외한들의 눈에는 일부 사실적인 세부묘사를 제외하고는 아무것도 파악되지 않았다. 하지만 짐은 카트린이 기다란 봉을 손에 들고서 그들이 이제껏 걸어온 이 경건한 여정에 대해 설명하자 나름대로 그림을 재구성할 수 있었으며 감탄을 연발하게 되었다.

카트린과 줄은 짐을 다시 그들의 가정에 입주시켰고 짐은 더 이상 호텔 신세를 지지 않았다.

카트린은 시골에 사는 여자 친구가 둘 있었고 이들을 짐에게 소개시키고 싶어 했다. 줄에 따르면 카트린은 이 친구들에 대해 자주, 과장을 섞어 이야기했다.

두 친구는 매우 대조적이었다. 하나는 경마대회에서 우승했고 다른 하나는 사회복지관 간호사였는데, 둘 다 독신이었다. 카트린은 짐이 이 둘 중 하나와 사랑에 빠져 나누는 대화를 상상하며 재미있어했고, 이것은 식사 시간에 줄과 아이들과 더불어 즐기는 놀이가 되었으며 카트린에게 점차로 가능성이 없지 않은 현실로 자리 잡았다. 그녀는 너그럽게도 짐을 두 친구와 번갈아 상상으로 결혼시켜보았고 짐은 허허 웃으며 카트린다운 짓이라고 여겼다.

카트린은 짐과 함께 승마선수의 집 계단을 올랐다. 가슴이 두방망이질 쳤다. 그녀는 복도에서 걸음을 멈춘 뒤 초인종을 누르기 전에 말했다.

"10초 뒤, 당신은 다른 여자를 사랑하게 될 거야."

그녀는 이 말과 함께 짐에게 키스했다.

승마선수는 씩씩하면서도 기품이 넘쳤다. 그녀가 칵테일을 내왔고 그들은 한담을 나눴다. 그녀에게는 무엇이 됐건 말과 관련 없는 것은 그다지 중요하지 않았다. 그들은 함께 연병장으로 갔다. 승마선수가 성깔 있는 암말에 올라타 점점 높아지는 장애물들을 뛰어넘었다. 멋진 구경거리였지만 짐은 아무 감동도 받지 못했고, 그녀는 그녀대로 말에 오르지 않는 이 남자에게 아무 관심 없었다. 그들의 만남은 여기까지였다.

"자, 다음은 앙겔리카야."

카트린이 선언했다.

카트린은 짐을 데리고 앙겔리카를 만나러 갔다. 완벽하고 명랑한 분위기의 실내. 앙겔리카는 똑똑하고 마음씨 고우며 자신의 일을 사랑하는 여자였다. 앙겔리카의 매력을 돋보이게 하려는 카트린의 노력에도 불구하고 짐은 앙겔리카에게 강한 인상을 받은 것 같지 않았다.

친구를 만나고 돌아온 뒤 카트린이 말했다.

"애가 너무 수줍어. 친해지면 괜찮은데. 시간이 좀 필요하지. 짐, 당신은 앙겔리카 어땠어?"

짐이 말했다.

"나름대로 완벽해. 만일 우리가 무인도에서 만났더라면 서로가 마음에 들었을 거고 가정을 꾸렸을지도 몰라."

카트린은 안도하는 동시에 실망했다. 줄은 이 모든 이야기를 짐보다 더 진지하게 받아들였다. 그는 이 이야기에 다양한 힌두교 신들을 결부시켰다.

줄은 많은 시간, 꽤 행복해 보였다. 짐과 카트린은 그런 줄을 그들보다 그들에 대해 더 잘 아는 부처 같다고 느꼈다. 줄은 나폴레옹의 모친 레티시아처럼 말하곤 했다. "언제까지나 그렇게 계속된다면!"(레티시아가 아들 나폴레옹이 전쟁에서 승리하던 시절을 회상하며 하던 말—옮긴이)

줄은 태도를 거짓으로 꾸밀 때만큼은 짐보다 더 카트린을 잘 다뤘다. 그들은 딸아이들과 함께 몸을 들썩이며 독일과 프랑스의 가요를 합창했다. 독일 가요인 '용감한 해병이 전쟁터에서 돌아왔다네…… 아름다운 여주인은 너무나 다정한……'을 부를 때 짐은 감동받았다. '용감한 해병'이 '아름다운 여주인'인 그녀를 보며 이렇게 노래하자 고개를 숙였기 때문이다.

'…… 당신은 아이가 셋이군요,
이제는 넷이 되겠죠……'

카트린은 게임을 하나 개발했다. 일명 '마을의 바보'. 마을은 그들 모두가 둘러앉은 식탁이고, 바보는 짐이었다. 규칙은 이러했다. 바보가 무섭지만 그에게 이를 내색하지 않고 비위를 거스르지도 않으면서 말을 시켜서 다른 사람들에게 그가 얼마나 바보인지 알게 하기. 특히 카트린이 미친 듯한 웃음을 멈추지 못했다. 짐은 몇 시간이 지나서야 머리에 불이 들어왔고 웃음에 발동이 걸렸다. 그는 정말 마을의 바보가 된 기분이었다.

카트린이 리스베트와 마르틴을 데리고 거실로 들어왔다. 그녀는 피리처럼 삑삑 날카로운 휘파람 소리를 내면서 프리드리히 2세의 힘찬 군인 걸음을 흉내 냈다.

카트린과 두 딸은 연대의 병사들처럼 식탁 주위를 행렬했다. 카트린이 프리드리히 2세(프로이센을 유럽 최강의 군사대국으로 이끈 뛰어난 군인이자 왕—옮긴이)의 놀라운 일화들을 들려주었다.

그녀의 책상 위에는 채워지지 않는 위대한 이상주의자였던 프리드리히 2세의 데스마스크 복제품이 놓여 있었다. 찌르는 듯한 감동을 주는 프리드리히 2세의 얼굴 골격이 카트린의 그것과 흡사했다.

카트린은 토벌작전을 감행하기 전에 이 프리드리히 2세한테 조언을 구했다.

그녀는 아름다운 전투를 위해 그와 나폴레옹이 맞서 싸우기를 바라 마지않았을까?

III
맞복수
베니스

짐은 파리에 길게 머물렀고 카트린은 이를 양해했다. 그가 연극 관련 연구서를 출간했고 이 연구서 덕분에 중앙 유럽을 여행할 기회가 생겼다. 그는 카트린과 줄과 함께 보름 남짓을 여행했고 이 기억으로 수개월 동안 행복했다.

1년이 흘렀다. 행복하고 무탈하게. 카트린과 짐은 예전의 격렬한 충돌을 교훈 삼아 서로의 한계를 넘지 않았다. 그들은 그들을 자극하는 커다란 힘에 부드럽게 순응했다. 그들은 그들의 방식으로 순수했으며 순종했다. 지성을 경계했고, 가능한 한 그들을 축복하는 임무를 띤 줄과 함께 시간을 보냈다.

그들은 자신들로부터 안전하다고 믿었다. 그럼에도 경기 시작을 알리는 종이 울린 것처럼 추락이 다시 시작되었다.

어느 날, 예전에 짐의 인생에서 중요한 역할을 했던 여인의 아들이 파리에서 그들의 집을 찾아왔다. 그도 짐과 카트린의 사랑을 알고 있었다. 짐은 카트린과 재혼한 이 집의 주인 줄에 대한 예의를 지키기 위해 이 친구 앞에서 카트린과의 친밀감을 드러내지 않았고, 카트린은 당장에 이런 결론을 내렸다. '짐이 그 여자 아들 앞에서 나와의 사랑을 숨기려 하는 건 나한테 털어놓은 모든 것에도 불구하고 아직도 파리에서 그 여자를 만나기 때문이야.'

창백해진 카트린은 벌떡 일어나 짐을 바라보며 '돌이킬 수 없는' 미소를 짓더니 나가버렸다.

줄이 탄식했다.

"가엾은 카트린!"

짐은 지옥에 다시 떨어진 기분이었다. 지옥이라면 이제 사양이었다. 그는 침대에 누워 팔짱을 낀 채 눈을 감았다. 그리고 조금 전까지만 해도 같이 있었던 그들의 모습을 떠올렸다. 한 시간이 흘렀다.

그는 카트린이 들어오는 것을 보지 못했다. 그녀가 그를 바라보고 있었다. 카펫 위를 걷는 발걸음 소리조차 듣지 못했다.

카트린이 조용히 말했다.

"됐어, 짐. 난 당신이 바람을 피웠다고 생각했고, 그래서 나도 바람을 피웠어. 이제 끝났어."

짐이 물었다.

"뭐가 끝나?"

"우리의 불행, 당신이 저지른 죄에서 내가 회복됐어."

"대체 무슨 짓을 한 거야?"

카트린은 이야기했다. 짐이 모르는 사내였다. 예전에 카트린에게 구애했던, 그녀가 마음대로 주무를 수 있는 화가. 그가 그녀에게 이 서비스를 제공했다. 행위의 결과에 대한 걱정이 필요 없는 제한된 방식, 그러나 균형을 바로 잡아 평형을 이루기에는 충분한 방식으로.

짐이 말했다.

"뭐가 평형이라는 거야, 난 아무 짓도 안 했는데?"

카트린이 말했다.

"내가 생각했던 것과의 평형. 이제 난 더는 아무 생각 없어. 그렇지 않았다면 계속 생각했을 거야."

짐이 신음했다.

"그럼 나는? 내 평형은?"

"짐, 당신 눈물을 흘리고 있어!"

기쁨으로 반짝거리는 카트린의 눈이 짐의 눈물을 마셨고 그래서 그는 자신의 눈이 젖었음을 알았다. 그는 자신이 만든 천연음료수를 꿀꺽거리는 무책임한 야수를 보았다. 야수는 이번에는 입맛을 다시며 그의 심장을, 붉은 피를 향해 달려들었다. 그는 희망이 꺾인 채 기진했다.

카트린이 짐을 병난 아이처럼 밤새 품에 안고 다독였다. 그는 그녀의 품에서 잠이 들었다.

다음 날이 되어서야 그들은 잠에서 깨어났다.

다시 원점이었다. 하지만 짐은 이 새로운 상처의 모진 기억을 간직했다. 다음 달, 그는 파리로 떠났다. 그들은 서로에게 수시로 편지를 썼다.

카트린에게서 한참 동안 소식이 없더니 그다음에 날아온 줄의 편지에서 뭔가 난처한 기색이 느껴졌다. 그리고 마침내 날아온 카트린의 다소 야릇한 편지. 그녀는 누구나 기어오를 수 있는 발코니며 꽃으로 장식된 테라스며 주변적인 것들에 대해 이야기하면서 정작 알맹이에 대해선 말이 없었다. 철저하게 계산된 이 편지는 짐에게 카트린이 해롤드의 두 손을 언급했던, 문제의 그 일기장만큼이나 결정적으로 보였다. 그녀는 특기를 발휘해서, 말하지 않으면서 말하고 있었다. 여차하면 이렇게 얘기할 수 있도록 말이었다.

"난 죄다 얘기했어. 당신이 못 알아들은 거야."

짐은 즉시 카트린의 방식으로 대응해주기로 마음먹었다. 그는 10여 년 전에 잠깐 가볍게 만났던 예술가를 찾아갔다. 예쁘장하고 (카트린처럼) 해방된 여성이었다. 그와 그녀 사이에는 아무 감정도 없었지만 판타지와 호기심은 충족되었다. 그는 찬찬히 복수를 음미했다. 포기해버리니 이렇게 쉬울 수가 없었다. 그는 밤새껏 '다른 여자'와 함께 지냈다. 그는 여자에게 그가 다른 여자를 사랑한다는 것을 숨기지 않았고 여자도 마찬가지였다. 그렇다, 카트린의 말은 사실이었다. '사랑하는 이에 대한 반발심'에서 그걸 하는 한, 많이 했느냐 적게 했느냐는 중요하지 않았다.

그는 카트린이 알베르나 해롤드, 또는 최근에 충동적으로 일을 벌인 사내와 보낸 시간들을 상상해보려고 애썼다. 어쩌면 그는 그녀를 더 잘 이해하기 위해서 바람을 피우는 것은 아닐까? 그럼에도 이것은 그들의 사랑과 흡사했다. 다시 복용하지 말아야 하는 치명적인 환각제라고 할까. 결국 짐은 카트린보다 나을 것이 없었으며, 이것은 그를 그녀와 더

욱 가까워지게 했다.

짐은 지체 없이 카트린에게 편지를 보내어 자신이 한 짓
을 알린 뒤, 초조하게 답장을 기다렸다. 즉각 답신이 왔다.

미쳤군, 미쳤어! 이 얘긴 나중에 다시 하기로 하고 일단 당장 중지해.
당신이 무슨 상상을 했는지 모르지만 테라스에서 아무 일도 없었어.
어서 집으로 와.

줄이 따로 보낸 편지에서 이를 확인해주었다.

아니, 아무 일도 없었네.

카트린이 마지막으로 보낸 편지를 다시 읽으면서 짐은
그다지 불안요소를 발견하지 못했다. 그는 그녀에게 달려갔
다. 이번엔 그가 죄인이었다. 그는 자신이 한 짓을 비통해했
지만 카트린은 그를 이해했다. 심지어 전문가로서 약간의 경
의마저 간접적으로 표했다.

어쩌면 그녀는 이제부터 확신하지 않는 한, 복수하지 않
는 게 아닐까? 하지만 그녀한테는 상상이 곧 확신 아니었던
가? 아니면 이제부터는 그에게 복수 사실을 알려주지 않는
게 아닐까?

다시 한 번, 그들은 원점에서 출발했다. 커다란 두 마리 맹금류처럼 높은 하늘 아득한 곳을 평행으로 날았다.

그들은 재회할 때면 번번이 수줍어했다. 상대에게 똑같은 동작만 되풀이하는 것은 아닌지 두려워서였을까? 흐릿한 날씨의 일출이 비슷비슷해 보여도 죄다 똑같지 않듯이, 그들의 재회도 절대로 똑같지 않았다.

짐이 파리와 그들 집을 오가면서, 또 한 해가 흘렀다. 마침내 카트린과 짐은 오랜 계획을 실현할 수 있었다. 짐이 20년 전에 그의 모친과 여행했을 때 봐두었던 루가노 호숫가의 아담하고 산뜻한 별장으로 보름 동안 여행을 떠난 것이다. 혹독한 겨울을 지내고 난 그들은 이곳에서, 봄을 발견했다. 결핍 다음의 풍요라고 할까. 이 햇살, 이 이탈리아 기후는 카트린에게 가히 발견이었다.

스위스 하녀가 그들의 침대로 초콜릿이니 버터니 잼이 가득 든 쟁반을 가져와 기쁨을 안기더니, 커다란 커튼을 걸어 햇살이 방으로 비쳐들게 했다.

카트린은 그들이 타고 있던 나룻배에서 뛰어내려 물의 정령 옹딘처럼 헤엄을 쳤고 짐은 이런 그녀를 바라보았다. 그들은 물 위에 떠다니는 빈 병들을 조약돌로 두드려 깨뜨리며 즐거워했다.

여기서는 즐기는 것 외에 아무 할 일이 없었다.

어느 밤, 카트린이 풀숲에 숨어 있다가 불시에 짐의 목에 와락 안기는 바람에 짐은 거의 기절할 뻔했다. 그들은 짐이 그리 강심장이 아니라는 사실을 알게 되었다.

짐과 카트린은 이웃 산을 꽤 높은 곳까지 올랐다. 하산할 때 짐은 예전에 다쳤던 무릎에 심한 통증을 느꼈다. 카트린이 신이 나서 어깨를 빌려주며 기대게 했다.

짐과 카트린은 호수의 이탈리아 접경 쪽으로 노를 저어 갔다가 돌아오는 길에 폭풍우를 만났다. 폭우에 더해 산의 능선을 타고 범람한 빗물이 그들을 덮쳤다. 빗물 때문에 앞이 보이지 않았고 거칠게 출렁이는 물살에 배가 기우뚱거렸다. 벼락이 무섭게 내리쳤다. 그들은 기슭을 향해 함께 노를 저었다. 기슭에 닿으려면 아직 15분 남짓 더 가야 했다. 그들의 노가 한 번 부딪쳤다.

카트린이 말했다.

"뒤로 가서 앉아, 짐. 당신이 배에서 물을 퍼내, 나머진 내가 알아서 할게."

짐은 노를 잘 저었지만 카트린은 더 잘 저었다. 그는 복종했다. 카트린은 피부에 찰싹 달라붙어 물을 줄줄 흘리는 하얀 비단 블라우스를 입고서 선원처럼 노를 저으며 열렬히 바다를 헤쳐 나갔다. 그녀의 눈이 번쩍거렸다. 그녀는 배가 뒤집히기를 바랐다. 그래서 상황이 더 재미있어지기를, 그녀가 짐을 구해줄 수 있기를, 혹은…… 짐과 함께 익사할 수 있기를.

그녀는 배를 무사히 뭍으로 이끌었다.

짐과 카트린은 카지노에 가서 똑같은 금액으로 각자 룰렛게임을 했다. 그들은 스위스 프랑이 100배가 되는 상상을 하며 즐거워했다. 짐은 돌연 영감을 받은 번호가 있다며 미동도 하지 않고 진지하게 게임에 임하는 카트린을 바라보았다. 그녀는 룰렛머신을 담배 연기처럼 빨아들였고 이기고, 이기고, 이겨서, 점점 큰돈을 걸다가 결국 죄다 잃었다.

그녀가 말했다.

"재미있었어! 돈은 따건 잃건 중요하지 않아. 당신은, 짐? 어떻게 됐어?"

"조금 땄어."

"그럼 빨리 한잔하러 가자!"

그들은 카페의 테라스에 앉아 평소에는 잘 마시지 않는 리큐어를 마시고 진짜 영국산 담배를 피우며, 황소들이 끄는 수레와 농부들이 벌인 시장판으로 활기가 넘치는 대광장을 구경했다.

짐과 카트린은 줄의 첫 실패를 떠올렸다. 줄이 대학생

때 남부지방을 여행하던 중에 겪은 일화로 그가 정말 맛깔스럽게 이야기했었다. 줄이 비오는 길을 자전거를 타고 달리고 있었다. 배낭을 메고서 그 위에 두건 달린 비옷을 걸치는 바람에 꼽추처럼 등이 불룩했다. 그가 공장에서 쏟아져 나오는 한무리의 젊은 여공들 앞을 지나치려는데 여공들이 달려와 자전거를 세우더니 그를 에워싸며 곱사등을 만졌다. 곱사등을 만지면 '행운이 온다'는 것이었다. 그중 한 여자가 기억에서 떠나지 않았고 그는 그 지역에 머무르며 그녀와 사귀어보지 않은 것을 후회했다. 짐과 카트린은 마주보며 깔깔거렸다. 당시엔 얼마나 재미나고 착한 남자였을 것인가, 그들의 줄이!

짐과 카트린은 나중에 진정한 이탈리아 여행을 하기로 약속하며 보름간의 여행이 끝나가는 아쉬움을 달랬다.

몇 달 뒤, 짐과 카트린은 베니스에 갔다.

그들은 웅장한 성당 안으로 들어갔다. 한무리의 소년 합창단이 강렬한 색깔의 가운을 걸치고서 목청을 높여 성인호칭기도를 부르고 있었다. 카트린과 짐이 모르는 수많은 성인의 이름이 열거되었다. 합창단은 간간이 "E tutti i Santi del Paradiso(그리고 천국의 모든 성자들이여)"란 후렴구를 되풀이했는데, 짐은 이 후렴구의 발음을 들으며 줄과 함께 아테네로 가는 도중에 경유했던 나폴리에서 처음으로 들었던 이탈리아어 문장을 떠올렸다. "O già mangiato la farinata." 한 사내애의 입에서 나온 말로 "내 수프를 벌써 먹었어"란 뜻이었다. 짐과 카트린은 이 천국의 기도로 그들의 긴 휴가 여행을 개시했다.

베니스는 그들에게, 알려진 대로 고갈되지 않는 연인들의 도시이기도 했지만 과거의 기품과 현재의 정수가 한껏 어우러진 거대한 장난감이기도 했다. 그들의 호텔방에 있는 멋진 2인용 침대에는 널따란 모기장이 쳐져 있었다. 그들은 교각 구석에서 식초 소스로 버무린 문어샐러드를 먹었다. 문어가 자두처럼 통통했다. 연극도 관람했다. 노골적인 유머에 대한 관객들의 명랑하고 떠들썩한 반응이 무척이나 즐거웠다. 그들은 도시를 발견하기 위해 운하를 발길 닿는 대로 어슬렁거렸다.

보름 남짓이 되자 짐과 카트린은 베니스를 한발 뒤로 물러나서 바라보고 싶어졌다. 그들은 에스클라봉 부두에서 작은 증기선을 타고서 잔잔한 석호를 찬찬히 탐사했고 아늑한 수평적 풍경에 열광했다. 그들은 작은 도시 키오지아에서 어머니의 품에 안긴, 습진과 고름으로 뒤덮인 아기들을 보았다. 아기들의 눈가에서 파리 떼가 윙윙거렸지만 어머니들은 쫓아낼 생각조차 없어 보였다. 이 마을의 어린 여자애들과 사내애들의 눈은 특별히 아름다웠다.

집과 카트린은 리도 섬에서 걸어서 한 시간 거리에(그들은 종종 리도 섬까지 걸었다) 있는 작은 어항의 여인숙에 정착했다. 침대가 두 개 있는 하얀 방은 깔끔했다. 그들은 어부들처럼 스파게티와 토마토로 끼니를 때웠다.

리도 섬에서 식구가 많은 한 가족이 그들에게 텐트를 빌려주었다. 발바닥이 델 만큼 모래밭이 뜨끈뜨끈했고, 그들은 하루에 세 번씩 모래찜질을 했다. 카트린은 짐의 다이빙 실력을 조금 향상시켜 놓았다.

짐과 카트린은 해변으로 갔다. 해변에는 성인남녀들이 이 세상에 할 일은 이것밖에 없다는 듯 모여 휴식하고 있었다. 이들은 수영을 하거나 모래사장에 누워 햇볕에 몸을 그을리며 시간을 보냈다. 개중에는 아예 초콜릿색으로 그은 이들도 있었는데 금발의 경우 특히 이목을 끌었다. 한편에서는 구릿빛의 건장한 사내들이 줄타기 곡예를 하고 있었는데 북구의 나체촌과 크게 다를 바 없는 풍경이었다. 이곳에서는 노출증과 섹스어필이 보다 노골적이었고 복장도 한층 느슨했다. 금발에 구릿빛으로 그은 카트린 역시 마음만 먹었다면 해변 주위의 바들과 한량들 사이에서 인기를 끌기에 적격이었다.

아닌 게 아니라 그녀는 가만히 있었는데도 인기를 끌었다. 수영선수처럼 탄탄한 어깨와 낭창낭창한 허리, 가느다란 손목과 발목, 정확한 몸놀림, 다이빙 자세, 온 바다를 유영

하는 수영 실력, 이 모든 것이 이목을 집중시켰다. 경쟁자라면 단 한 여자, 해변의 여왕이라 불리는 강렬한 인상의 갈색 머리 여자만이 잠시 상대가 될 수 있을 터였다. 사람들이 두 사람의 시합을 운운했지만, 카트린은 한발 물러나 있었다.

점차로 짐은 격에 맞지 않는 보물인 카트린을 붙들고 있는 훼방꾼이라도 된 듯한 기분이었다. 그는 수영도 잘 못했고 한량도 아니었기 때문이었다. 그의 권투 실력과 던지기 실력은 이곳에서는 발휘될 기회가 없었다. 그는 다만 여왕의 남자였다. 이곳 사내들은 그와 줄보다 더 훤칠하고 쾌활했다. 그가 카트린에게 저 사내들보다 더 자격 없는 남자일까? 그는 자기가 잠시 자리를 비우기만 했다 하면 카트린과 어떻게든 관계를 맺어보려는 이런저런 수작들에 놀라야 했다.

어느 날 오후, 카트린이 바닷물에 들어갔고, 잠시 후 누가 봐도 역력하게 가장 멀리 떨어진 모래층을 향해 헤엄쳐 갔다. 윤기 나는 검은 머리의 건장한 사내가 벌떡 일어나더니 바다에 뛰어들어 카트린의 경로를 따라 헤엄쳤다. 그는 짐에게 발레 〈세헤라자데(『천일야화』를 소재로 림스키-코르사코프가 작곡한 교향곡 〈세헤라자데〉가 배경음악인 동명의 발레로, 샤리아르 왕의 왕비가 정을 통한 남자가 흑인으로 설정되었다—옮긴이)〉 속의 흑인과 같았다. 시선이 카트린과 사내에게 쏠렸다. 카트린은 사내가 뒤따라오는 것을 알지 못했다. 사내가 카트린을 따라잡으며 둘 사이의 거리가 지워졌다. 짐이 망원경으로 관찰하니 두 사람이 함께 물에서 나와 모래층에 앉았다. 짐은 최악의 경우를 상상하며 두려워했다. 그들은 이야기를 나누는 듯했다. 사내가 일어나 무언가 시범을 보이더니 먼저 다시 물속으로 뛰어들었다.

그가 해변에 당도하자 사람들이 에워싸며 질문 공세를 퍼부었다. 그의 커다란 두 눈은 새카맸고 입술은 붉었다. 그가 짐 쪽으로 고개를 가볍게 까딱해 보이고는, 모래 속을 굴러 몸을 말린 뒤 사람들을 이끌고 바로 향했다.

짐은 망원경으로 카트린이 규칙적인 속도로 헤엄치며 다가오는 것을 보았다. 눈가가 약간 그늘져 있었다. 짐은 물가에서 그녀를 맞으며 가운을 건넸다.

그녀가 이야기했다.

"모래층이 있는 데까지 거의 4분의 3쯤 헤엄쳐 가는데 뒤에서 웬 목소리가 들리기에 깜짝 놀라서 돌아보니까 저 남자가 바짝 따라붙었더라고. 농담을 던지며 날 붙잡으려고 하면서 한다는 말이 도와주겠다나. 난 조용히 거절했어. 그런데도 손으로 내 허리를 두르는 거야. 그래서 조금 할 줄 아는 유도를 이용해서 피차 얼굴 붉힐 필요 없이 조용히 몸을 빼냈지. 그래도 모래층으로 가는데 겁이 덜컥 나더라고. 좀 전에 허리를 잡혔을 때 내 무게가 얼마 안 나갔을 텐데 그래서 쉽게 생각하고 딴 맘을 먹었을까 봐 말이야. 하지만 성공하려면 정말 난폭하게 굴거나 동의를 얻어야 할 테니까. 난 일정한 거리를 두면서 편한 친구처럼 굴었어. 수영 자세도 지적해주면서. 그랬더니 일어나서 바로 평영 시범을 보이는데, 뿔이 난 티가 역력하더라고. 난 아무것도 눈치 채지 못한 척하면서 우리나라 수영이 최고라고 주장했어. 그렇게 위기가 잘 넘어갔지."

짐은 그녀를 뒤따르지 못한 자신의 무능을 한탄하며 물었다.

"이렇게 아름다운 데서 저런 건장한 남자랑은 어떨까 하는 호기심이 안 들었어?"

"들었지. 당신 같으면 안 그랬겠어? 같은 상황에서 예쁘고 수영 잘하는 갈색머리 여자가 덤벼든다고 생각해봐. 나도 당신이 느꼈을 마음하고 똑같아……. 하지만 그게 다야."

"하지만 나한텐 그런 여자가 덤벼들 이유가 전혀 없지."

"당신이 어떻게 알아? 그건 그 여자 맘이지 당신 맘이 아니야. 짐, 물은 내 영역이야. 당신은 다른 게 있잖아."

카트린은 그래도 짐의 얼굴에서 수심이 가시지 않자 말했다.

"아마 예전 같았으면 유혹에 빠졌을 거야. 하지만 지금 나한텐 그 모든 게 한낱 보기 좋은 고깃덩이에 불과해. 내가 찾는 건 이제 그런 게 아니야."

그녀가 덧붙였다.

"이 부근 사람들이 수영하는 건 구경할 만큼 했어. 이젠 다른 데로 가서 수영할래."

하지만 카트린은 이곳에 있었다면 저쪽 섬까지 갔다가 되돌아오는 여자 수영대회(공고가 나붙었다)에서 우승했을 것이고 신 났을 터였다. 짐은 카트린에게서 커다란 즐거움을 빼앗은 격이 되어버렸다.

짐과 카트린은 간간이 베니스로 되돌아가서 하루를 보냈다. 오직 바포레토(베니스의 교통수단으로 수상 택시의 일종—옮긴이)의 규칙적인 엔진 소리를 들으며 석호를 부드럽게 가로지르기 위해서 아니었을까?

카트린이 산 마르코 광장에서 어쩌다가 비위에 맞지 않는 향의 아이스크림을 먹게 되었다. 시내 한복판에서 심한 욕지기가 난 그녀는 카페에 이어 호텔, 심지어 개인 집 신세까지 지면서 욕실을 써야 했다. 머리가 빙빙 돌고 이마에는 구슬땀이 맺혔다. 순간순간 짐이 그녀를 안아 들어야 했는데 이날따라 그는 그녀가 가볍다고 느꼈다. 하여튼 카트린은 하다못해 병을 앓더라도 치열하게 앓았다. 짐은 증기선까지 카트린을 데려갔는데 여전히 회복되지 않은 그녀가 갑판에서 그의 품에 안겨 말했다. "그거 봐, 당신은 나를 도울 수 있잖아. 그것도 몹시 다정하게. 짐, 당신은 정말로 내 병을 나와 함께 나눴어."

커다란 방 안에서 폭염 때문에 나신이 된 짐과 카트린은, 대화하고 사랑을 나누는 것 외에 다른 할 일이 없었다. 어쩌면 너무 많은 대화를 나눈 것일까. 어쩌면 너무 많이 사랑을 나눈 것일까. 어쩌면 그들은 너무 큰 행복을 결코 견디지 못하는 것이 아닐까. 어쩌면 찌는 듯한 더위가 그들을 기진하게 한 것일까. 그들 안에 눈부신 수상 풍경으로도, 베니스의 축제로도 달랠 수 없는 불안이 고개를 들었다. 카트린이 질베르트를 한 번 언급했다.

어느 날 밤, 짐과 카트린은 항구의 선창 가까이에 있는 풀밭에 가서 드러누웠다. 선창 가까이엔 날씬하고 작은 배가 있었고, 한쪽 구석에선 어부들이 조용히 장작불을 피워 스파게티를 익히고 있었다. 내려앉은 석양이 자취를 감추자 별들이 모습을 드러냈다.

카트린이 침묵을 깨며 말했다.

"짐, 혹시 줄하고 아이들한테 돌아가지 않을래? 그래서 다 같이 발트 해를 보러 가면 어떨까? 여긴 내가 머물 곳이 아니야. 난 나의 북방이 필요해. 난 나의 프러시아가 좋고, 당신도 프러시아를 좋아하기 시작했어. 조건부는 아니지만 내가 프랑스를 좋아하는 거 당신도 알지? 여기선 우리 둘 다 더 이상 편하지 않아."

짐이 대답했다.

"그래, 당신이 원하면 내일이라도, 카트린."

그들은 남쪽으로 내려올 때 느꼈던 것과 똑같은 기쁨 속에 북쪽으로 올라갔다. 기차에서 카트린은 짐의 캐리커처를 그린 뒤 그림설명을 덧붙여 짐을 미친 듯이 웃게 만들었다. 과연 그녀는 그, 그녀의 짐에 대해 정확히 파악하고 있었다.

열차가 카트린의 조국에 입성한 이후 처음으로 내려서 들른 카페에서 그들은 차 한 잔 가격이 얼마나 놀랍게 뛰었는지를 확인했다. 환율 차의 위력이 무시무시했다. 매우 연로한 웨이터가 계산을 하다가 별안간 셈이 막히더니 점점 노발대발하면서 험악한 언사를 쏟아냈다. 그는 정신병자였고 어디론가 끌려갔다.

환율 덕에 그들은 처음으로 함께 침대칸을 사용해보았고, 줄과 아이들을 더 빨리 만나러 갈 수 있었다.

IV
발트 해의 섬

짐과 카트린은 커다란 아파트로 돌아왔다. 방학이 거의 끝났지만 엄마가 돌아왔으니 아이들은 또 다른 방학을 맞을 터였다.

리스베트가 말했다.

"거봐, 내가 옳았지. 엄마가 돌아왔어!"

마르틴이 제 엄마 말을 인용하며 대꾸했다.

"응, 하지만 항상 옳은 사람은 없어. 우리는 아주 잠깐씩만 옳을 뿐이야."

일에 매인 줄을 제외한 모두가, 발트 해의 섬으로 가서 어촌에 자리 잡았다. 이곳의 햇살은 카트린이 말한 그대로였고 짐은 이곳에 대한 그녀의 향수를 이해했다. 베니스의 어부들과는 또 다른 이곳의 어부들 또한 매력적이었다. 그들의 눈동자는 선명하고 강렬한 파란색이었다.

카트린은 서류를 갱신해야 했다. 그녀는 짐과 함께 구청에 갔다. 그녀의 신체 특징도 새롭게 기록되었다. 구청 직원이 그녀를 유심히 관찰하며 읊었다. "얼굴형은…… 타원형, 머리색은…… 금발이고, 눈동자는…… (그는 잠시 망설이다가 결정했다) 회색."

그들은 푸르름의 대명사인 카트린의 눈동자가 상대적으로 회색으로 보이는 동네에 와 있었다! 카트린은 항의해볼까도 잠시 고민했지만 포기했다.

짐과 카트린은 벌거벗은 리스베트와 마르틴과 함께 사구에서 낮 시간을 보냈다. 주식은 날로 먹든 훈제를 하든 여하튼 생선이었다. 그들은 옛날식 테니스를 쳤다. 카트린은 악착같이 방어했는데 짐은 자신을 상대로 꿋꿋하고 억척스럽게 경기하는 카트린을 보는 것이 좋았다. 늘 그가 이겼고 그는 그녀를 트로피처럼 들어 올리며 헹가래 쳤다. 탁구는 늘 카트린이 이겼다.

밤이면 그들은 카트린이 조종하는 육중한 요트로 밤바다를 가로질렀다. 카트린은 짐에게 별을 따라서 바람을 가르며 지그재그로 배를 조종하고 항해하는 법을 가르쳐주었다. 늙숙한 선원이 부두에 닿도록 파이프만 뻐금거릴 뿐 아무 참견도 하지 않았다. 좁은 섬의 곳곳에 물이 가까이 있었다. 그들은 이곳의 삶에 어찌나 매료되었던지 이곳에 집 한 채를 갖고 싶은 욕심이 생겼다.

카트린이 소나무가 울창한 평지를 구입했다. 짐은 이리 일찍 받으리라고 기대하지 않았던 돈을 받았다. 그들은 다 함께 집을 지을 계획을 세우기 시작했다.

집은 곳곳에 고루 햇살이 비치도록 날렵하면서도, 소나무들에 눌리지 않도록 높아야 했다. 각자의 방은 선실처럼 작고 알차게 꾸미고, 카트린과 짐의 방은 공동 공간인 거실과 함께 보통 방 크기의 두 배가 되도록 했다. 욕조 없이 샤워 시설만 갖췄고, 아래층은 줄의 공간이었다.

카트린이 한 아방가르드 건축가에게 노는 공간이 없도록 하기 위해 자투리 공간 활용 문제를 의뢰했고, 요구하는 바가 정확한 것에 흥미를 느낀 그가 도면을 보내왔다. 전체적으로 선박 같은 집의 도면이 완성되었다. 카트린은 석공과 목수를 불러들였고 그들은 공사의 개요를 이해한 듯했다.

이즈음 짐은 뉴욕에서 파리로 손님이 온다는 연락을 받았다. 떠나야 했다.

카트린은 가족을 집으로 돌려보내고 혼자 현장에 남아 공사를 지휘했다. 눈이 내렸다. 하지만 크리스마스에는 카트린은 인부들과 함께 커다란 공사가 대략 마무리된 것을 축하할 수 있었다. 이제 완성을 위해서 봄을 기다리기만 하면 될 터였다.

녹록지 않은 일이었다. 짐은 돌발 상황을 푸념하는 편지를 수차례에 걸쳐 받았다.

짐을 파리로 불러들인 이들은 미국인 부부 잭과 미셸린이었다. 이들은 괄목할 만한 현대문학전집을 만들고 있었고 짐과는 협력관계였다.

잭은 짐이 줄 다음으로 기질을 높이 평가하는 친구였다. 잭은 결단력 있고 정의감에 사로잡혔으며 뼛속까지 대장이었다.

잭과 짐은 한두 달 남짓 동안 단짝이 되어 희귀품을 찾아 헤매는가 하면 골프를 치면서 시간을 함께 보냈다. 아무튼 그들은 낮 동안은 늘 붙어 있었다. 잭이 짐보다 열 살 연상이었다.

　미셸린은 젊고 눈이 번쩍 뜨이는 미인이었으며 남편을 깊이 사랑했다. 그녀는 겉보기와는 달리 몸이 약한 남편의 건강을 챙겼다.

　짐은 점차로 잭과 미셸린 부부에게는 육체적 합일이 자주 일어나는 일이 아니라는 것과, 잭의 체력으로는 그 합일의 결과가 아내에 대한 사랑에도 불구하고 여간 무겁지 않다는 것을 알게 되었다.

　그들 부부는 영원한 탄탈로스의 고통(그리스 신화 속 제우스의 아들인 탄탈로스는 신들을 시험하려던 죄로 지옥에 떨어져 목이 말라도 물을 마실 수 없고, 배가 고파도 열매를 따먹을 수 없는 형벌을 받았다. 이후 원하는 것을 눈앞에 두고도 얻지 못하는 고통을 일컬어 '탄탈로스의 고통'이라고 한다―옮긴이) 속에서 살았고, 문학전집 작업에 몰두함으로써 이 시름을 달래려 했다. 그들은 짐이 늘 눈에 보이는 곳에 있기를 바랐고 마치 형제처럼 대했다.

　이렇게 이 두 남녀는 사랑하면서도 원할 때 하나가 되지 못했다. 그들은 무한히 변주되는 이 부드러운 폭풍을 알지 못했던 것이다. 짐은 이들과 여행하던 초창기에는 부탁받지도 않았건만 열차의 침대칸을 두 칸으로 나누어 예약하는 등, 이들이 단둘이 있을 수 있는 기회를 만드느라 애썼다. 그러다가 그 노력의 결과를 목도하게 되자, 여행 중에는 문학전

집에 대해 밤늦도록 의논할 일이 생기면 잭과 한방을 쓰면서까지 그들을 방해함으로써 그들을 도왔다.

잭과 미셸린이 짐을 데려간 곳은?…… 베니스였다.

늦가을의 베니스, 해가 짧은 베니스, 카트린 없는 베니스. 짐에게는 고통이었다.

잭이 짐에게 말했다.

"혹시 매력적인 여자 친구가 있으면 여기로 와서 우리와 함께 지내게 해요. 셋보다는 넷이 낫지 않겠소?"

미셸린이 공감하는 미소를 지으며 거들었다.

"아무렴요."

짐은 카트린에게 보내는 전보가 막 손에서 떠나려던 찰나, 때로 사람들을 돌아서게 하는 그들 두 사람의 들뜬 사랑의 기쁨이 잭과 미셸린의 파리한 행복에 상처를 주는 광경을 떠올렸고, 자제했다.

베니스에서 그들은 카트린과 짐이 커피조차 마시러 올 수 없었던 특급 호텔에 머물렀다. 가슴골을 훤히 드러낸 앵글로색슨 여성들로 가득한 이 호텔 로비에 카트린이 앉아 있었더라면 장내에 과연 어떤 영향을 끼쳤을까? 짐의 머릿속에 그 모습이 그려졌다. 카트린의 드러난 어깨는 미셸린의 그것과 함께 가장 아름다웠고 드레스도 미셸린의 것과 견주어 손색없을 만큼 완벽하지만, 카트린은 어떤 식으로든 이목을 끌었다.

짐은 이 미국 친구들이 마음에 들어 했던 줄을 부를까도 고려했으나, 줄은 이 호화롭고 부산한 분위기 속에서 행복할 수 없을 터였다.

베니스는 열차의 침대칸처럼 잭과 미셸린을 가깝게 했고, 그 결과 잭은 걱정스러울 정도로 쇠약해졌으며 그 여파로 미셸린마저 침울해졌다. 짐은 이 모든 것을 똑똑히 목도하면서 정도 차는 있지만 자신이, 어쩌면 나아가 모든 남자들이 잭과 같은 처지임을 깨달았다. 즉 남자들은 그들의 여자들의 아름다움이라는 강렬한 불길에 던져진 지푸라기였다. 짐, 그는 카트린과 몇 달 내내 꼭 붙어 지낼 수 없었다. 그랬다가는 그는 탈진하여 본의 아니게 위축될 것이며 이는 그들에게 재앙을 초래할 터였다. 그들은 간헐적으로 만나면서 더 행복했다. 잭과 미셸린에게는 모든 걸 놓아버린 한 시간의 열정도 이미 과했다.

짐은 서로 사랑하고 그와 카트린보다 서로 더 많이 다른 이 두 존재와 여기, 함께 있었다. 그리고 이들을 보며 그 자신과 카트린에 대해 배움을 얻었다.

그들은 차로 이탈리아를 천천히 훑으며 로마까지 내려왔고, 사이사이 귀한 원고 몇 점을 손에 넣었다. 천장에 구멍이 뚫린 판테온과 물이 줄줄 흐르는 분수로 둘러싸인 빌라데스테는 그들의 마음을 완전히 사로잡았다. 미셸린은 이곳에서 잭에게 특별히 더 다정했다.

그들은 파리로 돌아왔다. 짐은 잭에게는 카트린을, 카트린에게는 잭을 보여주고 싶었다. 그는 독일문학을 조사했고 베를린에 잭과 함께 짧게 다녀올 명분이 될 작품을 찾아냈다. 미셸린은 초상화 모델을 하느라 파리에 남았다.

짐은 조용한 식당에서 카트린과 잭과 함께 점심 자리를 마련했다. 성공이 명약관화했다. 카트린과 잭은 서로에게 깊은 관심을 보였고 상대의 말을 절대 끊는 법이 없었다(그들 두 사람에게는 이례적인 경우였다). 그들은 모든 것에 대해 매우 진지하게 대화했지만 즐기는 분위기였고, 합의점을 찾게 되면 놀라워하며 너털웃음을 터뜨렸다. 그들은 삶에 대한 가치관이 같았다. 요컨대 싸움을 할 때는 먼저, 불시에, 철저히 공격해야 하고, 관대한 자보다 더 관대해야 하며, 평범함과 시시함을 물리치고 천박한 자들을 짓눌러버려야 한다는 것이었다. 짐은 흥미롭게 그들을 지켜보면서 대체 무슨 연유로 저 두 사람이 자기에게 애정을 주는 건지 의아해했다. 그도 저들처럼 해적의 일원인 것일까? 아니면 저들이 자비를 베푸는 호의적 구경꾼?

카트린이 두 사람을 자기 집 거실로 데려갔다. 그녀의 책상에 동시대 작가의 호화로운 장정본이 놓여 있었다. 잭은 이 책을 펼쳐 속표지에 자신이 이 책을 나쁘다고 생각하는 이유를 시원시원한 글씨체로 휘갈기고는 서명했다. 틀림없는 자필 원고 서명이었다. 우정의 표시. 그가 카트린에게 말했다.

"당신 책에 제가 글을 좀 썼습니다."

"제 책이 아니에요, 빌린 거예요."

잭이 폭소를 터뜨렸다.

"하여간 재밌는 분이군요. 왜 절 말리지 않았습니까?"

"말릴 겨를도 없이 달려드시니……."

카트린이 짐에게 말했다.

"내가 젊었을 때 이분을 만났더라면 깊은 인상을 받았을 것 같아."

잭도 짐에게 같은 소리를 했다.

짐은 생각했다. '저들이 서로 마음에 든다는 말에 왜 내가 이리 즐거운 걸까?'

짐과 잭이 기차를 타고 떠나려는데 카트린이 손에 들고 있던 난초 두 송이를 차문으로 그들에게 각각 한 송이씩 건넸다. 잭은 이 꽃을 고이 간직하고 있다가 파리에 도착하자 미셸린에게 괜한 걱정을 끼치지 않기 위해 짐에게 주었다.

그들은 미셸린의 초상화를 보았다. 그녀가 초상화에서 '잭을 위한' 몸짓을 했다. 짐은 그녀가 화가 앞에서 이런 몸짓을 했다는 것에 충격받았다.

그들이 떠났다.

짐은 5개월 일정으로 미국으로 출장을 떠났다. 그와 카트린은 별 사고 없이 편지를 주고받았다. 그는 예전에 가볍게 사귀었던 여자들 중 몇을 다시 만났고, 다시 관계를 이을 수도 있었지만 카트린에 대한 정절을 지켰다. 그녀도 자신과 같기를 바라면서.

V
행복의 방

짐은 파리에 홀로 정착한 카트린과 다시 만났다. 그녀는 줄의 수입과 함께 가족들의 생계수단이 된 일러스트레이터 경력을 본격적으로 쌓기 위해 파리에 방을 얻었다. 그녀는 이 직업에 성실히 임했고 자신을 이 길로 밀어넣은 짐에게 감사만큼이나 원망도 품었다.

짐은 카트린의 그림을 좋아했으나 이따금 당황스럽다 못해 짜증스럽기도 했다.

카트린의 검박한 일상이며 복장이며 절도 있는 작업 태도에 짐은 감동받는 한편으로 놀람을 금치 못했다. 그녀는 더는 구혼자들에게 둘러싸인 여왕벌이 아니라 일시적인 일

벌이었다.

카트린과 짐은 재회할 때면 늘 그렇듯 수줍은 초기를 보
내고 나서 서로를 오롯이 되찾았다.

카트린은 짐의 모친의 아파트(이곳에 짐의 작업실과 침실
이 있다)에서 멀지 않은 곳으로 거처를 옮겼고, 짐은 대부분
의 밤을 카트린의 집에서 보냈다.

짐은 카트린을 파리의 지인 대부분에게 소개했다. 그녀
는 아직도 소박한 검정색 드레스 차림을 고수했는데 짐은 그
녀를 아름답다고 생각했지만 다른 사람들은 촌스럽다고 여
겼다. 그녀는 이내 유행하는 옷으로 갈아입었고 그는 이를
애석해했다.

카트린은 짐과 같은 도시에 정착하여 그처럼 일하며 살
아갔다. 그녀는 변함없이 아름답고 위험했지만, 이것은 그들
에게 새로운 시대였다. 이제껏 그들의 만남은 '휴가'의 범주
안에서만 이루어졌는데 이제 그들의 일과 사랑이 맞서게 되
었다.

그들은 센 강으로 가서 예전에 카트린이 투신했던 장소
를 찾아 '참배'했다.

일요일에는 그들과 곧 도착할 가족을 위한 집을 구하기
위해 파리 일대를 샅샅이 뒤졌다. 짐은 수차례에 걸쳐 꿈꾸
던 집을 찾았다고 생각했으나 카트린이 확고한 직관으로 번
번이 퇴짜를 놓았다. 여름을 나기 위해 그들에게 필요한 집

을 발견한 것은 그녀였다.

가족이 무사히 즐겁게 도착했다. 그들은 카트린의 진두지휘하에 안정적으로 정착했고 다 함께 일상을 되찾았다. 줄은 긴 호흡의 번역작업을 시작했고 종종 짐의 도움을 받았다.

짐은 파리에서의 인맥과 만남을 최소한으로 줄였다. 그럼에도 아침에 늦게 깨는 바람에 카트린과 심하게 충돌했다. 그녀는 짐을 호사가에 산만하며 그녀에게 관심이 없다고 비난했다. 그들은 일 때문에 신경이 날카로워져서 서로 얼마간 방해하지 말라고 선언했고 이런 시간이 몇 시간이고 이어지곤 했다.

집에 당구대가 있었다. 그들은 저녁 식사 뒤에 게임을 했는데 줄이 공을 치는 모습은 우스꽝스럽기 짝이 없었다. 카트린은 딸들에게 피아노를 가르쳤다. 짐에게도 가르쳤는데 그는 '정육점 주인의 칼질소리' 수준을 결코 넘지 못했다.

예전에 카트린이 몸을 빙빙 감은 용 모양의 중국풍 금반지를 짐에게 끼고 있으라며 준 적이 있었다. 어느 날 밤, 그녀가 짐에게 불쑥 말했다.

"그 반지 알베르한테도 끼라고 준 적 있어."

손가락 사이에서 반지를 가지고 놀던 짐이 순간, 반지를 납작하게 우그러뜨렸다. 카트린이 신이 나서 우그러진 반지를 고이 간직했다. 짐이 반지를 고쳤고, 카트린의 손가락에서 다시 반지가 보였다.

카트린은 겨울에 대비해 좀 더 따뜻한 다른 집을 찾아냈다. 정원이 딸린 3층 집이었는데 그들 가족은 두 개 층만 사용했다. 줄이 아래층을 거실 겸 서재로 썼다. 이곳엔 기다랗고 육중한 책상에 두툼한 사전들과 원고들이 자리를 차지하고 있었다. 줄은 아침에 일찍 일어나 이곳에서 낮 시간을 보냈다. 밤이면 그는 눈을 껌뻑거리며 졸다가, 화난 카트린에게 취침 허락을 받았다.

가구들은 공들여 관리된 구닥다리들이었다. 각 방은 줄의 서재와 카트린의 침실을 제외하고는 아담했다.

카트린의 방에는 군데군데 벌꿀색이 도는 참나무 조각 가구들이 놓였고, 네 기둥 침대의 닫집 역시 참나무였다. 왁스칠이 잘된 마룻바닥엔 작은 카펫들이 여기저기 깔려 있었다. 한 창문 앞에는 몸통이 휜 나이 든 오동나무 한 그루가 서 있는데 짐은 고개를 침대 밑으로 젖혀 나뭇잎들을 거꾸로 관찰하곤 했다.

이 모든 것이 그들의 취향에 어긋났지만 보름 남짓 지나자 이 방은 '행복의 방'이라는 애칭을 얻었다. 카트린과 짐이 이 방에서 아늑함을 느꼈고 그들이 수면장비라고 부르는 것들이 이 방에는 꾸준히 갖추어졌기 때문이다. 기우는 가을

햇살에 참나무 가구들이 불그스름한 빛을 내뿜었다.

독일을 한 번도 떠나본 적 없는 마틸드는 프랑스 생활에 쉽게 적응하는 자신에게 놀라워했다. 그녀에 따르면 프랑스 사람들은 독일 사람들보다 거짓말을 더 쉽게 하고 과장도 더 심하지만, 일단 한번 그 비율을 터득하고 나면 전혀 난처할 게 없다는 것이었다. 그녀는 다수의 동네 사람들을 좋아했지만, 그들의 능란한 말솜씨는 질색했다. 잠은 카트린의 옆 방에서 두 딸과 함께 잤다. 줄은 자신의 서재에 있는 침대 겸 소파에서 잤다.

그들의 생활은 완전히 자리를 잡았다. 그들은 이곳에서 2년 이상을 살았고, 행복의 방은 스무 달 동안 이름값을 톡톡히 해냈다. 그 정도면 **많은** 것이다. 카트린의 벌꿀 향기가 오래된 참나무 가구의 벌꿀색과 어우러졌다. 그들의 수면장비는 신의 은총이었다.

두 딸은 프랑스어를 금세 습득했고 학교에서 인기를 끌었다.

아직 불화의 요소가 남은 것일까? 아무튼 아직은 잠이 든 듯했다.

짐의 모친이 여행을 떠났다. 짐은 카트린을 낮에 자신의 반쪽짜리 아파트로 초대했다. 카트린과 정반대의 삶을 살아

온 모친의 정신이 깃든 이 성역에서 카트린을 맞자니 기분이 묘했다.

그의 모친과 카트린, 이 두 여자의 기질은 독립심과 절대 주의의 측면에서 우열을 가리기 힘들었다. 하지만 그의 모친은 단 2년간의 결혼생활 이후 그의 부친을 추억하며 정절을 지켰다. 그녀는 이 아파트에서 책과 명상과 친구들의 방문으로 소일하며 살아왔고, 짐을 나약하고 산만하다고 여겼다.

짐과 카트린은 그녀의 방과 거실은 슬쩍 지나치기만 했다.

저녁 때 그들은 뮤직홀에 갔다. 공연 중간에 카트린이 짐에게 말했다.

"보고 있어. 난 너무 더워서 잠깐 바람 좀 쐬고 올게."

그녀의 공석이 길어졌고, 짐은 걱정하기 시작했다. 극장 여직원이 그를 찾아와서 말했다.

"손님, 좀 오시라는데요."

"누가요?"

"같이 오신 여자 손님 일이에요."

짐은 여직원과 함께 홀에서 나와 조명불빛이 발등에서 어른거리며 붙어다니는 두툼한 카펫이 깔린 기다란 복도를 그녀를 따라 걸었다. 땅바닥에 누워 있는 카트린이 보였다. 이마의 기다란 상처에서 얼굴로 피가 흘러내리고 있었다. 순간 짐은 그녀가 살해당했다고 생각했다. 대체 누가?

짐이 미처 발견하지 못한 한 사내가 자기소개를 했다.

"저는 당직 의삽니다. 부인께서 실신하면서 난방기에 이마를 부딪치셨어요. 상처를 살펴봤는데 깊지는 않은 것 같습니다만, 차를 불러서 병원에 가시는 게 좋겠습니다. 조금 전에 정신이 돌아오셔서 선생이 앉아 있는 자리하고 인상착의를 말씀해주셨어요."

짐은 카트린을 들어 올리려고 했으나 몸이 꺾였다. 다부진 체격의 기계실 직원이 카트린을 커다란 인형처럼 안아 올려 택시로 데려갔다. 발걸음마다 피가 방울방울 떨어졌다.

짐은 생각했다. '순식간에 일이 벌어졌군, 지난번 열차사고처럼……. 곱게 화장한 곱슬곱슬한 금발의 그 어여쁜 카트린이 지금은 이 처참한 고깃덩이라니.'

기계실 직원이 짐이 내미는 지폐를 거절하며 행운을 빌었다.

택시가 보종 병원을 향해 달렸다. 카트린은 응급실의 수술대로 옮겨졌다.

당직 인턴이 말했다.

"부러진 데는 없습니다. 코뼈조차 멀쩡해요. 이마가 크게 찢겼지만 그건 꿰맬 겁니다. 출혈은 전혀 문제될 수준이 아니에요. 자, 이제 나가주십시오."

짐은 문 앞에서 기다렸다. 30여분 뒤, 문이 빠끔히 열리더니 이런 소리가 들려왔다. "커피 한 잔 진하게 한가득 타줘······. 그래, 환자는 집에서 보살핌을 받을 수 있다고 하면 퇴원해도 돼."

그들이 짐에게 머리엔 거대한 붕대모자를 쓰고 얼굴엔 X자로 반창고를 붙인 채 휘우뚱거리는 카트린을 돌려주었다. 그녀가 두 눈을 떴다. 조금도 훼손되지 않고 말짱한 두 눈을.

택시 안에서 붕대모자가 유감스런 목소리를 밀어냈다.

"'안면변형까지는 안 돼······. 안면변형까지는 안 돼······.' 의사들이 이러더라고······. 어쨌든 흉측해질 것 같아!"

짐은 거기까지는 생각하지 못했다. 그녀가 살아 있기만을 바랐으니! 그가 폭소를 터뜨리고는 붕대모자 꼭대기에 키스했다. 붕대모자도 반창고 밑에서 조금씩 낄낄거리는 동시에 훌쩍거리기 시작했다.

어떻게 그렇게 날렵한 그녀가, 동작이 정확한 댄서인 그녀, 카트린이 둔탁한 철봉처럼 넘어질 수 있었을까?

짐은 붕대 가는 법을 배웠다. 새하얗고 두툼한 터번이 카트린에게 잘 어울렸다. 멍들고 부어오른 살갗이 차츰차츰 가라앉았다. 두 달 남짓 지나자 칼에 벤 듯한 희끄무레한 자국과 반은 러시아 발레 같고 반은 추리소설 같은 알쏭달쏭한 기억만이 남았다.

봄이 되자 카트린과 짐은 해변을 찾아서 프랑스 서부지

방의 대서양에 면해 있는 올레롱 섬으로 떠났다. 일주일간의 휴가를 낸 터였다.

그들은 텅 빈 다락방에서 지냈다. 세간이라고는 다락방에 콕 박힌 2인용 침대와 포개어진 짚 매트 3장, 마모된 커다란 나무 십자고상이 전부였다. 그들은 온 섬을 휘젓고 다녔지만 종국에는 인적이 없는 해안으로 돌아오곤 했다.

어느 안개 낀 날 저녁, 그날따라 얌전했던 카트린이 대서양을 또 헤엄치고 싶어 했다.

짐은 그녀가 어스레한 바다에 멀리 나가는 것이 마뜩잖았다. 물살도 예사롭지 않았다. 카트린은 그들이 있던 지금 이 자리로 빨리 돌아오겠다고 약속했다.

수영 시간이 길어지는 것에 점점 언짢아진 짐은 카트린의 셔츠와 치마를 손에 든 채 해변을 이리저리 서성였다.

카트린은 아마 물속에서 행복할 터였다. 하지만 그녀는 자신을 사랑하는 사람이 괴로워하는 모습을 구경하고자 일부러 그를 걱정시키는 여자가 아니었던가? 줄한테는 이 방법이 늘 통했다. 아닌 게 아니라 그였다면 벌써 안절부절못하며 그녀의 이름을 부르고 다녔으리라. 하지만 그녀의 모든 기행을 인정해주는 그, 짐한테는 이러지 말아야 했다. 안개가 짙어졌고 해가 완전히 떨어졌다. 그는 어둠 속에서 방향을 잃고 헤매다 지쳐서 물에 잠기는 카트린을 상상했다.

30분이 족히 지났다. 짐은 마을로 돌아가 어부들에게

알릴지를 고민했다. 하지만 이 칠흑 같은 어둠 속에서 그들이라고 방법이 있겠는가?

어쩌면 카트린은 바위 위에서 날이 밝기를 기다리는 것은 아닐까? 어쩌면 해안에 떠밀려온 시체를 발견하게 되는 것은 아닐까? 물이 빠지고 있었고 짐은 그 흐름을 따라갔다. 카트린의 이름을 불렀지만 파도 소리가 그의 목소리를 덮어버렸다.

그는 해변을 떠나기로 결정하고서 숲 속을 향해 걸었다. 백 걸음쯤 걸었을까? '이게 무슨 바보짓이냐고!' 이런 생각이 머리를 스쳤고 그는 카트린을 향해 있는 힘껏 욕설을 내뱉었다.

어디선가 타닥거리는 맨발 소리와 떨리는 목소리로 그를 향해 내뱉는 엄청난 욕설이 들려왔다. 카트린의 목소리였다!

그녀가 그에게 다가왔다. 그녀는 거의 출발지점으로 돌아왔다. 하지만 안개가 짙어 가까이에 두고도 그를 보지 못하고 지나쳐 좀 더 위쪽, 숲 앞에서 그를 찾았다. 그동안 짐은 바다를 보며 그녀 뒤에서 그녀를 기다리고 있었던 것이었다. 그녀는 몸을 덜덜 떨며 짐이 그녀를 알몸인 채 마을로 돌아가게 하려는 장난을 꾸민 것이리라 여겼다!

그녀는 짐의 품에 뛰어들었고, 그들은 다음 날이 되어서야 웃을 수 있었다.

짐과 카트린은 프랑스 서남단의 랑드 해안을 보고 싶었다.

그들은 파리에서 밤기차를 타고서 새벽 어스름 무렵, 랑드 인근의 아르카숑 연안에 있는 작은 마을에 도착했다. 허기가 졌다. 해물 파는 여인네가 작고 육즙이 살아 있는 석화를 벌여놓았다. 그들은 도수가 약한 화이트 와인을 곁들여서 석화 한 접시를 모두 비웠다. 갈증이 났던 카트린이 평소와 달리 짐보다 와인을 더 마셨다.

"너무 마시네. 조심해, 카트린!"

"걱정 마, 짐!"

그들은 배낭을 둘러메고서 마을을 가로질렀다. 카트린이 목청을 돋우어 노래를 불렀다. 아름다웠지만 마을 사람들을 깨울 우려가 있었다. 짐이 자신의 생각을 말하자 카트린은 진심으로 감사를 표했지만 얼마 못 가 다시 노래를 흥얼거리기 시작했다.

그들은 마을 끝에 이르러 세관에 신고서를 제출했다. 세관원의 부인이 질서 정연하고 널찍한 그들의 침실 문을 열며 말했다.

"부인께서는 우리 방 소파에서 잠시 쉬시면 어떨까요?"

카트린이 수락했다.

짐은 카트린이 쉬는 동안 거실에서 이 친절한 부부와 이 고장에 대해 두런두런 이야기를 나누었다. 떠날 시간이었다. 세관원의 부인이 수차례 침실 문을 두드렸으나 대답이 없었다. 별수 없이 그녀가 그냥 문을 열고 들어갔고, 짐과 세관원이 그 뒤를 따랐다. 방에 들어선 세관원 부인이 우뚝 걸음을 멈추며 두 눈을 휘둥그렇게 떴다. 카트린이 옷을 벗어 의자 위에 곱게 개켜 놓고서 부부의 침대에 알몸을 묻은 채 잠이 들어 있었다.

그들은 그녀를 깨우지 않았다. 세관원 부인이 짐과 카트린에게 점심을 대접했다. 유쾌한 시간이었다. 카트린은 갑자기 머리가 어질어질하며 자기가 어디에 와 있는지도 잘 모르게 되었다고 설명했다. 그들은 자기네 고장의 화이트 와인 효과에 흐뭇해했다.

카트린과 짐은 베인 흔적이 있는 소나무들을 지나치며 푹신한 모래밭을 계속해서 걸은 끝에 서로 기대선 두 개의 오두막 앞에 이르렀다. 이곳에는 송진 채취꾼 가족이 살고 있었다. 오두막 중 한 채는 짐의 친구가 짓게 한 것으로, 이 친구가 카트린과 짐에게 빌려주었다. 지붕으로 몇 개의 별들이 점점이 비쳐들었다. 하지만 비는 새지 않았다.

다음 날, 그들은 개똥지빠귀 사냥을 나갔다. 카트린은 앉아 있는 새를 쏘는 법을 배웠다. 새들이 자두처럼 후드득 떨어졌다. 그들은 함께 사냥하는 즐거움을 발견했다. 이곳에서 고기붙이라고는 그들이 사냥해온 것이 전부였다.

짐과 카트린은 송진 채취꾼과 함께 염주비둘기 사냥에 나섰다. 그들은 모래밭에 구덩이를 파고 소나무 가지를 덮어

만든 은신처에서 줄을 당겨, 나무 꼭대기 사이사이에 걸쳐 놓은 판자에 붙은 포로 염주비둘기들의 날개를 파닥거리게 했다. 그러면 야생 염주비둘기들이 날아와 이 포로 염주비둘기들 주위의 나뭇가지에 앉았고, 그들은 약속된 신호에 따라 동시에 총을 쏘았다. 짐과 카트린은 이 방법이 너무 쉽다고 생각했다. 그들은 은신처에서 나와 밖의 벤치에 앉아 미끼새를 물고 날아오르는 새매들을 쏘았다. 설사 새들을 놓친다 하더라도 적어도 이쯤은 돼야 사냥이었다.

밤이 되자 날이 쌀쌀해졌다. 그들은 옷을 홀딱 벗은 채 소나무 가지들로 활활 피운 모닥불 앞에서 몸을 굽다시피 데웠다.

두 사람은 100미터 높이의 사구를 사방팔방으로 뛰어다녔다. 모터사이클 경기를 해도 될 만큼 광활한 모래밭이었다. 그들은 대서양 끝의 사막에서 온종일 벌거벗은 채 뛰어다니는가 하면 뜨거운 모래밭에 누워 차례로 몸을 파묻고는 호흡을 위해 종이로 작은 깔때기 두 개를 만들어서 콧구멍에 끼웠다. 모래 밖으로는 오직 종이 깔때기만 보였다. 간혹 단추 같은 두 개의 유두와 함께. 그들은 바다에 떠밀려온 나뭇가지들과 새들의 뼈로 사원을 지었다.

그들은 아담과 이브라도 된 듯했다.

그들은 아무리 걸어도 끝이 보이지 않는 숲 속에서 길을 잃었다. 어디를 보아도 천편일률적인 풍경이었다. 그들은 수 시간을 헛되이 걸어다닌 끝에 뽈피리를 불 수밖에 없었다. 송진 채취꾼이 이런 사고에 대비하여 챙겨주는 것을 그들이 얼토당토않은 걱정이라고 생각하면서도 예의상 받아둔 터였다. 다만 송진 채취꾼이 상황에 맞는 신호음을 일러주지 않았던바, 그들은 숨이 가빠올 때까지 되는대로 반복해서 불어댔고 이것은 우연찮게도 '삼림 화재' 신호와 흡사했다. 사람들이 그들 주위로 몰려들었고 장난질로 오해해 경찰서로 데려가려고 했다. 마침 그들의 친구 송진 채취꾼이 나타나 그들을 위기에서 구했다.

집으로 돌아와 가족과 함께 식사를 하며 모험담을 떠벌리고 선물을 펼쳐놓는 시간은 즐거움으로 가득했다. 줄 앞에는 희한한 파이프가, 딸들과 마틸드 앞에는 각각 분홍색 조가비와 검정색 조가비가 놓였다.

어느 화창한 아침, 짐은 이른 시각에 집에서 나와 정원을 산책하다가 벌레 먹은 나무 기둥의 미세한 초록 얼룩이 변형되고 있음을 발견했다. 자세히 들여다보니 사냥용 산탄처럼 불룩한 반구 모양의 알갱이가 몸을 납작 엎드렸다가 날아오르는 자고새 무리처럼, 팽창과 수축을 절도 있는 동작으로 반복하고 있었다. 거미? 진딧물? 작은 새가 옆의 나무 기둥을 은근하게 쪼았다. 이것과 비슷한 알갱이를 먹는 것일까? 짐은 눈 한쪽을 더 한층 바짝 갖다 댔다. 작은 알갱이가 더 넓게 팽창되더니 주위의 곰팡이에 섞여 보이지 않게 되었다. 누가 신호를 보낸 것일까? 짐은 감동했다. 이 작은 알갱이는 그에게 카트린의 직관에 전적으로 의지하는 그들 가족의 이미지로 남았다.

카트린의 두 딸이 짐과 함께 잔디에 앉아 있었다.

마르틴이 물었다.

"짐 아저씨, 사람이 죽으면 어떻게 돼요?"

리스베트가 부연 설명했다.

"마르틴은 영혼이 어떻게 되는지 알고 싶은 거예요."

짐이 대답했다.

"우리 몸에서 빠져나가지. 유충에서 잠자리가 나오듯 말이다."

마르틴이 대답했다.

"네, 날개를 말리는 거잖아요."

짐이 계속해서 설명했다.

"그리고 다른 영혼들하고 함께 무리를 형성해서 짠! 뱀장어처럼 일직선으로 이주를 해. 그런데 영혼들은 달을 향해 가지."

리스베트가 물었다.

"거기서 뭘 해요?"

"명상을 하다가 어느 날 기회를 봐서 불꽃 행성이나 얼음 행성 같은 데로 떠나."

　마르틴이 말했다.

　"난 영혼이 동물로 변했으면 좋겠어요."

　"그것도 지구에 좋겠구나. 그런 다음엔 은하수의 무수한 별들 사이에 콕 박혀서 인자한 신하고 숨바꼭질 놀이도 하고 말이야."

　마르틴이 물었다.

　"영혼이 신을 찾아내요?"

　짐이 대답했다.

　"글쎄다, 중요한 건 놀이를 한다는 거야."

　마르틴이 외쳤다.

　"아, 알겠어요!"

　리스베트가 말했다.

　"못 찾아내."

　마르틴이 물었다.

　"그럼 엄마는?"

　짐이 대답했다.

　"엄마는 너희를 늘 찾아내셔."

　다음 날, 카트린이 들뜬 얼굴로 갓 출간된 책 한 권을 들고 나타났다.

"드디어 내가 속으로만 생각하는 걸 소리 높여 말하는 사람이 나타났어. 들어봐. '우리가 보는 하늘은 속을 파낸 공과 같으며, 우리의 생각보다 크지 않다. 우리는 하늘의 중앙으로 머리를 향한 채 서서 걷는다. 인력이 바깥쪽을 향해, 우리의 발밑으로, 이 기포를 둘러싸고 있는 단단한 껍질층을 향해 작용한다.'"

짐이 물었다.

"그 껍질층 두께가 어떻게 되는데? 그 너머에는 뭐가 있고?"

카트린이 대답했다.

"직접 가서 확인해봐, 짐. 그 너머에는 뭐가 있냐고? 그건 신사들끼리 던질 질문이 아니지."

모두가 웃었다.

시간이 흘렀다. 행복은 잘 표현되지 않는다. 또한 우리가 그것이 마모된 걸 깨달을 사이도 없이 마모된다.

짐이 카트린에게 운전석에 파란색과 갈색 타탄체크 시트가 씌워진 작은 차를 사주었고, 이것은 모두에게 사건이었다. 카트린은 운전법을 빠르게 습득했다. 차에는 좌석이 세 개였지만 카트린은 가족을 모두 구겨 태우고 소풍을 떠났다. 그녀는 짐을 아침에 파리에 데려다 주고 저녁에 데리러 갔다. 배차 간격이 뜸하고 늘 만원인 전차 대신이었다. 이따금 마틸드를 포함한 온 가족이 동원되어 세차를 했다. 모두들 이 차가 충실한 강아지인 것처럼 애지중지했고 전설까지 꾸며냈다. 짐은 아이들에게 이 작은 차가 길에서 혼자 카트린을 따라다니다가 위기의 순간에 그녀의 목숨을 구한다는 동화를 들려주었다.

짐이 그리스로 여행을 떠났다. 이곳에 오자 줄이 그리웠다. 그는 '석상의 미소'를 다시 보러가지 않았다. 왜? 그에게는 원본이 있었으니까. 프랑스로 돌아오는 길에 그가 카트린을 프랑스 남부의 리비에라 해안으로 불렀고, 그녀는 작은 차를 부지런히 달려 이틀 만에 도착했다. 그들은 함께 프랑스를 반 바퀴 일주하며 즐겼다. 이제는 짐이 운전을 했고 그들의 차가 그의 손에서 운명을 다했다. 카트린은 타당한 이유로 짐이 아닌 차의 편을 들었다. 차 수리가 길어졌고 그들은 피레네 산지를 걸어서 산책했다.

거의 비수기인 이 온천지역에서 카트린은 시험 삼아 온천을 시도했다. 짐이 수증기로 가득한 욕실로 그녀를 찾아갔다. 희뿌연 수증기 한가운데서 찬 공기가 흘렀다. 유리창 한 개가 비어 있었다.

카트린이 덜덜 떨면서 말했다.

"괜찮아, 처음엔 일부러 그런 건 줄 알았어. 난 절대 감기에 안 걸려. 하지만 독일이었으면 아마 날 15분 이상 여기에 놔둔 간호사가 징계를 받았을 거야. 거긴 진짜 환자가 있었을 테니까."

그들은 차가 수리되기를 기다리면서 오래된 '산골 신문' 컬렉션에서 익명의 칼럼을 읽었고, 몇 가지 인용구를 적어두었다.

짐과 카트린은 다시 출발했다.

그들은 카르카손 지방의 변화된 모습에 서글퍼했지만, 훼손되지 않은 자연 그대로의 모습을 간직한 아름다운 작은 마을과 장소들을 발견했다.

더러 불안의 먹구름이 끼기도 했다. 짐은 이따금 카트린이 사람들을 거칠게 대한다고 느꼈고 충고했다.

"아무도 상처주어서는 안 돼."

카트린은 이 말에서 질베르트에 대한 암시 가능성을 읽었다.

그녀가 대꾸했다.

"아니, 살면서 무엇이건 꼭 하고 싶은 일이 있으면, 외과 의처럼 미리미리 살펴서 적시에 수술해야 해."

그들은 파리로 돌아왔다.

줄이 두 사람의 불화를 귀띔받았다. 그가 그들에게 힌두교 관련 이야기를 들려주었다.

"사랑과 질투의 고통에 시달리던 한 쌍의 연인이 있었어. 두 사람은 함께 세상에서 가장 행복했고 또 함께 그 행복을 망쳐버렸지. 그들은 만남과 이별을 되풀이했고 헤어졌다 만나면 전보다 더 사랑했어. 하지만 이내 불행해졌고 결국 영원히 이별했지. 몇 년이 흘렀어. 가슴이 찢긴 남자가 죽기 전에 마지막으로 여자를 보고 싶었어. 남자는 여자를 찾아 방방곡곡을 여행하며 흘러 다녔지. 그 여자 미모라면 어딜 가든 유명해졌을 거라 생각했어. 남자가 여자를 찾아냈어. 여자는 경박한 삶을 살아가는 무용수 무리의 별이 되었지. 남자가 여자한테 다가가 그녀를 바라보며 눈물을 줄줄 흘렸어. 그는 무용수들을 따라다니며 여자가 다른 남자들을 위해 춤추고 미소 짓는 모습을 지켜봤어. 여자에 대한 원망은 일절 없고 그저 그녀를 보게 해달라는 거 말고는 여자한테 아무 바람도 없었지. 여자가 말했어. '드디어, 당신이 날 진짜 사랑하는군!'"

그들은 다 같이 이 이야기에 대해 의견을 나누었다. 카트린은 수긍했고, 짐은 『마농레스코』의 마농과 그녀에 대한 정열로 인해 파멸한 젊은 기사 데 그리외를 떠올렸다.

줄이 카트린에게 말했다.

"당신 어록 중에 이런 게 있잖아. '연인 관계에서는 적어도 둘 중 하나는 정절을 지켜야 한다.' 이것과도 일맥상통하는 이야기지."

그가 이어 말했다.

"누군가를 사랑하는 건 그 사람의 있는 그대로를 사랑

하는 거야. 영향을 끼치려고 해선 안 돼. 왜냐하면 내가 원하는 대로 그가 변한다면 그는 더 이상 그가 아닌 거니까. 감화건 강요건 사랑하는 사람을 변화시키려는 생각은 단념하는 게 좋아."

짐은 카트린을 위해서라면 죽을 수 있었다. 혼자 살아남는 것은 치욕이리라. 수거미들은 이를 알았고, 그들의 암컷들도 마찬가지였다.

일단 한 번 치욕이 시작되면 다른 치욕들이 뒤따른다.

VI
폴

"좋은 날씨가 한참 계속된 후에는
폭풍이 몰아치는 시기가 온다. 왠지는 모른다.
눈동자엔 아직 화창한 날씨가 계속되지만,
그럼에도 한 달을 망치고, 한 계절을 망치고,
어쩌면 한 해를 망치게 된다."
—산골 신문

짐이 차의 운전대를 잡았고 카트린이 그의 뒤에 앉았다.

한참 달리던 도중, 그녀가 난데없이 질베르트를 슬쩍 언급했고 짐은 대응하지 않았다. 짐이 무엇인가를 이야기했고 이번에는 카트린이 묵묵부답이었다. 그들은 파리 서쪽의 불로뉴 숲 속을 조용히 달렸다. 짐은 카트린이 고단한 데다 생각이 필요한 것이리라 짐작한바, 그녀의 침묵을 존중했고 쾌적한 드라이브 시간을 만들어주고자 애썼다.

짐이 백미러를 통해 카트린을 힐끔거리니 그녀가 몸을 숙이며 그의 지팡이를 잡아 쥐었다. 그는 등 뒤의 위협이 증폭되고 있음을 느꼈다. 카트린이 지팡이를 잡은 손을 휘둘렀고, 그는 예감대로 가격당했다. 카트린은 협소한 차 안에서 할 수 있는 힘껏 그의 한쪽 귀를 후려쳤다. 그의 고개가 공격당한 쪽으로 떨어져 내렸다. 짐은 피가 흐르는 기분이었지만 귀를 만진 손이 하얬다.

짐이 어안이 벙벙하여 지팡이를 붙잡자 카트린이 지팡이에서 손을 놓았다.

그가 말했다.

"오케이, 카트린!"

그녀는 그의 침묵을 모욕이라고 판단한바, 끝을 낼 심산이었다.

어느 날, 카트린이 짐에게 말했다.

"아, 대체 난 언제쯤 당신을 맛보기로 말고 온전히 다 갖게 되는 거야?"

짐이 대답했다.

"아, 대체 당신은 언제쯤 우리의 사랑을 제빵사가 반죽 자르듯 갑자기 뭉텅뭉텅 잘라내지 않고 부드러운 흐름을 따를래?"

한 젊은 남자가 카트린의 인생에 등장했다. 발코니에 툭 떨어진 처음 보는 커다란 벌레처럼.

카트린이 줄과 짐에게 그에 대해 이야기했다.

그녀는 마틸드와 함께 장을 보는 중에 그를 만났다. 그가 그녀들보다 늦게 가게로 들어와 한 시간 가까이 예의 바르게 그녀들을 따라다녔다. 기회 될 때마다 카트린과, 또한 마틸드를 조용히 응시하면서.

두 번째 만났을 때는 카트린 혼자였다. 그는 카트린에게 매끄럽게 경의를 표하면서 자신을 소개하고는 함께 이야기하고 싶다는 소망을 피력했다. 그의 진지한 태도가 카트린의 호기심을 북돋았다. 그녀는 차 대접 제안을 받아들였고 두 사람은 제과점에 갔다. 그는 훤칠하고 예의가 바르고 우수했으며, 자기의 전공인 건축에 푹 빠져 있었다. 그는 세상이 불필요하게 복잡하고 사람들이 시간을 잘못 사용하고 있다고 생각했다. 그는 더 많은 질서와 명료함과 새로운 가치들을 원했고, 카트린의 태도와 결단력과 옷차림이 자신의 이상에 부합한다고 생각했다.

줄과 짐은 그에게 동의했다. 카트린의 고대 그리스의 미소에는 현 시대에 대한 판단이 담겨 있었다.

카트린은 그를 또 만났고, 짐과 줄에게 또 이야기했다. 그는 자기처럼 키가 크고 호리호리한 아내가 있었으나, 아내와 개혁에 대한 고민을 나누지는 않았다. 그들은 자연주의자들이었고 수영에 빠져 있었다. 슬하에 자식은 없었다.

이 모든 이야기를 들은 뒤 줄과 짐은 그에게 호감을 느꼈으며, 아무래도 폴(그의 이름이었다)이 카트린의 일탈에 지렛대 역할을 할 것 같다는 예감을 강하게 받았다. 카트린은 불만이 쌓였던 터였다. 눈사태의 조짐이 있었다. 알베르의 시대, 해롤드의 시대가 몇 가지 변주된 채 다시 도래할지도 몰랐다.

카트린은 짐의 불안을 서서히 깨워 일으켰다. 그녀에 따르면 폴은 그녀의 무릎의 둥근 부분을 상징적이라고 생각했다. 그는 그곳을 만져보았을까?

짐은 폴에 대해 알고 싶었고 이는 상호적인 듯했다. 카페에서의 만남이 성사되었다. 카트린은 편안했고 두 남자도 거의 그러했다. 폴은 과연 카트린이 묘사한 그대로였다. 그는 카트린의 관심을 끌려고 애쓰지 않으면서도, 그의 아내나 짐은 좋아하지 않을 방식으로(그들은 이것에 무감했다) 카트린의 영감을 샘솟게 할 역량이 충분해 보였다.

짐은 올 것이 오게 놔두기로 마음먹었다. 그는 혹여 부주의로 카트린이 빠져나가지 못하도록 카트린을 둘러싼 그의 심장과 손에 테두리를 둘렀지만, 성벽을 쌓지는 않았다.

줄은 생각했다. '이자보다 훨씬 더 못한 작자가 걸려들 수도 있었어.'

짐은 줄이 카트린한테 했던 말을 떠올렸다. "당신은 여름마다 내 친구 중에서 애인을 갈아치우는군."

이제 그녀는 혼자서 폴을 발견했다.

줄과 짐의 잘못이었다. 그들은 그녀가 필요로 하는 모든 것을 갖추지 못했다.

어느 날 저녁, 카트린과 짐은 신경 써서 갖춰 입고서 작은 차에 올라 시내로 저녁 식사를 하러 갔다. 그들은 이번 한 번은 시험 삼아 양념이 센 요리와 와인을 마셨다.

그들은 종합경기장으로 가서 폴과 그의 아내를 만나 유명한 흑인 복서가 출전한 권투 시합을 함께 관람했다. 흑인 복서의 적수는 악착같고 다부지며 털이 무성한 영국인이었다. 흑인은 독보적인 기량에도 불구하고 영국인을 링 위에 때려눕히지 못하고 판정승을 거뒀다. 관객들이 실망했다.

카페에서 폴의 아내가 부드러운 매력을 발산했고, 카트린이 말한 대로 살짝 보수적인 경향을 보였다. 카트린이 주도권을 잡았다. 폴은 쾌활하면서도 신중한 태도를 취했다.

짐은 경계를 늦추지 않았다. 그는 이런 식으로 그녀가 바라는 대로 그녀에게 세심한 주의를 기울이게 된 것은 아닐까? 그녀는 주의 깊은 하인 겸 기사를 원했다.

짐과 카트린은 작은 차를 전속력으로 달려 집으로 돌아왔고, 매일 밤처럼 함께 목욕했다.

그런데 무엇이 문제였을까? 그들은 무엇에 대한 벌을 받은 것일까?

그들이 먹었던 자극적인 음식에 대해? 동물적 본능을 앞세워 권투 시합을 관람한 것에 대해?

짐은 벌거벗은 카트린을 안아 자주 그러듯 부드럽게 뒤로 젖히고 키스했다. 카트린이 머뭇거렸고 짐이 강제했다. 카트린의 동조를 지나치게 확신한 것일까? 네 사람이 함께한 정체불명의 저녁 시간 때문에 짜증이 북받쳤던 카트린은 거칠게 다뤄졌다고 느꼈고, 순간 짐을 왈칵 밀쳤다. 짐은 분노로 살벌해진 카트린의 얼굴을 바로 코앞에서 보았다. 그녀가 그에게 던질 기세로 전기다리미를 움켜쥐었다. 자칫하면 이 좁은 욕실에서 둘 다 다칠 수 있었다. 재빨리 조치해야 했다. 짐은 상처 입히지 않으면서 다만 정신이 들게 하기 위해 손끝으로 카트린의 얼굴 주위를 빠르게 탁, 탁, 탁 쳤다. 카트린이 뒤로, 그들의 행복의 방까지 나동그러졌다. 감정이 격해진 짐은 한 손으로 가슴을 움켜잡으며 카트린을 뛰어넘어 침대로 달려가 널브러졌다. 이 행동에 왈칵 걱정스러워진 카트린이 침대로 달려가 그를 부둥켜안았다. 두 사람은 쿵쾅거리는 가슴을 억누르며 서로 아무 말도 하지 않았다. 거친 숨소리가 서서히 잦아들었다. 그들은 잠이 들었다.

다음 날까지 카트린은 침대에 누워 있었다. 짐도 함께였다. 카트린의 얼굴에 희미한 자국이 남았다. 그녀는 딸들에게 넘어졌다고 둘러댔다. 마틸드가 짐을 의심스런 눈초리로 힐끔거렸다.

그들은 또 한 번 사랑의 소용돌이에 휩싸였다. 하지만 이 사랑은 목덜미에 두 개의 투우창을 지고 있었다. 바로 질베르트와 폴이라는 창을.

짐은 질베르트를 만나는 것을 결코 그만두지 않았고, 카트린도 폴을 계속 만났다.

짐의 신조는 한결같았다.

"질베르트는 곧 줄이야. 그러니 이 얘긴 이제 그만두고 우리 행복해지자."

카트린의 대꾸는 새로웠다.

"질베르트는 곧 폴이야."

폴은 그녀에게 대체 무엇인가? 짐은 골똘히 자문했지만 알아낼 도리가 없었다. 카트린은 짐의 맞복수 이후로 그에게 더는 아무것도 고백하지 않았고 모든 것이 가능했다. 위장술에 있어서 그녀는 짐보다 월등히 뛰어났기에 그는 그녀에게 아예 질문하지 않았다.

카트린은 짐이 폴을 충분히 불안해하지 않는다고 생각했다. 만일 그가 폴 문제에 무감하다면 그녀는 폴에 대해 자유였다!

따라서 극도로 세심한 주의를 기울여 의혹을 방울방울 흘려 넣어야 했다.

짐은 생각했다. '우리는 이 집에서 행복해. 카트린이 그 행복을 보지 못한다면 애석하지만 어쩔 수 없지! 카트린이 끊임없이 전쟁을 필요로 한다면 난 더는 못 해.'

어느 날 밤, 짐의 손이 카트린의 머리 뒤쪽, 매트리스와 목제 침대 사이에서 차가운 물건에 닿았다. 짐의 자동권총이었다. 그는 잠자코 이것을 감췄다.

줄, 그는 방어하지 않았으리라. 카트린이 그를 때리고 싶다는 생각을 한 번도 하지 않은 것도 바로 이 때문이었다. 줄은 평화를 내포했고, 카트린은 이를 멸시했다.

카트린은 딸들의 학업과 그녀의 일을 위해 파리에 아파트를 마련하고자 했다. 그녀가 아파트를 얻었을 때 짐은 그들이 이곳에서 점차 덜 행복하리라는 예감이 들었다. 그는 아예 미국으로 떠나버릴까도 생각했으나, 카트린의 바쁜 생활과 신조를 믿어보기로 작정했다.

그들은 폴의 등장 이후로 이름값을 제대로 하지 못한 행복의 방에 작별을 고했다.

새 보금자리에 가구를 들이기 위해 그들은 섬에 지은 그들의 집을 팔았다. 모두들 이 집을 좋아했지만 카트린을 제외하고 아무도 실제로 보지 못했다. 너무 멀리 있었다. 그들은 언제쯤 그곳에서 살 수 있는 여유가 생길 것인가?

폴은 새 아파트의 엄격하고 창의적인 장식가였다. 모든 방의 4면 벽마다 적절하게 선택된, 각기 다른 네 가지 색깔이 칠해졌다.

VII
우지끈 소리

"어느 날, 가위며 주머니칼이며 안경이 사라진다.
그들은 자기를 찾는 당신의 목소리를 들으며
'나 여기 있어요!'라고 대답하고 싶어 한다.
하지만 그럴 수 없다."
– 산골 신문

그들은 이곳에서 2년 넘게 보냈다.

줄은 모국의 일자리를 받아들였다. 이제 '보호자'인 그가 이곳, 파리에 간헐적으로밖에 머물 수 없게 되었다.

카트린과 짐은 그들의 갈등을 더는 즉흥적이고 저돌적인 충돌로 해결하지 않았다. 미납된 감정이 쌓여갔다. 질베르트에 대한 그들의 시각차는 타협점을 찾지 못했다.

카트린의 집은 짐의 집에서 3분 거리였고 질베르트의 집에서는 5분 거리였다. 짐이 질베르트의 집에서 보내는 시간이 보다 가시적이 되었다. 카트린은 이 근접 상황을 가시처럼 느꼈다. 두 여자 사이에 소리 없는 전쟁이 벌어지고 있었다.

카트린은 여름휴가를 보내기 위해 영불해협 근처에 얻은 집으로 짐을 데려갔다. 그들은 낮 동안 차를 달려 어두컴한 밤에 도착했다. 비가 내렸다. 자동차 헤드라이트가 고장이었다.

그들은 작은 차고에 차를 뒤부터 넣으려고 시도했지만 성공하지 못했다. 이번에는 성냥불을 켜고서 차를 밀어보았으나 허사였다. 그들은 체스 문제를 함께 해결할 때처럼 이 일에 열성으로 매달렸다. 어떤 독보적인 힘 또는 장난꾸러기 천재와 대적한 기분이라고 할까. 두 사람은 포석인지 시멘트인지 모를 보이지 않는 장애물을 바닥에 엎드리면서까지 샅샅이 찾았지만 끝내 아무것도 발견하지 못했다. 좌절하고 분노한 그들은 빈속으로 잠자리에 들었고, 종국엔 기이한 방식으로써만 해결되었던 어린 시절의 일화들을 떠올리며 이 사건을 이리저리 유추해보았다. 그들은 박해당한 기분이 되어 불길한 징조들에 관해 이야기를 나누었다.

다음 날, 짐과 카트린은 느지막이 깨어나 차 있는 데로 달려갔다. 서까래가 지붕에서 절반쯤 떨어져 차고 입구의 천장 한쪽 구석을 가로막고 있었다. 그들은 여기까지는 더듬어 보지 못했다.

줄과 두 딸과 마틸드가 두 사람에게 합류했다. 아름다운 인생이 시작되었다.

첫날 아침, 짐은 마르틴과 함께 이런저런 운동을 하다가 정원의 울타리를 단 한 번도 걸리지 않고서 삼백 번 연속 뛰어넘었다.

점심 때 카트린은 전보를 받았다. 이틀간 파리에 다녀와야 했다.

그녀가 짐에게 말했다.

"나 지금 가야 해."

거의 "우리 지금 가야 해"와 같은 소리였다.

녹초가 되어 낮잠을 자려던 짐이 물었다.

"그래? 내가 꼭 같이 가야 할까?"

'아뿔사!' 그는 엄청난 실수를 저질렀음을 바로 깨달았다.

카트린이 대답했다.

"아니! 줄하고 마틸드를 데려갈 거야. 그 둘이 원한다면."

그 둘은 카트린과 함께 드라이브한다는 것에 기뻐했다. 그들에게는 자주 있는 기회가 아니었다.

짐은 중죄를 저질렀음을 인식했다.

짐은 리스베트와 마르틴과 함께 이틀을 홀로 보냈다. 그는 두 아이를 커다란 연못 옆에 있는 작은 카페로 데려가서 원형 테이블 두 개로 구색을 갖춘 테라스에서 함께 아페리티프, 말하자면 보리시럽 음료수를 마셨다. 이곳에서 두 아이는 오리들의 습성을 관찰하는가 하면 난폭한 수탉들에게 분개하면서 서로의 의견을 교환했고, 짐은 아이들의 대화 속에서 줄의 사상과 카트린의 사상을 차례대로 발견했다. 그는 재미있는 시간을 보냈지만, 불안하지 않을 수 없었다.

세 사람이 돌아왔다. 그들 모두에게 흡족한 여행이었고 그들은 일심동체였다고, 카트린이 강조했다.

며칠 뒤, 카트린이 짐에게 이번 가을에 여느 때처럼 질베르트와 시골에 갈 생각이냐고 물었다. 짐이 그렇다고 하자 그녀는 바닷가에서 보내는 긴 휴가가 시작된 지 얼마 되지도 않았건만 그를 내쫓아버렸다.

아무것도 모르는 나머지 벌떼들은 짐이 여왕벌과 의견 대립을 보인 것이리라고 막연히 짐작했고, 따라서 그가 떠난 것이 하등 이상할 것이 없었다.

이것은 짐에게 진짜 균열이었다.

질베르트는 카트린이 파리에 온 것을 알았다. 그녀는 예전에 짐이 카트린과 결혼하고 자식을 갖는다는 것에 바로 동의했고, 자신과 상관없이 그들의 결혼이 성사되지 않자, 다시 희망을 품었다. 그녀는 불행했다.

짐도 마찬가지였다. 그는 질베르트를 버릴 수 없었다. 그건 스스로 생각해도 비열한 일이었다. 그는 초창기에 이 점을 카트린에게 설명했고 불같은 그녀에게는 받아들여지지 않았다. 그의 모든 선의와 한 여자에게 속한 것을 다른 여자에게 주지 않는(그는 그렇게 생각했다) 모든 충실성이 질베르트의 고통과 카트린의 분노에 걸려 좌초했다. 그는 자신의 비전에 대한 신념을 잃지는 않았으나 이제 더는 그것이 실현 가능하다고 생각지 않았다.

카트린을 향한 그의 사랑이 찬란한 혜성처럼 그의 삶을 관통했다. 이제 이 사랑은 때로 그에게 공중의 실에 걸린 연처럼 생각되었다. '모든 게 다 잘될 거야.' 그는 아직도 이렇게 생각했다. 카트린과 질베르트에 대해 어렴풋이 아는 그의 모친이 그에게 말했다. "잘될 게 아무것도 없어. 모든 게 죄다 값을 치르게 될 거야."

카트린과 자발적으로 이별한 이후, 짐은 어머니 집의 학창시절 침대에서 보내는 저녁 시간과 밤이 점점 많아졌다. 그는 카트린과 질베르트 사이의 중간항에 떠 있었다.

짐은 그의 모친을 높이 평가했다. 어렸을 때 어머니는 그를 절대 떼쓰지 못하도록 가르쳤다. 어머니가 한 번 된다면 되는 것이고, 안 된다면 안 되는 거였다. 짐은 부모가 의견을 굽히도록 하기 위해 투정을 부리느라 허송세월하는 학급친구들을 딱하게 여겼다. 청소년기에 진입하면서부터는 어머니가 더 이상 그에게 영향을 끼치지 못했고, 행여 영향을 끼쳤다 해도 그녀의 선험주의가 반면교사 역할을 하는 정도였다. 짐은 실험주의자였다.

그는 어머니가 그를 위해 고른 젊은 여자들과 절대 결혼하려 하지 않았고, 어머니는 짐이 마음에 들어 하는 여자들을 절대 인정하지 않았다. 그녀가 아들과 이끌어가는 개방적이고 유연한 가정이 짐이 독신인 원인이었다. 모자는 언제고 식탁에 준비돼 있는 음식으로 시간에 구애받지 않고 원할 때 각자 식사했으며, 각자 자기 방에서 일하다가 잠깐씩 자주 서로의 방에 들렀다.

카트린은 이따금 자그마한 그녀 집(이미 더는 '우리 집'이 아니었다)에서 모국과 프랑스의 예술가들을 초대하여 격식 없는 간단한 연회를 베풀었다. 짐은 연회에서 불필요한 사람이 된 기분이었고 점점 참석하지 않게 되었다. 그는 단둘이 있을 때만 카트린에게 무조건 감복할 수 있었다. 사회 속에서는 그녀는 그에게 상대적인 존재가 되었다.

아직 그들이 함께하는 밤에 한참 잠자고 있는 짐에게, 부풀었다 줄어드는 연통의 주름진 연결부위처럼 느리고 규칙적으로 씩씩대는 카트린의 숨소리가 들려올 때가 더러 있었다. 그러면 그는 불안하면서도 카트린이 가엾어졌다. 카트린이 생각의 회오리의 포로가 되어 잠들지 못하고 있다는 것, 이것이 곧 그들의 끝없는 불모의 대화로 이어지며 새벽이 밝아오거나, 아니면 카트린이 그를 때릴 기세가 되는 거친 충돌로 번지리라는 것을 알았기 때문이었다.

카트린은 작은 권총을 구매하여 자신만 아는 곳에 숨겨 놓았다. 그녀는 이것에 관한 한 이제 더는 짐에게 의존하지 않았다.

어느 날 희붐한 새벽에 짐과 카트린이 질베르트 문제로, 딸들을 깨우지 않기 위해 소리 죽여 입씨름을 벌이던 중, 카트린이 침대에서 튀어 올라 열린 창으로 달려가 한 발을 테라스에 걸쳤다. 짐은 아름다운 나신의 옆모습을 보며 네 개 층과 땅바닥 사이의 높이를 가늠했다. 그는 열렬히 소망했다.

그녀가 뛰어내리기를…… 그리고 그도 뒤따라 뛰어내리기를.

찬 공기에 제정신이 든 카트린이 침대로 돌아와 누웠다.

봄이 그들의 사랑을 소생시켰다. 한 달 가까이 그들은 화기애애했고 심지어 아이에 대한 희망까지 품었다. 다만 카트린과 줄이 재혼한 상태였기에 아이가 태어난다 해도 줄의 성을 따를 수밖에 없었다. 짐은 생각했다. '상관없잖아? 그건 외부 법이고 줄이 또 동의해줄 거야.' 하지만 부르주아 가정에서 자란(여간해서는 그렇게 보이지 않지만) 카트린에게는 그렇게 간단한 문제가 아니었다.

짐은 잭의 동향인과 함께 프랑스 남부의 미디지방을 여행했다. 그는 미래의 아이와 카트린이 그렸던 아이의 초상화에 대해 많이 생각했다. 진지한 눈빛의 헝클어진 금발 아이. 그는 다시 한 번 카트린과 아이를 향한 사랑에 몸을 떨었다. 아이의 존재가 모든 걸 뒤엎고 모든 걸 해결할 수 있을 터였다. 하지만 파리로 돌아오자 아이에 대한 희망이 사라져버렸다.

카트린이 말했다.

"다른 일이 다 잘되다 보면 아이도 생길 거야."

하지만 그들에게 더는 확실한 믿음이 없었다.

사랑과 무심함이 번갈아 그들을 지배했다. 무심함이 번지다가도 사랑이 나타나면 아직은 모든 것을 날려버렸다.

카트린이 말했다.

"우리는 정말이지 순간 동안만 사랑하는 것 같아."

이 순간은 늘 다시 찾아들었다.

"사랑은 사람들이 자진해서 받아들이는 형벌이야."

줄이 말했다.

카트린이 여섯 주 동안 모국에 가 있어야 했다. 짐이 동행하기로 했다. 하지만 그가 닷새간 그녀 곁을 비우겠다고 미리 선을 긋자, 그녀는 홀로 떠났다. 또 다른 커다란 균열.

카트린은 짐에게 편지를 쓰지 않았고, 짐도 마찬가지였다.

그는 이번에야말로 모든 게 끝났다고 생각했다.

계약서도 맹세도 없이 오직 사랑에 기대어 그날그날 살아가는 것은 아름답다. 하지만 의혹의 바람이 불어오면 그대로 허공으로 추락한다.

VIII
파열

"아무것도 아닌 사소한 사랑의 회한이
떡갈나무처럼 자라버렸다."
―산골 신문

짐은 명상 시간을 가졌다. 그는 주위에 기쁨을 주려 했으나 절망만 안겼다. 새로운 길을 가려면 당연히 개척자가 되어야 한다. 하지만 개척자는 겸손하고 이기적이지 않아야 한다. 그는 경박했다. 이제 그는 첫 빚을 제일 먼저 갚음으로써 그가 초래한 불행을 토막토막 줄여나가야 했다. 그는 질베르트에게 '함께 늙자'고 했던 약속을 늘 인식하고 있었으나 이 약속은 기한이 없었고 무한정 연기할 수 있었다. 마치 위조지폐 같다고 할까. 따라서 그는 질베르트에게 그녀가 원하면 그녀가 원할 때 결혼하겠다고 약속해야 했다. 그는 더는 카트린과 결혼할 가망이 없었다.

그는 카트린이 빌려준 소설에서 그녀가 표시한 구절을 보았다. 배 위의 한 여자가 같은 배를 타고 있는 잘 모르는 남자에게 상상으로 몸을 허락하는 장면이었다. 짐은 고백이라도 받은 것처럼 얼떨떨했다. 이것이 바로 카트린이 세계를 탐사하는 방식이었고 실제 상황일 수도 있었다. 짐 또한 이런 종류의 호기심이 순간적으로 들 때가 있었고, 어쩌면 모든 사람이 그럴 것이다. 하지만 그는 카트린을 위해 이런 호기심을 자제했다. 반면 카트린이 그를 위해 그럴지는 확신할 수 없었다.

카트린이 돌아왔다. 그녀는 며칠이 지나도 짐을 부르지 않았고, 이 때문에 짐의 결심은 더욱 확고해졌다. 마침내 그녀가 짐을 불렀고 차갑게 대했다. 그는 마침 잘됐다고 생각하며 자신이 질베르트를 위해 하려는 것에 대해 이야기했다.

그들은 차 안이었고 카트린이 운전하고 있었다. 그녀는 처음엔 알아듣지 못한 것 같다가 이어 차가 끼익 소리를 내며 도로에서 크게 이탈했다. 짐이 황급히 운전대를 붙들었다. 그녀가 말했다.

"당신 생각이 그렇다면 실행에 옮겨. 만일 당신 생각이 바뀐다 해도 내가 강제로라도 그렇게 하게 할 거야."

짐은 질베르트가 생활이 급작스럽게 바뀌기를 원치 않을 거라고 말했다. 그는 카트린이 비웃거나, 거칠게 공격하거나, 이별 선언을 하리라 예상했다. 하지만 그렇지 않았다.

하기는 그전에 카트린은 그에게 이렇게 말했던 터였다. "이제 당신을 덜 사랑하는 이상……." 거의 "이제 당신을 더는 사랑하지 않는 이상……"보다 못한 말이었다.

단기적이건 장기적이건 그들의 미래가 끊겼다. 카트린은 '돌이킬 수 없는' 짓을 저질렀고, 짐에 대한 마음은 하나도 훼손되지 않았다고 생각했다. 이제 짐이 시도할 차례였고 그는 한 번에 성공했다.

두 사람은 방황했고 피신할 무엇인가를 찾아 헤맸으나 허사였다. 따라서 그들은 습관에 의해 다시 한 번 서로의 품으로 피신했지만, 마치 사형선고를 받은 죄수들 같았다. 그들은 그들의 목숨을 건 충돌 중의 하나를 되풀이했다.

카트린이 밤중에 반수면 상태에서 큰소리로 똑똑히 말했다.

"질베르트는 생활이 급작스럽게 바뀌기를 원치 않아······."

카트린은 짐과 함께이건 단둘이건, 질베르트를 만나기 위해 갖은 애를 썼다. 그녀는 질베르트에게 수차례에 걸쳐 편지를 보냈다. 처음엔 차분한 어조였다가 차차 솔직함과 빈정거림이 뒤섞인 격렬한 어조로 변해갔다.

짐은 카트린을 내버려두었다.

그는 생각했다. '하고 싶은 대로 하라지. 삼자회담이라도 하게 되면 할 거야. 두 세계가 충돌하겠구나. 제발 줄과 나처럼 두 사람이 서로를 견디길. 제발 나도 이제 한 여자가 웃더라도 다른 여자에 대해 회한을 갖지 않게 되길!'

밤이 되면 짐은 이 삼자회담을 상상했고, 이 상상은 그때마다 번번이 달랐다. 때로는 두 여자가 그를 상대로 똘똘 뭉쳤고, 때로는 서로를 응시하다가 이해하고 받아들였으며, 때로는 카트린이 질베르트를 때리고 질베르트가 방어했다.

짐은 꿈을 꾸었다. 기다랗고 흐릿한 두 개의 더미 같은 두 여자가 서로에게 번개를 내쏘며 짐이 이해할 수 없는 책략 속에서 뱀처럼 느릿느릿 흐늘거렸다.

질베르트는 카트린에게 차분한 답장을 보냈다. 그녀는 절대 카트린을 만나지 않을 것이며 카트린의 고뇌에 구체적 얼굴을 제공할 생각이 없다는 내용이었다.

카트린은 늦게 귀가하여 이 편지를 읽자마자 자동차에 뛰어올랐다.

짐은 집에서 잠들기 직전이었다. 그는 멀리서 들려오는 그들의 자동차 경적소리, 카트린의 경적 신호법을 알아들었다.

짐은 발코니로 달려갔다. 처음엔 아무것도 보이지 않다가 이윽고 도로에서 내려오며 평지의 가로수들 사이를 달리는 카트린의 차가 보였다. 차는 기수 없는 말 또는 유령선처럼, 황량한 광장을 이리저리 헤매며 벤치와 가로등들을 스치는가 하면 안전지대에 오르기도 했다.

짐이 양팔을 휘저으며 있는 힘껏 그녀를 불렀지만 허사였다. 그녀는 대로에 들어서더니 멀어져버렸다.

맞은편 정류장에는 택시도 없어 그녀를 따라갈 수 없었다.

다음 날, 카트린은 이 일에 대해서는 함구했다.

줄이 이틀 일정으로 파리에 왔다. 짐과 카트린은 그에게 각각 저마다의 고뇌를 이야기했다. 줄은 자신이 사랑에 빠졌던 시기를 돌아보았고 두 사람을 판단하는 것을 피했다.

아파트 8층에 줄의 커다란 방이 있었지만 카트린은 그가 딸들 방 바로 옆의 그녀 방을 쓰기를 원했다. 그리고 그녀는 짐과 함께 호텔에 가서 잤다.

짐과 카트린은 모든 것을 잊는 짧은 시간을 가졌다. 그들은 고요 속에 빠져들었다. 그들은 종일토록 호텔 직원도 부르지 않고, 짐이 호주머니에 넣어온 작은 빵 두 개와 서로만을 삼켰다.

그들의 이 마지막 은신처마저 공격받았다.

프로이트의 제자인 카트린의 박사 친구가 파리에 왔고 카트린을 자주 찾아왔다. 그녀가 카트린에게 자기 식으로 질문했고, 카트린은 짐과의 친밀한 생활을 털어놓았다. 짐은 이를 질색했다. 친구가 카트린에게 말했다.

"그런 생활을 계속하면 안 돼. 짐이 너무 빨리 축나버릴 거야. 그 점을 바꿔야 해."

카트린은 짐에게 경고했고 이 점을 바꿨다. 하지만 그것은 알게 모르게 적어도 짐에게는 핵심이었기에 그들 관계의 정수를 잘라낸 격이 되었다.

그들이 이룬 융합에 균열이 일었다. 그들은 붙어 있는 두 면이 겉으로 보기에는 아무 이상 없이 지구의 주위를 돌고 있으나 한 번만 부딪쳐도 떨어져 나갈 수 있는, 금이 간 달과 같았다.

짐은 아돌프 레옹 월레트의 스케치를 보았다. 빈 병을 들고서 젊고 어여쁜 아내를 때리는 술 취한 남자 그림이었다. 그림 밑에는 이런 설명이 씌었다. '사랑, 그것은 죽이기 힘들다.'

짐이 한숨을 내쉬었다.

'아, 맞아, 정말 힘들어!…… 어쩌면 아예 불가능한 건 아닐까?'

그는 막이 오르면 황제가 관객을 향해 이렇게 독백하는 중국 경극을 떠올렸다. "여러분은 나한테서 세상에서 가장 불행한 남자를 보게 될 것이오. 난 부인이 둘이기 때문이오. 첫 번째 부인과 두 번째 부인."

그도 이렇게 말할 수 있었다.

동시에 그는 이 모든 고통을 잉여처럼 느꼈다. 사랑과는 하등 상관없는 오랜 세월의 잔재처럼.

IX
짤랑 떨어진 열쇠

"셋이 아닌 둘은 절대 없으니."

어느 날, 짐은 마지못해 젊은 여자를 소개받았다. 그는 이제 새로운 인연을 만들고 싶지 않았다. 여자는 파리한 안색에 조용하고 차분했고, 그에게는 죽음의 그림자처럼 보이는 어머니의 둔부를 가졌다. 그녀의 이름은 미셸이었다.

짐은 그녀를 다시 만났다. 그녀 곁에서 그는 다른 두 여자의 갈등을 잊었다. 평화로웠다. 그녀는 자신의 삶을 이야기했고 그는 그의 삶을 이야기했다. 두 삶엔 그들의 손금처럼 파란이 일었다. 그들은 서로에게 어린 시절의 사진들을 보여주었다.

그녀는 옛날 판화가 가득한 서가를 소유했고 그를 이곳으로 안내했다.

아니, 그녀는 병으로 죽지는 않을 터였다. 다만 그녀가 죽는다면 그건 살아야 할 이유를 찾지 못해서였다.

짐은 그녀의 집을 자주 찾았다.

석 달이 지났다. 짐의 모친이 단말마의 고통 끝에 생명을 다했다. 그는 마지막 몇 주 동안 그녀 곁을 지켰다.

그의 모친의 집게손가락은 마지막까지 이불 위에서 가볍게 까딱거리며 "싫다"는 의사표시를 했다. 이를테면 의사나 간호사가 주사를 놓으려고 다가올 때 그러했다. 그녀는 자신의 죽음을 베일로 가리는 것을 원치 않았다.

짐은 어머니의 희망에 따라 그녀의 시신 곁을 홀로 지켰다. 그는 어머니와 함께한 삶을 떠올렸다. 어머니가 더 잘 이

해되었다. 그는 어린 짐에 대해 이야기하는 어머니의 기록을 다시 읽었다.

그는 결코 아들을 얻지 못할 것인가?

질베르트가 오전에 조문을 왔다.

카트린은 점심시간 이후에 나타났다.

미셸은 저녁 때 들렀다.

세 여인 모두 말이 없었고 각자의 방식대로 완벽했다. 모두들 짐보다 어엿했다.

질베르트는 꾸밈이 없었고, 카트린은 강렬했다.

미셸은 그의 모친과 이야기를 나누는 듯 보였다. 무엇에 대해?

순간 짐의 머리에 섬광이 일었다. 그에게 아들을 낳아줄 여자는 바로 미셸이었다. 이 아들이 그녀를 이 땅에 발붙이도록 할 것이고, 혹여 그녀가 죽는다 하더라도 만족하며 죽게 하리라. 미셸의 강인함과 허약함은 그의 그것과는 종류가 달랐다. 이것들은 서로 겹치지 않고 서로를 보완할 것이고, 그들의 아들은 그들보다 나을 터였다. 질베르트는 너무 허약했다. 카트린과 그는 본의 아니게 그들의 아들을 소진해버렸다. 미셸은 질베르트를 이해해줄 것인가?

그는 미셸에게 모든 것을 이야기하고 청혼하기로 결심했다.

그는 그렇게 했다.

그녀가 승낙했다.

카트린과 질베르트에게 알려야 했다.

어느 날 아침, 잠에서 깨어나자 짐은 카트린에게 길게 할 이야기가 있다고 말했다. 두 딸과 마틸드는 여행 중이었고, 집에는 두 사람뿐이었다. 그들은 침대에 자리 잡았다.

카트린은 미셸의 존재를 짐의 예술사업 협력자로서만 알고 있었다.

짐은 미셸과의 모든 이야기를 조심스럽게 꺼냈고 그녀한테서 아들을 얻고자 하는 바람과 그 이유를 설명했다.

카트린은 조용히 끝까지 호의적으로 경청하고는, 경탄하듯 말했다.

"아름다운 이야기야, 짐!"

짐은 어안이 벙벙했다. 그는 결코 온전히 카트린을 이해하지 못했다!

이어 미동도 없는 카트린의 눈에서 눈물이 흘렀다.

마침내 그녀가 나직한 소리로 분노하기 시작했다.

"그럼 나는, 짐, 나는? 내가 갖길 원했던 아이는? 당신은 그 아일 원하지 않았어, 짐?"

그녀의 눈빛이 그의 심장을 찔렀다.

카트린은 고문당하는 한 마리 양이었다.

"정말 예쁜 아이들이었을 거야, 짐!"

카트린이 흐느껴 울었다.

짐은 이 세상에 태어난 것이 후회스러웠다. 그는 카트린
이 이따금 밤에 그러하듯 깊은 숨을 내쉬었다.

"난 엄마야, 짐. 무엇보다도 엄마라고!"

짐은 그녀의 두 '외동딸들'을 생각했다. 그는 그들의 치명
적인 오해에 대해 더 이야기하려 했다.

카트린은 이제 더는 아무 말도 듣지 않았다. 그녀는 혼
자만의 생각에 빠졌다.

그녀의 안색은 창백했고 두 눈은 휑했다. 그녀는 고르고
노스(머리카락이 뱀 모양이며 자신을 보는 모든 사람을 돌로 만들
어버리는 그리스 신화 속 괴물—옮긴이)가 되었다.

카트린이 조용히 말했다.

"죽어버려, 짐. 당신 권총 내놔. 죽여버릴 거야, 짐."

짐은 이대로 끝내기 위해 그럴까도 생각했다. 만일 그러
지 않는다면 스스로 경멸스러울 터였다.

카트린은 환자처럼 계속해서 권총을 요구했고 짐이 머
뭇거리는 것에 놀랐다.

그녀가 몸을 일으키며 짐을 관찰하더니 그의 망설임을
간파했다.

"비겁해, 짐. 당신은 두려워하고 있어. 시간이 됐어!"

카트린은 짐이 죽고 싶어 하지 않는다는 것을 깨달았다. 그녀는 침대에서 뛰어내려 문으로 달려가 철컥 자물쇠를 채우고는 창문으로 달려가 열쇠를 던져버렸다. 마당의 포석에 짤랑 하고 열쇠 떨어지는 소리가 들렸다.

카트린은 권총을 놓아둔 서랍장을 향해 걸었다.

이를 알아차린 짐이 그녀를 가로막았다. 그녀가 무시무시해졌고 짐은 덜컥 겁이 났다. 그는 미치광이와 한방에 갇힌 거였다. 그녀가 그에게 달려들며 손톱, 이빨 등 모든 것을 동원해 공격했다.

짐이 카트린의 한 팔을 붙잡았지만 그녀가 여유 있게 빼냈다. 이 순간만큼은 그녀의 아귀힘이 그보다 더 셌다. 짐의 손가락이 꺾일 뻔했다. 그래도 그녀의 눈물보다 공격을 감당하는 것이 덜 힘들 터였다.

그녀가 그에게 달려들었다.

그는 정말 마지못해 그녀의 턱을 갈겼다. 꽤 세고 정확하게. 그녀가 휘우뚱거렸다. 그는 그녀를 침대로 데려가서 젖은 수건으로 얼굴을 토닥였다. 그녀는 제정신이 돌아왔고 무슨 말인가를 웅얼거렸다. 폭력의 위기가 지나갔다.

무거운 시간이 흘렀다. 카트린은 회복 중인 희생자였고 짐은 살인자 간호사였다. 그들은 더는 생각을 교환하지 않은 채 각자의 생각에 빠졌다. 짐은 허공에서 수정들이 반짝거리는 것을 본 기분이었다.

문이 자물쇠로 잠긴 터였다.

그들은 카트린의 친구에게 몇 차례나 전화를 넣었지만
받지 않았다. 그녀는 점심을 집에서 하지 않았다.

짐은 카트린이 서랍장에 가까워지기만 하면 그녀를 주시
했다.

마침내 친구가 전화를 받았다. 그들은 그녀에게 집으로
와서 마당의 열쇠를 찾아 문을 열어달라고 부탁했다.

그녀가 그렇게 한 뒤, 자신의 생각을 말했다.

"당신은 범죄를 저질렀어요, 짐. 거기에 대해선 당신도
동의하죠? (짐은 눈썹을 위로 치떴을 뿐 대답하지 않았다.) 카트
린은 용케 냉정을 지켰어요. 결국 두 사람의 파경으로 귀결
되는군요."

카트린도 짐도 대응하지 않았다. 짐은 이 여자가 이 '파경'
이라는 단어를 즐긴다고 느꼈다. 대체 웬 간섭이란 말인가?

친구가 말을 이었다.

"카트린이 어제부터 아무것도 먹지 않았어요. 저녁거리
좀 사다주시겠어요?"

짐이 대답했다.

"알겠습니다. 하지만 권총은 제가 가지고 가는 게 좋을
것 같군요."

카트린이 말했다.

296

"여기 없어."

짐이 놀라며 확인했다.

"맹세해?"

"맹세해."

짐은 서랍장으로 달려가 두 개의 서랍을 열어 뒤지고는 권총이 발견되자 호주머니에 집어넣었다. 그는 벌써 그에게 덮쳐들고 있는 카트린을 밀어냈다. 그들은 또 육탄전을 벌일 것인가? 아니다. 카트린이 '흥! 기회는 얼마든지 있어'라는 의미의 미소를 지었다.

짐은 저녁거리를 사왔다. 이것이 마지막일 것인가? 그들은 서두르지 않고 묵묵히 음식을 먹었다.

짐이 떠날 채비를 했다. 그는 카트린에게 이제껏 단 한 번도 생략한 적 없는 인사키스를 할 것인가? 카트린이 얼굴을 뒤로 뺐다. 그들은 악수를 나눴다.

그는 카트린이 부르기를 기다릴 터였다.

X
센 강에 마지막으로 떨어지다

카트린이 줄에게 전보를 쳤다.

당신이 필요해. 와줘.

줄은 귀찮았고 투덜대며 기차를 탔다. 그는 생각했다. '카트린이 이유를 밝히지 않았어. 짐과 관련된 문제가 분명해. 하여간 이 둘은 날 조용히 내버려두질 않는군!'

그는 기차에서 선잠이 들었다. 커다란 갈색 수말이 씽씽 달렸다. 작은 암말이 그 곁으로 달려가 수말만큼이나 빨리 달렸다. 두 마리 말은 앞서거니 뒤서거니 달리다가 멈추어 서서 목을 축이고는 서로 물어뜯고 뒷발질을 가했다. 이어 말들은 다시 신들린 듯 질주하며 검은 하늘 아래 점점 더 높아지는 벽들을 뛰어넘었다. 말들은 피로로 비쩍 말랐고 기다란 털은 이리저리 엉켰다. 거친 숨을 몰아쉴 때마다 콧김이 모락모락 피어올랐다.

줄은 꿈에서 깨어났다.

'짐은 내가 오래전에 그랬듯 현재 카트린의 자유를 받아들였어……. 카트린은 그걸 절대 용서하지 않을 거야.

짐은 카트린에게 얻기 쉽지만 간직하기는 어려운 상대야. 짐의 사랑은 카트린의 사랑이 제로로 떨어지면 같이 제로로 떨어졌다가, 카트린의 사랑이 백으로 오르면 똑같이 백으로 오르지. 난 그들의 제로도 백도 결코 알지 못했어.

어째서 카트린은 수많은 남자들의 구애를 물리치고 우리 둘한테 그녀와 함께하는 선물을 주었을까? 우리가 카트린에게 여왕을 대하듯 완벽한 관심을 기울였기 때문이야. 우리 둘이서 함께 카트린을 최상의 사랑을 받는 여자로 만들어주었기 때문에.'

그는 루시의 고향으로 향하는 열차에서 짐과 했던 도미노 게임을 떠올렸다.

'루시가 나를 원했더라면 어땠을까? 나는 수다스럽고 나의 재기에 우쭐했었지. 루시도 지혜를 발휘하여 카트린만큼이나 나를 가지고 놀았을까?

루시는 어떤 법칙을 꾸몄을까? 우리가 이룬 부부는 어떤 모습이었을까?'

쥴은 루시의 부친처럼 나이 든 그가, 그에게 다정하고 찬찬한 눈길을 흘리는 역시 나이 든 루시와 팔짱을 끼고서 하얀 집의 정원을 산책하는 모습을 그려보았다.

지나칠 정도로 아름다웠다.

이번에는 그는 결혼한 짐과 루시의 커다란 집에 사는 자신을 그려보았다. 아이들도 있었고 모든 것이 올바르고 평화롭게 흘렀으며 모두가 만족하며 안정적으로 일했다. 그곳에서는 모든 것이 상식적이고 규칙적이었다. 심지어 짐마저도. 그곳에서는 모두가 줄을 사랑했다.

이어 그는 오딜과 함께 보낸 유일한 밤을 떠올렸다. 그녀와 짐의 관계가 완전히 정리되고 나서 그녀가 파리에 왔을 때였다.

그녀가 그를 강간했다. 그는 마침내 자신을 온전히 놓아버렸다. 그는 크리스마스트리 앞의 아이처럼 경탄했다. 이제껏 그렇게 웃어본 적이 없었다. 하지만 그런 밤은 오딜에게 한 번으로 족했고, 그도 거의 족했다. 일종의 본보기였다고, 줄은 짐에게 이야기했다. 오딜이 카페의 여자들에게 그날 밤의 일을 자세히 그려보였고, 여자들이 줄에게 공모의 윙크를 날렸다.

카트린, 카트린, 그가 진짜를 만난 것은 그녀에게서였다. 그는 그녀 위에서 산산이 부서져버렸다.

줄이 도착하자 카트린은 일과 관련하여 조언을 구했고 줄은 용건이 단지 이것뿐인 것에 여전히 미심쩍어했다. 카트린이 줄에게 당장 짐에게 전화해서 셋이 함께 자신의 차로 드라이브하자고 청했다.

짐이 수락했다.

또 어떤 깜짝쇼가 준비됐을까?

카트린은 차를 빠르게 몰며 표 나지 않는 부주의를 저질렀다.

줄은 평소대로 뒷자리에 앉았다. 호숫가를 산책하다가 해롤드를 만났을 때처럼, 무언가를 기다리는 분위기가 차 안에 흘렀다.

그들은 파리 근교의 센 강가에 이르렀다.

카트린이 줄에게 말했다.

"그 친구하고 파리에서 저녁 식사 약속 있다며? 제 시간에 가려면 여기서 열차를 타야 해, 줄."

그녀가 교차로에서 차를 세웠다. 줄이 차에서 내려 운전석 문가로 다가갔다. 카트린이 그에게 엄숙하게 키스했다.

그러고는 두 눈을 빛내며 말했다.

"우리를 잘봐, 줄!"

카트린이 시동을 걸더니 짐을 데려갔다. 그녀는 물가의 잘 뻗은 오른쪽 도로를 타는 대신 직진하더니 수리 중인 좁은 교각으로 들어섰다.

짐은 이렇게 물어보려 했다.

"왜 그쪽으로 가?"

하지만 어떤들 상관없었다.

줄은 그들을 지켜보았다.

교각의 널판자엔 타르칠이 채 마르지 않았다.

왼쪽 한가운데의 30여 미터가량은 아직 난간이 설치되지 않은 채였다. 더 멀리에선 인부들이 한창 작업 중이었다.

카트린은 왼쪽으로 바짝 붙었다. 차바퀴가 교각 바닥에서 헛돌았다. 짐은 문득 의심이 들었다.

카트린이 차를 다시 오른쪽으로 이동시켰다. 곧 난간이 없는 30여 미터를 지날 터였다.

카트린은 속력을 내며 왼쪽으로 바짝 방향을 틀었다.

차가 교각에서 떨어지며 바퀴가 허공에서 헛돌았다.

짐이 운전대를 잡았지만 차를 교각에 되돌리기에는 너무 늦었다. 무엇보다 운전대를 카트린이 붙잡고 있었다.

어떤 행동도 소용없었다. 그러니 아무것도 하지 않는 편이 나았다. 카트린은 꼿꼿했다. 출구가 없었다. 짐은 다른 꿍꿍이를 의심했지, 이건 생각도 못했다.

그녀가 그를 데리고 갔다!

아! 그러니까 그녀가 그를 사랑했던 것인가? 그리고 그도 그녀를!

카트린이 장난스런 동무의 시선으로 짐을 바라보았다. 아직 그들에게 시간이 있다는 듯이, 함께 다시 한 번 아름다운 여행을 떠난다는 듯이.

그 시선이 이렇게 말했다. "거봐, 짐. 이번엔 내가 이겼어."

고대 그리스의 미소가 이토록 완벽했던 적은 결코 없었다.

카트린이 손수레처럼 차를 뒤집었다.

줄의 절규가 그들 세 사람 위에 삼각형의 불꽃을 그렸다.

두 번째 절규는 몇 배로 확대되었다.

멋진 휴식이 무한정 늘어졌다.

풍경이 뒤집혔다. 짐은 곁에 있는 카트린이 혁명가처럼, 자석처럼 느껴졌다. 그는 그 찬란함을 향해 빨려 들어갔다. 그녀의 양쪽, 어둠 속에서, 둥글고 커다랗고 환한 거미가…… 아니다…… 그것이 움직였다…… 그것은 해롤드의 손이었다.

XI

화장 가마

줄은 카트린이 "우리를 잘 봐!"라고 말했을 때 불길한 예감이 들었고, 난간이 없는 교각을 보았을 때 두려움에 휩싸였다. 카트린이 다시 한 번 한 방을 날렸다. 차를 왼쪽으로 꺾은 첫 시도는 소심했지만 두 번째 시도는 줄에게서 비명을 뽑아내며 차를 물속에 빠뜨렸다.

카트린은 시간이 아니라, 그녀에게는 더 나은 개념인 순간을 살았다.

줄은 짐이 튀어 오르기를, 카트린이 뱀장어처럼 헤엄쳐서 빠져나오기를, 그를 놀라게 하기 위한 더 강력한 장난이기를, 여전히 바랐다.

차가 뒤집히며 뚜껑처럼 두 사람을 덮고는 철썩! 소리와 함께 불고 있는 센 강물에 분수처럼 물을 튀겼다. 아무것도 다시 떠오르지 않았다.

카트린을 알게 된 날 이후로 줄 안에 자리 잡은 두려움이 이제 더는 없었다. 우선 그는 그녀가 바람을 피울까 봐 두려웠다가 나중에는 단지 그녀가 죽을까 봐 두려웠다. 이제 그렇게 된 마당이니 더는 두려울 것이 없었다.

카트린과 짐은 물의 수의를 덮고 있었다. 혹시라도 서로 부둥켜안고 있지는 않았다. 그들은 죽었으므로 서로에게서 풀려났다.

시체들이 홍수로 잠긴 작은 섬의 수풀에 걸린 채 발견되었다.

줄은 홀로 그들을 데리고 화장터로 갔다.

줄, 그는 그들의 무엇을 사랑했을까? 줄과 그들 자신을 비롯한 모든 것을 넘어 세상 끝까지 걷는 그 정신을? 카트린의 표현대로 그들의 잔 바르트(17세기 네덜란드, 영국 등을 상대로 프랑스 해전을 승리로 이끈 해적—옮긴이) 같은 면을?

그들이 그의 성을 따를 아이들을 낳았더라면! 그는 그러기를 바랐다.

그들은 둘 사이에 아무것도 남기지 않았다.

줄은 두 딸이 있다.

줄은 생각했다.

'모든 일이 두 센 강 투신 사이에 벌어졌구나. 첫 번째 투신은 나에게 경고하고 짐을 유혹하기 위한 것이었고, 두 번째는 우리를 벌주고 다음 단계로 넘어가기 위한 거였어.'

그는 아직 피 맛을 보기 전인 카트린의 초창기 모습을 떠올렸다. 쾌활하고, 달리기 시합에서 둘!에 출발하여 승리하고, 관대하고, 매력적인 카트린을. 엄격한 불굴의 카트린, 알렉산드로스 대왕 같은 카트린, 나침반의 방위표시와도 같은 카트린. 그가 항복하여 잠시 무장해제시킨 카트린, 어느 날 그를 자신의 위풍당당한 전차에 노예처럼 묶어버린 카트린.

전쟁기간 동안 멀리 떨어져 있던 카트린의 빛나는 둥근 배. 첫 휴가, 그리고 가짜 영웅의 불능.

짐이 예감한 그들 부부의 와해. 하지만 그들은 짐을 비껴간, 함께 아이를 얻는 크나큰 태초의 커다란 행복을 맛보

있다.

짐과 줄은 근 20년간 한 번도 충돌하지 않았다. 그들은
그들의 차이점을 애정 어린 눈길로 목도했다.

과연 이것이 사랑에서도 가능할까? 줄은 짐과 자신처럼
서로를 받아들이는 커플을 찾아보았으나 허사였다.

짐은 그에게서 루시와 카트린을 가로챘다. 아니, 줄이 그
녀들을 잃지 않기 위해, 그녀들이 그럴 만큼 아름다웠으므
로, 짐에게 준 것이었다.

짐은 그녀들한테서 자신감을 얻었고 그녀들은 짐을 통
해 성숙했으며 줄은 조용히 그들을 관찰할 수 있었다.

카트린과 짐은 상호적 숭배를 매우 높이 끌어올렸으나
그것이 일상이 되자 지쳐버렸다.

그들은 투쟁을 위한 투쟁을 사랑한 것일까? 아니다. 하지
만 그들은 그것으로 줄을 토하고 싶도록 경악하게 만들었다.

안도감이 줄을 엄습했다.

운구차가 화장터에 당도했다.

줄은 두 번째 건물로 들어갔다.

짐의 관은 보통 규격보다 컸고 그 옆에 카트린의 작은 관
이 놓였다. 관들이 입을 쩍 벌린 가마 속으로 들어가며 불길
에 휩싸였다.

한 시간 남짓이 지나자 쇠수레가 다시 나왔다. 하얗게 탄 카트린의 유골이 아직 형체가 남았다. 꼭 의기양양한 사형수 같았다. 불이 완전히 꺼지더니 유골이 가루가 되어 부서졌다. 아직 해골 부분은 당당하게 버텼지만, 은망치가 그것을 끝내버렸다.

이번엔 기다란 짐 차례였다. 또 다른 사형수. 그의 해골 역시 형태가 남았다.

유골함에 재가 담기고, 선반에 정리된 뒤 봉인되었다.

혼자 남은 줄이, 그들을 한데 놓았다.

카트린은 생전에 자신의 재가 언덕 높은 곳에서 바람 속에 흩뿌려지기를 바랐었다.

하지만 허가가 나지 않았다.

카트린의 일기가 발견되었고 아마 언젠가 출간될 것이다.

『줄과 짐』은 삶과 죽음에 대한 찬가이며, 사랑에는 커플 이외
에 다른 어떤 조합도 불가능하다는 것을 기쁨과 슬픔으로 증명하
는 보고서다.

프랑수아 트뤼포

프랑스에서 소설 『줄과 짐』이 소리소문 없이 출간되고 나
서 2년 뒤인 1955년, 20대 초반의 영화비평가 프랑수아 트뤼
포는 파리 시내 중고서점 앞에 부려놓은 판매대에서 『줄과
짐』을 발견한다. 우선은 똑같이 'ㅈ'으로 시작되는 두 이름에
서 풍기는 제목의 어감에 이끌렸고, 다음으로는 이 소설이
74세 작가의 처녀작이라는 표지 설명에 호기심이 일었다. 이
어 책을 펼쳐든 그는 곧바로 소설의 매력에 빠져든다. 간결
한 문체, 속도감 있는 전개, 시각적 묘사, 일상적 언어와 건조
한 어조로 이야기되는 정염과 격정, 생략과 행간에서 엿보이
는 감정들. 그가 좋아하고 훗날 그의 영화 세계의 특징이 될

이 모든 것들이 있었기 때문이다. 몇 달 뒤, 그는 에드가 울머의 인상적인 서부극 「벌거벗은 새벽(The Naked Dawn)」을 보고 난 뒤 영화잡지 '아르(Arts)'에 영화평을 쓰며 『줄과 짐』을 언급한다. "내가 알고 있는 가장 아름다운 현대소설 중 하나인 앙리 피에르 로셰의 『줄과 짐』은 끊임없이 재고되는 새롭고 미학적인 도덕 덕분에 평생토록 거의 충돌 없이 서로 사이좋게 사랑하는 두 친구와 그들의 공통된 여인의 모습을 우리에게 보여준다. 「벌거벗은 새벽」은 내게 『줄과 짐』의 영화화가 가능하다는 것을 처음으로 일깨워주었다." 일주일 뒤, 트뤼포는 이 영화평을 읽고 감동한(특히 '끊임없이 재고되는 새롭고 미학적인 도덕 덕분에' 대목에서) 로셰의 편지를 받았고, 이후 20대의 젊은 영화인과 70대의 노작가는 작가가 사망할 때까지, 즉 3년 동안 정기적으로 서신을 주고받고 몇 차례 만남을 이어가며 『줄과 짐』의 영화화에 대해 논의한다. 로셰와 교류한 이 3년 동안 트뤼포는 작가의 삶과 작품에서 자신의 모습을 발견했고 지대한 영향을 받았다. 훗날 트뤼포가 연출은 물론 직접 출연까지 한 영화 「녹색 방」에서 앙드레 바쟁, 장 콕토, 막스 오퓔스 등과 함께 그가 사랑하고 존경한 그의 영원한 정신적 지주인 망자들의 전당에 로셰를 포함시킬 정도였다. 트뤼포는 『줄과 짐』 외에도 로셰의 두 번째이자 마지막 소설인 『두 영국 여인과 대륙(소설 1956, 영화 1971)』을 영화화하고, 로셰의 일기며 편지 등 개인 기록에서 영감을 얻은 「여자들을 사랑한 남자(1977)」를 연출한다. 로셰는 트뤼포가 첫 장편영화 「400번의 구타」를 발표한 1959년에, 애석하게도 잔 모로가 영화 「줄과 짐(1961)」에서 카트린 역을 맡게 되었다는 소식만을 전해들은 채 사망한다. 팔뚝에 특별할 것 없는 일상적인 주사를 한 대 맞은 뒤 침대에 앉아 조용히. 그가 직접 쓰기로 약속했던 「줄과 짐」의 '여백이 많으면서도 밀도 높은' 대사는 영영 들을 수 없게 되었다.

트뤼포는 로셰를 떠나보내고 『줄과 짐』을 영화로 만들며 이 이야기의 어떤 점에 가장 주목했을까? 20대 영화감독의 세 번째 장편영화와 70대 노작가의 첫 소설 사이의 간극을 어떻게 메웠을까? 그는 그때까지 영화가 결코 도달하지 못했던 것, 즉 '선택 불가능'한 사랑, 출판사가 당시 이 소설을 소개한 표현대로 '완전무결한 삼각사랑'에 주목했다. 한 여자와 그녀를 동시에 사랑하는 두 남자가 다 같이 평화롭게 사랑함으로써 관객이 두 남자 사이에서 도저히 선택할 수 없는 사랑 이야기 말이다. 그리고 『줄과 짐』이 노작가가 30~40년 전의 내밀한 자전적 사연을 한발 물러나 회고하며 소설의 외피로 객관화한 이야기이자 전쟁, 결혼, 출산 등 인생의 터닝 포인트가 되는 굵직한 사건들이 인물을 관통하는 이야기이니만큼, '젊은이의 영화'가 아니라 '늙은이의 영화'가 되게 하고자 애썼다.

우선 트뤼포는 로셰의 정신과 영화화가 불가능한 그의

아름다운 문장들을 영화 속에 오롯이 되살리고자 소설을 거듭 정독하며 좋다고 생각되는 표현들에 밑줄을 그었고, 이 중 대부분을 토씨 하나 바꾸지 않고 내레이션으로 인용(사실 『줄과 짐』의 문학적 표현들을 내레이션으로 인용한 이유가 한 가지 더 있다. 트뤼포는 1954년 '카이에 뒤 시네마'에 기고한 '프랑스 영화의 어떤 경향'이라는 칼럼에서 당시 스타 시나리오 작가, 더 정확히는 각색 전문 작가였던 장 오랑슈와 피에르 보스가 영화화가 불가능한 문학적 표현들을 억지스런 연극적 장면들로 영혼 없이 대체하는 행태에 지극히 주관적이고 신랄한 비판을 가했다. 오죽하면 앙드레 바쟁이 그의 글을 실을지 말지 고민했을까. 영화 『줄과 짐』의 내레이션은 자신이 제기한 문제에 대한 트뤼포의 실천적 대답이기도 하다)하는가 하면 일부 문장들은 인물들의 대사 속에 포함시켰다. 그는 촬영 현장에서도 문제가 생기면 시나리오를 제쳐두고 소설을 가져오게 해 읽음으로써 문제를 해결했다. 또한 앙리 피에르 로셰의 분신인 짐의 역할을 순전히 로셰와 닮았다는 이유로 앙리 세르에게 맡기는가 하면, 짐의 대사에 로셰의 일기나 실제 경험을 반영하여 영화 속의 짐에게 소설보다 더 짙은 로셰의 향취를 불어넣었다.

특히 전쟁이 끝난 직후 줄과 카트린과 독일에서 재회한 짐이 그들과 그간의 인생역정에 대해 대화하던 중, 대학 은 사인 알베르 소렐에게 들은 충고를 들려주는 대목은 인상 깊다. 소렐은 외교관이 되고 싶다는 짐, 즉 로셰에게 호기심이 많은 사람이 되라고 충고한다. 그건 직업이 아니라고 따지는 그에게 은사는 이렇게 대답한다. "아직은 직업이 아니지만 곧 그렇게 될 걸세. 미래의 직업들은 호기심 많은 사람들에게 열려 있거든. 프랑스인들은 너무 오랫동안 국경 안에만 머물렀네. 여행을 해야 하네. 자네의 여행담에 기꺼이 돈을 낼 언론사 몇 군데는 늘 있을 테니까." 학교를 졸업한 앙리 피에르 로셰의 인생과 직업은 정확히 은사의 충고대로 흐른다. 그는 문학, 음악, 미술을 제대로 공부하고 두루 섭렵했으며 평생토록 세계 각지를 여행했다. 독일과 중국 문학작품들을 번역 또는 중역하고 비평문과 칼럼을 이런저런 언론에 기고했으며, 미술품 컬렉터로서 20세기 초반 예술계의 다리 역할을 했다. 콘스탄틴 브랑쿠시, 두아니에 루소, 조르주 브라크 등 이름만으로도 눈부신 예술가들과 교류하며 그들을 이어주었다. 피카소가 그린 초상화로 유명한 작가이자 미술품 컬렉터 거트루드 스타인에게 피카소를 소개시킨 것도 그였으며, 마르셀 뒤샹과는 막역한 사이였다. 예술계 한복판에서 생의 거의 마지막 순간까지 애호가로만 남았던 로셰는 74세에 이르러 마침내 25세 때 꿈이었던 작가가 되었다. 첫 소설 『줄과 짐』은 트뤼포의 동명 영화 덕분에 출간된 지 9년 만에 일약 베스트셀러가 되면서 로셰에게 세계적인 명성을 안겨주었고, 지금까지도 삼각관계에 대한 불멸의 고전으로 남았다.

트뤼포의 빛나는 영화적 장치들은 차치하고 내용만으

로 영화와 소설의 차이를 비교하자면, 대략 카트린의 국적(소설에서는 독일인, 영화에서는 프랑스인), 카트린과 줄의 자녀 수(소설에서는 딸 둘, 영화에서는 딸 하나), 영화에서는 불가피하게 여러 여성 등장인물들 관련 에피소드를 카트린 한 사람에게 압축시키고, 줄과 짐을 제외한 여러 남성 등장인물들 관련 에피소드를 알베르 한 사람에게 압축시켰다는 것 정도가 될 것이다. 실은 여주인공 이름도 원서에서는 카트린(Catherine)이 아닌 카트(Kathe)지만, 국내에 영화가 먼저 널리 알려진바, 혼동을 피하기 위해 소설에서도 영화 속 이름을 따랐다. 이 점에 있어서 독자의 너그러운 양해를 바란다. 이에 더해 개인적으로, 소설 속 짐의 명상이 영화에서는 이 명상을 한층 발전시킨 짐의 대사로 바뀌면서 (아마도 트뤼포가 강조하고 싶었을) 영화(와 소설)의 주제를 깔끔하게 정리하고, 아울러 카트린의 불가해한 성격과 행동까지 해명해준다는 점을 덧붙이고 싶다. 바로 짐이 질베르트와 결혼하겠다면서 카트린에게 이별을 선언하는 장면이다. "…… 나도 당신처럼 사랑에서 커플이 이상적 형태가 아니라고 생각해. 그건 우리 주변을 한번 둘러보기만 해도 충분히 알 수 있지. 당신은 위선과 체념을 거부하면서 더 나은 무언가를 창조해보려 했어. 사랑의 새로운 형태를 개척하려고 했지. 하지만 개척자는 겸손하고 이기적이지 않아야 해."

커플은 사랑의 이상적 형태는 아니지만 대다수의 전통

사회에서 사회적이고 실질적인 이유로 다른 대안이 없는 제도로 수용된 지 오래다. 하지만 인간의 자연스런 욕망에 반하는 제도라는 점에는 이견이 많지 않으리라. 카트린은 위선과 체념을 거부한 채 욕망에 충실하면서 새로운 사랑의 형태를 개척하려 했고, 짐은 이에 동조했으며, 줄이 그런 두 사람을 도왔다. 하지만 그들은 실패했다. 겸손하지 않았고 이기적이었기 때문에. 하지만 바로 욕망에 충실했기에 그들은 순수했고 그들의 삼각사랑은 실패한 대로 완전무결한 것으로 남았다.

소설 『줄과 짐』은 영화에 반한 사람들에게는 분량상 영화자막으로 온전히 담기에 한계가 있었던 로셰의 시적 문장들과 행간의 생각들을 발견할 수 있는 기회가 될 것이며, 아직 영화를 보지 않은 사람들에게는 일정한 나이에 이르면 성숙의 표징인 듯 당연히 체념하게 되는 우리 안의 욕망을 돌아보며 잠시나마 가슴 뛸 수 있는 기회가 될 것이다. 상대를 위해 죽을 정도로, 또는 죽이고 싶을 정도로, 치열하고 순수하게 사랑하고 싶다는 욕망을 우리는 감히 드러내지도 실현하지도 못하지만, 언제고 그런 사람들이 있다면 잠깐일지언정 못내 부러워할 테니까.

장소미

줄과 짐

초판   1쇄 인쇄 2014년 12월 15일
초판   1쇄 발행 2014년 12월 18일

지은이   앙리 피에르 로셰
옮긴이   장소미
펴낸이   정상준
편집   이민정 정희정 심슬기
디자인   박수연
마케팅   한정덕 이삼영
관리   김정숙

펴낸곳   (주)그책
출판등록   2008년 7월 2일 제322—2008—000143호
주소   서울시 마포구 동교로13길 34(121-896)
전자우편   wisdomsimsim@naver.com
전화번호   02-333-3705
팩스   02-333-3745
facebook.com/thatbook
facebook.com/openhousebooks

ISBN   978-89-94040-52-3 04860
        978-89-94040-34-9 (세트)

그책 은 (주)오픈하우스의 문학·예술 브랜드입니다.

「이 도서의 국립중앙도서관 출판예정도서목록(CIP)은 서지정보유통지원시스템
홈페이지(http://seoji.nl.go.kr)와 국가자료공동목록시스템(http://www.nl.go.kr/kolisnet)에서
이용하실 수 있습니다. (CIP제어번호: CIP2014034094)」